KB032815

막장 악역이 되다

크레도 퓨전 판타지 장편소설
WISHBOOKS FUSION FANTASY STORY

 7

크레도 퓨전 판타지 장편소설

초판 1쇄 찍은 날 | 2020년 5월 14일
초판 1쇄 펴낸 날 | 2020년 5월 21일

지은이 | 크레도
펴낸이 | 권태완 우천제

기획 | 위시북스
편집책임 | 한준만
편집 | 위시북스

펴낸곳 | ㈜케이더블유북스
등록번호 | 제25100-2015-43호
등록일자 | 2015. 5. 4
KFN | 제2-33호

주소 | 서울시 구로구 디지털로31길 38-9, 401호
전화 | 070-8892-7937 팩스 | 02-866-4627
E-mail | fantasy@kwbooks.co.kr

ⓒ크레도, 2019

ISBN 979-11-293-5540-9 04810
          979-11-293-4389-5 (set)

막장
악역이 되다

크레도 퓨전 판타지 장편소설
WISHBOOKS FUSION FANTASY STORY

7

막장 악역이 되다

+ CONTENTS +

◆ Chapter1 ◆
너 고개가 뻣뻣하구나

진우는 먼저 세연이 만든 포탈 장치를 객잔에 설치했다. 이제 안정화되어 성소에서 이동할 수 있게 되었다. 포탈이 완성되니 총지배인은 겨우 안도의 한숨을 내쉬었다.

총지배인은 JW게이트로 바로 돌아가려고 했지만, 포탈을 멍하니 바라보고 있는 유화란에게 시선이 가자 멈칫했다. 그동안 정이 많이 들었기 때문이다. 아르카나도 마찬가지였다. 이대로 떠나 버리면 화란의 미래는 분명 어두울 것이다.

객잔의 식솔들은 저번 사건 이후로 모두 떠나보낸 상태였다. 배신자도 총지배인이 처리했다고 한다. 버팀목이 되어주었던 숙수도 회복을 위해 고향에 내려가서 화란은 혼자 남게 되었다.

'정이 들었나 보군.'

진우는 그런 총지배인을 보며 피식 웃었다.

자신에게는 극진했지만 다른 이들에게는 기계적으로만 대할 뿐이었던 총지배인의 이런 면모를 보니 굉장히 신선했다.

"총지배인. 나와 함께한 지 얼마나 되었지?"

"본격적으로 뫼시게 된 지 19년, 123일, 4시간 32초가 되었습니다."

"그렇군. 그런 것까지 세고 있었나?"

"네, 당연한 일입니다. 아마 다른 이들도 모두 세고 있을 겁니다."

총지배인은 머릿속에 충성의 시계를 탑재하고 있다고 한다. 유화란의 뒤에 숨어 있던 아르카나가 흠칫했다.

진우는 고개를 끄덕였다. 이제 익숙해져서 아무렇지도 않았다.

"아무튼, 그동안 휴가를 한 번도 가지 않았으니, 이번에 쓰도록 해."

"하, 하지만……."

"JW 게이트는 잘 운영하고 있으니 신경 쓰지 마."

총지배인이 하는 일이 워낙 많다 보니 고위심문관들이 나눠서 하고 있었다. 다들 능력이 좋아 차질은 없었다.

"크흐흑, 주인님께서 저를 이렇게 배려해 주시다니…… 목숨을 바쳐 명을 수행하겠습니다."

"아니, 휴가인데……."

"휴가조차 주인님을 위하는 마음으로 일분일초를 낭비하지 않겠습니다!"

총지배인이 깊게 고개를 숙이자, 화란도 진우에게 고개를 꾸벅 숙였다. 도와줬으면 끝까지 책임을 지는 게 맞았다. 부하의 책임은 자신의 책임이기도 했다. 그게 진우의 방향성이었다.

　진우는 화란을 바라보았다.

　어린 나이에 고생이 참 많았다. 무림이 그렇지 않은가. 매일 치고받고 싸우는 무림인들만 모여 있는 곳. 피해자의 고통은 강호협객의 이야기에 묻혀 잊혀지게 마련이다.

　진우는 사탕과 과자 몇 개를 꺼내 화란에게 건네주었다. 보석 빛깔의 사탕을 보며 한참 망설이다가 입에 넣었다.

　화란이 몸을 부르르 떨었다. 달콤하고도 시큼한 자극적인 맛은 모든 경계를 무너뜨렸다. 진우와 눈이 마주치자 수줍은 듯 웃었다.

　화란은 아직도 흐느끼고 있는 총지배인의 곁으로 다가가 등을 쓰다듬어 주었다. 진우는 고개를 설레 저었다.

　'그럼……'

　무림의 단골 손님인 하오문을 구경하러 가보도록 하자.

　물론, 주목적은 일순십천색공이었다.

　금호는 산동성의 아래 안휘성에 있었다. 남궁세가가 있는 곳이었고, 하남성 쪽의 소림사로 통하는 길목에 위치해 있어 오가는 무림인들이 많은 편이었다. 무협 세계는 다른 차원이었기에 실제 역사와는 전혀 상관이 없는 독자적인 세계였지만, 일반적인 지리를 따랐다. 무협에 흔히 나오는 오대세가나 구파일방, 세외세력, 마교, 사파 모두 존재했다.

힘을 숨긴 강자 행세를 하거나, 무협 세계에 안 좋은 영향을 미칠까 노심초사할 생각은 전혀 없었다.

총지배인이 이미 큰 영향을 미쳤다.

'상관없겠지.'

어차피 지구의 역사와는 상관이 없는 곳이었다. 기왕 이렇게 된 거 막 나가는 것도 괜찮을 것 같았다. 커피도 팔고 아이스크림도 팔고 무협 만화도 파는 게 어떨까?

진우는 피식 웃으며 걸음을 옮겼다.

하오문 문주는 금호에서 가장 큰 객잔에 자주 출몰한다고 한다.

용하 객잔. 그런 이름이었다. 총지배인의 수완이 발휘된 식당과 객잔 탓에 손님이 나날이 줄어들고 있었다.

'꽤 크군.'

실제로 원작에서도 몇 번 나온 장소이기도 했다. 역시 손님이 거의 없었다. 진우가 용하 객잔에 접근하자 주변에 있던 이들이 서로 눈짓을 했다.

객잔 주변에 있던 이들이 신호를 받더니 진우에게 다가왔다. 웃는 얼굴이었음에도 불구하고 꽤 험악한 인상들이었는데, 딱 봐도 하오문 패거리들이었다.

"오오! 소협! 잘 오셨습니다. 안쪽으로 뫼시겠습니다."

"자자! 들어가시지요!"

덩치 큰 자들이 진우의 주변을 둘러쌌다. 이 바닥에서 한가락 하는 놈들인지 꽤 몸놀림이 잽쌌다.

황금의 군주와 악의 화신이 고개를 들려 했지만 진우가 억눌렀다. 일이 꽤 재미있게 돌아갔기 때문이다. 악의 화신이 진우의 의도를 파악하자 적극적으로 협조해 주었다.

어파치 객잔에 들어가 볼 생각이었다. 내부는 그럭저럭 괜찮았다. 나름대로 화려한 느낌이 나기는 했다. 진우 말고도 누군가가 앉아 있는 게 보였다. 무복을 입고 있는 사내와 여인이었다. 나름대로 변장을 한 것 같지만 둘 다 외모가 빼어난 터라 눈길이 많이 갔다.

딱 봐도 나 비중 좀 있소! 하는 게 보였다. 그런 느낌이 팍팍 풍겼다.

'저 정도면 원작 캐릭터겠군.'

주인공은 무협 세계에서 다시 여러 인연을 만난다. 당연히 히로인도 여럿 있었고, 조연급 인물들도 많았다. 공통점이 있다면 다들 끝이 안 좋았다. 루나가 죽는 편에서 나름대로 반응이 있었기 때문인 것 같았다.

'누군지 볼까?'

Lv.32
[티]남궁소연
나이: 18세
호감도: 0%

충성심: 0

보유기술: [-F]제왕검형, [C]맛집 목록 작성.

[B]구음절맥

양기가 존재하지 않고 오로지 음기만 존재하여 단명을 부르는 불치병. 몸이 아주 차갑고, 병약하다. 무공을 익히지 못하며 21세가 되기 전에 얼어 죽는다.

[D]먹보

일찍 죽는 것을 알고 있어, 세상의 모든 요리를 먹어보는 것이 소원이다. 구음절맥 덕분에 먹어도 먹어도 살이 찌지 않는다. 만족할 때까지 먹을 수 있다. 미각은 까다로운 편이다.

전형적인 무협 히로인이었다. 원작에서는 부각되지 않는 먹보라는 특성도 있었다. 그녀 옆에 있는 남성은 남궁휘로 그녀의 오빠였다. 남궁세가의 후계자답게 C+랭크였다. 기사급 바로 아래이니 나이치고는 대단하다고 볼 수 있었다.

괜히 촉망받는 후기지수가 아니었다.

'주인공에게 질투하다가 죽는 캐릭터였나?'

처음에는 그런 캐릭터가 아니었는데 나중에 그렇게 되었다. 원작 작가가 라이벌 캐릭터를 만들다가 실패한 것 같은 느낌이 났다.

진우는 일단 용하 객잔에서 가장 자신 있어 하는 요리를 주문했다. 진우에게는 공짜나 다름없었지만 상당히 비싼 값이었다. 바가지를 씌우는 것이 확실한 가격이었다.

'맛없군.'

더럽게 맛없었다. 차에서조차 흙냄새가 났다. 시원한 냉수라도 마시고 싶었지만 그런 게 있을 리가 없었다. 어차피 객잔에 온 목적은 요리가 아니니 상관없었다.

남궁소연은 아주 잘 먹고 있었다. 남궁휘가 그런 남궁소연을 안쓰러운 눈으로 바라보고 있었다.

그때였다.

'왔군. 생각보다 빨리 보게 되었는걸?'

누군가 안으로 들어왔다. 화려한 복장의 비곗덩어리와 쥐같이 생긴 인상의 남자였다. 쥐같이 생긴 남자는 나름대로 고급스러운 무복을 입고 있었는데, 어울리지 않았다.

'저놈이로군.'

쥐같이 생긴 남자의 이름은 간지천이었다. 랭크는 D였는데, 이류 무인쯤 되었다. 오로지 색공으로 그 정도 수위를 달성한 것이었다. 간지천은 돼지에게 굽신거렸는데, 이 근방에서 가장 돈이 많다고 소문난 가문의 후계자였다.

이름이 악운비였다. 그의 가문은 꽤 유명한 검가이기도 했다. 명문세가라고 할지라도 그의 가문을 무시할 수 없었다.

'그러고 보니 남궁소연은 트라우마가 있다고 했던가?'

먹보라는 특성이 사라진 건 아마도 그 트라우마 때문인지도 몰랐다. 무협지에게 흔히 있는 남성혐오증에 걸린 히로인이기도 했다.

아무래도 원작이 시작되기 직전의 시점에 온 것 같았다.

"저기입니다. 조치를 미리 취해놓았습니다."

"크흠, 수고했네."

악운비가 돈을 건넸다. 간지천이 가리킨 곳은 남궁소연이 있는 곳이었다. 악운비의 눈이 조금 커졌다. 구겨진 옷깃을 펴고는 남궁소연이 있는 테이블 쪽으로 다가갔다.

악운비는 당연히 남궁휘에게 제지당했다. 남궁소연은 눈길조차 주지 않았다. 자존심이 상한 듯 인상을 찡그리다가 일단 물러나 간지천을 바라보았다. 간지천은 씨익 웃었다. 아무래도 음모를 꾸미는 것 같았다.

'음, 뻔한 전개네.'

그래도 직접 겪으니 상황이 흥미진진하기는 했다. 자신에게 피해만 없으면 말이다. 둘은 무언가 신호를 주고받다가 진우의 시선을 느끼고는 흠칫했다.

간지천과 악운비의 시선이 진우에게 향했다.

악운비가 진우에게 다가왔다.

"그만 나가라. 보상은 해주지."

"얼마나?"

악운비가 비릿한 웃음을 머금으면서 은자를 테이블 위에 떨궜다. 은자와 테이블이 부딪치는 소리가 울려 퍼졌다.

남궁소연을 향해 재력을 과시하는 듯했다.

"부족한가?"

악운비는 그렇게 말하며 은자를 더 꺼내 떨궜다.

은자가 머리에 부딪히더니 요리 속으로 들어갔다. 어차피

먹을 게 아니긴 하지만 명백하게 피해를 입은 것이었다.

진우는 피식 웃었다.

"돈으로 전부 살 수 있다고 생각하나?"

"못 할 게 뭐가 있겠나?"

"뭐, 나도 어느 정도는 동의해."

진우는 자리에서 일어났다. 남궁휘와 남궁소연도 고개를 돌려 진우를 바라보았다.

악운비는 씨익 웃었다. 뭔가 있어 보이는 놈이었지만, 어차피 아무것도 아닌 놈이었다. 그렇게 생각했다.

그러나 그 웃음은 오래가지 않았다. 진우는 품에서 주머니를 꺼냈다. 바닥에 뿌렸다. 말발굽 모양의 화폐, 은원보였다.

은원보가 바닥에 떨어지며 쌓이기 시작했다. 악운비가 뿌린 은자 하나가 쌀 다섯 가마의 값어치를 지녔다. 그런데 그 은자에 대략 오십 배에 달하는 가치의 은원보가 바닥에 쌓였다. 남궁휘와 남궁소연 마저 넋을 잃을 정도였다.

"부족한가?"

이번에는 은원보 따위가 아닌 금원보가 쏟아져 나왔다. 악운비도 저렇게 많은 금원보를 본 건 처음이었다. 이 정도 돈이라면 금호의 모든 객잔을 사고도 남을 것 같았다. 아니, 금호 자체를 살 수도 있을 금액이었다.

돈지랄은 어설프게 하는 게 아니었다. 아예 전의를 상실케 하는 것이 완벽한 돈지랄이었다. 진우의 장기이기도 했다.

"부족한가?"

진우는 더 꺼냈다.

"미, 미친!"

"어억?!"

악운비와 간지천은 턱이 떨어질 것처럼 입이 벌어졌다. 두 눈은 마치 튀어나올 것만 같았다. 어디서 이렇게 많은 돈이 나왔는지도 의문이었다.

"이 정도면 피해 보상은 되겠지."

"무슨……?"

진우는 그의 머리를 붙잡았다. 악운비가 빠져나가려고 발버둥쳤지만 소용없었다. 아래로 살짝 당기자 악운비의 몸이 요리가 가득 올려진 테이블 위로 넘겨졌다.

콰앙!

테이블이 박살 나며 얼굴이 바닥에 꽂혔다.

"끄, 끄아악!"

악운비가 뿌린 은자가 이마에 박혔다. 그 모습을 보니 한결 기분이 나아졌다. 진우가 탐욕스러운 눈으로 간지천을 바라보았다. 간지천이 움찔했다.

"가, 감히! 악운세가의 대, 대공자님을……!"

진우는 품에서 은원보가 가득 담긴 주머니를 꺼내 그의 몸 위로 떨구었다.

쿵!

"커헉!"

악운비가 몸을 부르르 떨다가 축 늘어졌다. 남궁휘와 남궁소연은 경악했다. 악운비는 악랄하기로 유명했다. 오대세가 수준은 아니었지만, 명문세가로서 오대세가에서도 존중을 하는 편이었다. 남궁휘가 강하게 대처하지 않았던 이유이기도 했다. 악운비는 악운세가의 하나뿐인 자식이었다.

"허억!"

"빠, 빨리……!"

객잔 문을 지키고 있던 패거리가 깜짝 놀라더니 어디론가 뛰어갔다. 하오문이나 악운세가의 무사들을 부르러 간 것이 틀림없었다.

그러나 진우는 여유로웠다. 흥미로운 눈빛으로 간지천을 바라보고 있을 뿐이었다.

'대단하군.'

진우는 감탄했다. 질이 좋은 양기가 간지천에게서 느껴졌다. 과연 일순십천색공이었다.

"소협…… 자리를 피하는 게 좋을 것이오."

남궁휘가 자리에서 일어나더니 그렇게 말했다.

"어디에서 오신 공자인지는 모르나 세상에는 돈으로 안 되는 것들도 있다오. 협을 행하는 정신, 목숨을 거는 의리, 그리고 강호의 무정함이오. 아무리 많은 돈이라도 무정한 칼날을 막아주지는 못할 것이오."

"과신이 화를 부르는 법이에요."

남궁휘의 말이 끝나자 남궁소연도 진지한 표정으로 말했다. 꽤 그럴듯한 소리이기는 했지만 진우에게는 하나도 와닿지 않왔다.

"끄, 끄으으으……."

악운비가 다시 정신을 차릴 때쯤이었다. 하오문의 문도들과
악운세가의 무사들이 기세 좋게 들이닥쳤다. 그들은 바닥에
쓰러져 부들부들 떠는 악운비를 보며 경악했다. 그리고 무수
히 쌓여 있는 돈에 또 한 번 경악했다. 이러한 상황임에도 불
구하고 저들의 눈에 탐욕이 들끓는 것이 보였다.

"소, 소가주님!"

"가, 감히……!"

악운세가의 무사들은 절정고수라 불리는 수준이었다. 랭크
로 따지면 C정도 되었다. 하오문의 문도들은 잘해봐야 이류무
사 정도였다.

"네 이놈들! 악운세가의 소가주님을 저리 만들고도 살아 돌
아갈 성싶으냐!"

남궁휘와 남궁소연까지 말려들었다. 남궁휘의 인상이 구겨
졌다. 검으로 손을 가져가는 순간이었다.

"내공이……?! 산공독?"

"오라버니?"

산공독은 내공을 흩어버리는 독이었다. 중독이 되면 내공
을 쓸 수 없었다. 남궁휘가 인상을 잔뜩 쓰며 간지천을 노려보
았다. 간지천은 회심의 미소를 지었다. 둘 다 외모가 반반하니
꽤 비싸게 팔릴 것 같았다. 강호초출 같은데, 이곳에 온 게 실
수였다

진우는 고개를 저었다. 남궁휘는 그럴듯하게 말한 것치고는 실속이 없었다. 천천히 몇 걸음 앞으로 나왔다.

"돈으로 안 되는 것들도 많긴 한데……."

진우는 그걸 누구보다도 잘 알고 있었다. 돈이 넘쳐 흘렀으니까. 입가에 미소가 걸리는 순간이었다.

바닥에 있던 은원보가 하나둘씩 튕겨 나갔다.

쉬익! 퍽퍽!

그대로 하오문 패거리들의 이마에 은원보가 꽂혔다. 고개가 획 하고 돌아가며 몸이 공중에서 몇 바퀴 돌 정도로 강력한 힘이 담겨 있었다.

"허억!"

"무, 무슨!"

순식간에 패거리들이 전부 벽에 처박혔다. 모두 이마에 은원보가 박힌 채, 개거품을 물고 있었다. 악운세가의 절정고수들이 검을 황급히 들었지만.

팅! 팅!

금원보에 의해 검이 박살 나며 손아귀가 터졌다. 검기가 서린 검이었는데 속절없이 박살 난 것이다.

"억?! 고, 고수?!"

"끄악!"

금원보와 은원보가 날아왔다. 절정고수의 이마에 은원보가 박혔고, 금원보가 앞니를 모조리 박살 내며 입안에 박혔다.

그대로 목이 꺾이며 바닥에 쓰러졌다. 남궁휘와 남궁소연이 경악하며 그 광경을 바라보았다. 남궁휘는 진우가 어떻게 공격을 했는지조차 감지해 낼 수 없었다.

진우는 아무렇지도 않은 표정으로 쓰러진 그들을 바라보았다.

"이렇게 돈으로 해결할 수도 있지."

절정고수와 하오문 패거리가 모조리 당했다.

악운비는 고개를 들었다가 다시 고개를 처박고 기절한 척을 했다. 유일하게 서 있는 건 남궁휘와 남궁소연, 그리고 간지천이었다.

"이야기 좀 하지."

진우는 다시 바들바들 떨고 있는 간지천을 바라보았다.

"으, 으아악!"

간지천이 비명을 지르며 도망치려 했다. 도망치는 경공술 하나만큼은 일품이었다. 그러나 뒤통수에 은원보가 박혔다. 그대로 고꾸라지며 얼굴이 바닥에 처박혔다. 진우는 간지천에게 다가갔다.

'오, 운이 좋군.'

품속에는 일순십천색공의 비급서가 숨겨져 있었다. 아직 그도 다 익힌 것은 아니라 늘 들고 다녔는데, 보물처럼 여기고 있었다. 번거롭게 고문할 필요가 없어 다행이었다.

[C]일순십천책공

한순간에 하늘에 열 번 보낸다는 색공. 양기를 증폭시켜 주고 절륜하게 만들어준다. 대성한다면 지치지 않는 힘을 부여해 줄 것이다. 과거, 수많은 피해자를 만들어내었기에 이 무공을 익힌 자는 무림 공적에 오르게 된다.

진우는 정보의 마안을 사용해 바로 익혔다.

[황금의 군주가 고개를 듭니다. 황금의 군주에 의해 대군주가 본래 익히고 있던 '극락의 카마수트라'와 '일순십천색공'이 융합되었습니다. 축하합니다! 전설적인 무공을 창시하셨습니다.]

[S]극락황천신공
'태양은 영원의 상징이다.'
'태양은 언제나 빛을 뿜고 도도하게 고개를 치켜든다.'
'하늘 아래 떳떳하여 그 무엇도 부족함이 없다.'
극락의 카마수트라가 지닌 기교, 능력과 일순십천색공이 지닌 양기 생성, 절륜함, 특수효과가 합쳐져 서로 부족한 부분을 보완하였다. 극락황천신공을 익힌 자는 거대한 양기를 지니게 되어 흡사 태양과도 같은 화기를 뿜어낼 수 있다.
그대 절륜한 태양신이 되고 싶은가? 주저 말고 극락황천신공을 익히도록 하자.

[마계의 서큐버스, 인큐버스 일족이 경악합니다. 그리고 두려워합니다. 극락황천신공의 파편을 맛본 것만으로도 종족 전체가

위태로워졌습니다.]

[대천사장과 천계의 천사들이 회의에 들어갔습니다.]

[골든 엔젤은 아무 생각도 없습니다.]

[아르카나가 이 사실을 알렸습니다! 황금의 여성회가 긴장합니다.]

[무협 세계의 하늘에 황십자성이 떴습니다.]

'하, 하늘에 황십자성이?!'

'무림에 큰 화가 닥치겠구나!'

'혈겁의 징조인가!'

[황십자성은 파괴, 혈겁, 혹은 희대의 색마를 가리킵니다. 무림의 은거기인들이 갑작스럽게 떠오른 황십자성에 경악하여 은거를 깨고 강호로 나옵니다.]

[하늘의 별을 보며 술잔을 기울이던 무림맹주가 피를 한 움큼 토했습니다. 그는 은퇴하기 직전 말년 무림맹주입니다.]

[지구에 하늘에도 나타났습니다.]

"음……."

대군주는 역시 스케일부터 달랐다.

설마 하늘에 별까지 떠오를 줄은 몰랐던 진우였다.

무협지에서 천살성이 떠오르거나 하는 경우는 보았는데, 황십자성은 처음 보는 것이었다. 어감도 조금 그랬다.

그러고 보니 진우가 처음 익힌 것이 극락의 카마수트라였다. 하도 오래전 일이라 까맣게 잊고 있었다. 둘이 합쳐지니 예상을 뛰어넘는 어마어마한 것이 탄생했다.

화르륵!

손에서 황금빛이 불꽃이 뿜어져 나왔다. 그 불꽃은 굉장히 아름답고 기이하게도 색기가 넘쳤다. 유혹하듯 일렁였다.

'⋯⋯괜찮겠지.'

엘라는 그냥 엘프가 아니었다. 하이 엘프였다. 그만큼 하이하다는 뜻이니 괜찮을 것 같았다.

남궁휘와 남궁소연은 간신히 정신을 되찾았다. 입과 이마에 금원보와 은원보가 박힌 채 쓰러져 있는 자들은 절정고수였다. 남궁휘라고 하여도 쉽게 승부를 장담하지 못하는 이들이었는데, 그런 고수가 단 한 수에 제압되었다.

'아니, 제압이 아니라⋯⋯.'

남궁휘는 알 수 있었다. 무림인으로서의 생명이 끝났다.

혈맥이 파괴되고 단전이 쪼그라들고 있었다. 그러면서도 생명에는 지장이 없었다. 단순히 돈을 쏘아 보낸 것이 아닌, 그가 이해하지 못할 깊은 묘리가 숨겨져 있었다.

남궁휘와 남궁소연이 조심스럽게 그에게 다가갔다.

한 폭의 그림 같은 모습이었다. 많은 명문가의 자제, 무림인들을 보았지만 모두 저 사내에 비할 바가 아니었다. 후기지수 중 가장 많은 흠모를 받는 남궁휘조차 그의 옆에 서면 평범해 보일 지경이었다.

'누구일까?'

신비한 사내였다. 무슨 목적인지, 무슨 의도인지 알 수 없었다. 악운세가의 대공자를 아무렇지도 않게 박살 내고 태연하게 쓰러진 사내의 품을 뒤지고 있었다.

후폭풍을 감당할 수 있는 자신이 있어서일까?

모든 것이 의문이었다. 그가 사내의 품에서 무언가를 발견했다. 남궁소연의 눈동자가 커졌다. 남궁휘도 마찬가지였다.

"아, 아……."

"그 무공 비급은?!"

희대의 마공이라 불리는 일순십천색공이었다. 비급에서부터 사이한 기운이 흘러나오는 것이 진품이 틀림없었다. 남궁소연은 몸을 떨었고, 남궁휘는 섬뜩함을 느꼈다.

'……당할 뻔했다.'

남궁휘는 검을 움켜쥐었다. 아직도 산공독 때문에 내공이 좀처럼 모이지 않았다.

그 상태에서 저 고수들이 덤벼들었다면? 자신은 어떻게든 버틸 수 있겠지만 남궁소연은 아니었다. 저 색마에게 끔찍한 일을 당할 수도 있었다.

남궁휘는 눈을 질끈 감고 말았다. 남궁소연도 자신이 처할 뻔한 상황이 상상되자 몸을 부르르 떨었다. 악운세가의 후계자가 무림공적과 한패였다. 이보다 더 확실한 증거는 없었다.

저 사내는 아마도 이걸 모두 알고 있었으리라.

'진정한 협객이로군.'

남궁휘는 감탄했다. 지금은 일단 감사를 표하는 게 우선이었다. 남궁휘와 남궁소연은 그에게 다가가 정중히 고개를 숙였다. 산공독에 당했던 주제에 충고까지 한 자신이 부끄러웠다. 아마 밤마다 생각이나 이불을 차지 않을까?

"정말 감사드립니다. 은공."

"덕분에 화를 면할 수 있었어요. 정말 감사드립니다."

감사를 표한 후 남궁휘와 남궁소연은 자신들의 이름을 밝혔다. 그러나 그는 남궁세가라는 이름을 듣고도 아무렇지 않은 표정이었다. 그저 둘을 바라보며 가볍게 고개를 끄덕일 뿐이었다. 그의 입가에 떠오른 미소가 굉장히 아름다웠다. 그리고 상쾌하게 느껴졌다. 남궁휘와 남궁소연은 결례인 걸 알면서도 눈을 뗄 수 없었다. 남궁소연은 더욱 그러했다.

'아…… 몸이…….'

늘 몸이 얼 것 같은 고통에 시달렸는데, 기이하게도 저 사내 옆에 있으니 그런 고통이 느껴지지 않았다. 얼었던 손과 발이 녹아내리는 느낌이었다. 어머니의 품에서조차 느껴보지 못했던 따스함이었다.

'이게 온기?'

남궁소연은 감동으로 벅차올랐다. 그녀는 평생 처음으로 따듯한 온기라는 것을 느낄 수 있었다. 너무 아늑해 그대로 잠들어 버릴 것만 같았다. 그렇게 한참 동안 바라보았다.

남궁소연이 정신을 차리고는 진우에게 고개를 숙였다.

"죄, 죄송합니다."

"괜찮습니다."

그는 무공 수위뿐만 아니라 그 마음조차 굉장히 깊은 사내였다.

진우는 부담스러웠다. 남궁세가의 남매가 반짝이는 눈동자로 자신을 바라보고 있었다. 아주 순수한 눈빛이었다.

남궁소연의 얼굴은 창백했다. 마치 눈을 보는 것 같이 느껴졌다. 두꺼운 옷을 입고 있어 조금은 답답해 보였다. 구음절맥때문이었다.

남궁소연은 21살이 되기 전에 죽을 것이다. 주인공이 이런저런 고생 끝에 살려주기는 했지만, 결국 주인공을 위해 죽었다. 주인공이 조금 늦은 감이 있지만 '히로인 킬러'라는 이명을 얻게 되었다.

'기회가 생기면 도와주는 것도 괜찮겠지.'

원작 작가의 마수에서 구해주는 것이니 이익을 따질 필요는 없었다.

"은공, 저들은 제가 처리해도 되겠습니까?"

남궁휘가 그렇게 말했다. 진우는 딱히 처리할 생각은 없었다. 악운세가든, 하오문이든 잔뜩 몰려온다면 그걸로 좋았다. 굳이 찾아가는 수고를 하지 않아도 되었기 때문이다.

악운비와 간지천, 그리고 바닥에 쓰러진 이들은 이미 재기 불능이었다. 이마에 박힌 은원보는 평생 빠지지 않을 것이다. 진우가 고개를 끄덕이자 남궁휘가 싸늘한 눈으로 악운비와 간지천을 바라보았다.

진우는 그대로 몸을 돌려 객잔 밖으로 나왔다. 남궁휘와 남궁소연이 다시 진우 쪽을 바라보았을 때 진우는 사라진 후였다. 객잔 밖으로 나오니 총지배인이 고개를 숙이며 진우를 맞이했다. 주변은 깨끗했다. 거리를 어슬렁거리며 돌아다니고 있던 하오문의 문도들은 눈을 씻고 찾아봐도 없었다.

진우는 살짝 웃으면서 그를 바라보았다.

"청소가 아주 잘 되었군."

"감사합니다. 하오문은 어찌하시겠습니까?"

"음, 꿀꺽할까?"

"알겠습니다."

악운세가는 남궁 남매에게 맡겼으니 신경 쓸 필요 없었다. 기왕 일이 이렇게 되었으니 겸사겸사 하오문을 장악하는 게 좋을 것 같았다. 시정잡배, 도둑들, 질이 나쁜 삼류무인들로 이루어졌지만, 어쨌든 무림에 정보가 밝은 이들이었다. 정신 교육을 하면 누구나 다 개선의 여지가 있었다.

"주인님, 직접 가실 생각이십니까?"

"그래야지."

"그런 하찮은 일에 주인님의 손을 더럽힐 수는 없습니다. 윤허하신다면 수하들을 데려오겠습니다."

총지배인은 유나보다 깐깐했다. 생각해 보니 주변을 정리할 이들도 필요하기는 했다. 진우가 고개를 끄덕이자 총지배인은 기다리고 있었다는 듯 바로 수하들을 불렀다. 고위심문관과 메이드들은 JW게이트 때문에 올 수 없었으니 모두 마계의 인물들이었다. 진우의 앞에 그림자가 치솟으며 마계의 수하들이 모습을 드러냈다. 알고 있는 이들이었다.

"음? 릴리스로군."

"오랜만에 인사 올립니다. 대군주님."

몽환의 종족, 릴리스와 서큐버스들이었다. 릴리스와 서큐버스들은 진우의 곁에 있는 것만으로도 혼절하기 일보 직전이었다. 막대한 양기가 굉장한 힘과 황홀감을 부여해 주었다. 곁에 있는 것만으로도 끊임없이 강해지는 느낌이었다. 릴리스와 서큐버스들이 보기에 진우는 태양신 그 자체였다. 존경심이 무럭무럭 솟아나고 있었다.

총지배인이 면목이 없다는 듯 고개를 숙였다.

"본래 다른 이들을 부를 생각이었으나…… 작은 소란이 있었습니다."

"그렇군."

릴리스와 서큐버스들이 대기 중인 다른 마족들을 기절시키고 직접 왔다고 한다. 그녀들의 눈빛이 너무 맹렬해서 돌려보내기도 뭐했다. 마치 자신의 팬클럽을 보는 것 같은 느낌도 들었다.

'상관없겠지.'

릴리스 자체도 마왕급이고 서큐버스들의 실력도 상당하니 큰 문제는 없었다.

"가자."

"네, 안내해 드리겠습니다."

총지배인이 앞장서서 하오문의 본거지로 안내해 주었다.

하오문의 본거지는 꽤 큰 건물이었다. 객잔과 상권을 장악하고 악운세가의 지원을 받아 지은 건물이었다. 전혀 어울리지 않았다.

아무것도 모르는 하오문의 문도들이 하품을 하며 대문을 지키고 있었다. 그래도 본거지를 지키는 이들답게 거리에 돌아다니는 시정잡배들보다는 나은 수준이었다. 나름대로 무공을 익히고 있어 삼류무사 정도로 봐도 무방했다.

진우가 천천히 다가오자 화들짝 놀라며 그를 바라보았다. 고개를 빳빳하게 들고 진우를 제지하려고 손을 뻗었다.

"멈추시오! 이곳은 대하오문……."

"허억!"

서큐버스들이 문지기의 옆에 나타났다. 손을 뻗어 얼굴을 잡으니 문지기들이 부르르 떨기 시작했다. 거기서 끝이 아니었다. 문지기의 몸이 갑자기 말라비틀어지기 시작했다. 체내의 수분이 빨려 나간 것처럼 보였다.

털썩! 털썩!

그대로 고개를 숙이며 바닥에 쓰러졌다. 그들은 살아 있는 미라가 되었다. 악몽이라도 꾸는지 괴로워하며 바들바들 떨었다. 왜인지 힘들 때 보았던 이민우의 모습과 겹쳐 보였다.

'음⋯⋯.'

진우는 흠칫했으나 티는 내지 않았다. 다만, 궁금한 것이 생겼다.

"⋯⋯그거 권능인가?"

"앗! 아닙니다! 기술입니다! 마력을 지닌 이들이라면 누구나 배울 수 있습니다."

서큐버스가 진우의 말에 활기차게 대답했다. 진우는 고개를 끄덕였다.

"당부할 게 있다."

"네! 말씀하시지요."

"엘프들에게는 절대 알려주지 말도록."

"네? 아, 네! 알겠습니다!"

서큐버스는 영문을 몰라 했으나 고개를 끄덕였다.

진우는 침을 꿀꺽 삼키며 긴 숨을 내쉬었다. 엘프와 저 기술이 합쳐진다면 상상조차 할 수 없는 괴물이 탄생할 것 같았다.

대문을 지나 안으로 들어갔다. 나름대로 문파 같은 구색을 갖추기는 했으나 굉장히 어설펐다.

하오문의 고수들이 몰려나왔다.

"내가 바로 하오문의 장로…… 허억?!"

"하오문의 절정고수 이면살귀! 끄윽!"

"네 이놈들! 여기가 어디라고…… 하윽!?"

"금호제일검이 누군지 아는…… 허업!?"

"흐윽?!"

진우와 눈이 마주칠 틈도 없이 모두 바닥에 고꾸라졌다. 조금 보기 그랬지만 확실히 제압 수단만큼은 다른 마계인들보다 우수했다. 체내의 기운이 모두 빨려 나가 다시는 일어설 수 없을 것 같았다.

진우는 아무런 방해 없이 본관으로 들어갈 수 있었다. 그럭저럭 값어치가 나가는 것들이 놓여 있었다.

릴리스와 서큐버스들이 도망치려던 부문주와 간부들을 잡아 왔다. 그들은 몸을 바르르 떨었다. 그들의 눈에는 릴리스와 서큐버스들이 사람을 잡아먹는 귀신으로 보였다.

손을 한 번 휘저을 때마다 사람이 말라비틀어졌다.

'흐, 흡성대법?!'

부문주는 턱이 덜덜 떨렸다. 전설의 마공이라는 흡성대법이 분명했다. 저 귀신들은 사람의 생기를 모조리 빼앗아 먹고는 기분 좋은 미소를 그렸다. 정신이 홀려 버릴 정도로 아름다웠지만 두려움이 앞섰다.

"사, 살려주세요! 다 드리겠습니다! 자, 장부와 보물도 모두 그대로 있습니다. 그러나……."

"저, 저는 아무것도 모릅니다!"

"사, 사실 어제 입문한 터라……."

묻지도 않았는데 발을 빼려 하고 있었다. 진우가 릴리스를 바라보니 릴리스가 고개를 깊게 숙이고는 손가락을 튕겼다. 그러자 서큐버스들이 그들의 목을 붙잡았다. 다른 손으로 턱을 붙잡으며 입을 벌렸다. 릴리스가 빙긋 웃으면서 품에서 무언가를 꺼냈다.

스르르르!

굉장히 징그러운 벌레였다. 지네와 같은 형태였는데, 다리가 마치 칼날처럼 날카로웠다. 등에는 눈알이 무수하게 달려 있어 비주얼이 굉장했다. 머릿속에 파고들어 정신을 지배하는 몽뇌충이었다. 내공이 심후하다면 통하지 않겠지만 이들은 그 정도는 아니었다.

'머리에 은원보가 박히는 것보다는 낫겠지.'

진우가 고개를 끄덕이자 서큐버스가 몽뇌충을 그들의 입에 가져다 대었다.

"읍읍!"

"으어어억!"

"악!"

몽뇌충이 입안으로 빨려 들어갔다. 바로 뇌를 장악하며 정신을 지배했다. 기계처럼 걸어오더니 앞에 무릎을 꿇었다. 역시 마계다운 수법이었다.

총지배인이 숨겨져 있던 장부를 들고 다가왔다.

"비밀 창고가 있더군요."

"음?"

총지배인을 따라가니 숨겨져 있던 문이 열려 있었다.

진우는 안으로 들어갔다.

"하오문치고는 꽤 많은데?"

"장부를 확인해 보니, 악운세가가 불법적으로 획득한 재물인 것 같습니다. 돈의 흐름이 꽤 다양하게 퍼져 있더군요."

역시 사람 사는 곳은 다 똑같았다. 창고에는 전표와 은원보도 있었고 무엇보다 무공비급과 영약들이 눈에 들어왔다. 마침 양기를 보충해 주는 영약까지 있었다.

문주가 색공을 익혔으니 당연한 것인지도 몰랐다. 진우는 흐뭇한 미소를 지으며 모두 챙겼다.

"악운세가의 전표는 모두 태워 버려."

"네."

굉장한 금액이었지만 진우에게는 쓰레기에 불과했다.

한쪽 구석에 고급 비단이 쌓여 있었다.

"비단은 서큐버스들에게 주도록."

"알겠습니다."

총지배인의 표정에서 무언가를 읽을 수 있었다. 화란을 생각하는 것 같았다. 그러고 보니 화란의 옷은 꽤 낡아 있었다.

"마음껏 챙겨가."

"크, 크흠, 감사합니다."

총지배인이 냉큼 비단과 장신구들을 챙겼다.

진우는 피식 웃었다. 총지배인은 일단 명목상 휴가이니 하오문의 교육은 릴리스에게 맡기면 될 것 같았다.

'괜찮군.'

처음으로 한 일치고는 괜찮았다. 하오문이 지배하던 객잔과 상권은 자연스럽게 진우의 것이 되었다. 금호가 어떻게 변하게 될지 아직은 아무도 몰랐다.

진우는 바로 성소로 돌아왔다. 중심은 썰렁했다. 진우는 성소를 둘러보았다. 유나와 아리나, 루나를 포함한 다른 이들이 회의 중이었다. 예전에 보았던 황금의 여성회였다. 최희연도 있었는데, 서기를 맡았는지 붓글씨로 토론 내용을 기록하고 있었다. 뭔가 심각한 내용인 것 같아 진우는 일단 저택으로 돌아왔다.

서재로 들어가 극락황천신공을 써 내려갔다. 머릿속에 있는 내용이 잘 정리되어 비급으로 재탄생되었다. 깔끔하게 풀이해 놓았기에 누구라도 익힐 수 있을 것이다.

진우는 톡으로 이민우에게 연락했다. 바로 답장이 왔다.

[이민우: 물건은?]
[나: 구함.]
[이민우: 바로 가겠다.]

30분이 지났다. 다시 톡이 왔다.

[이민우: 애들 재우고 가겠다.]

[나: ㅋㅋ]

두 시간이 지났다.

[이민우: 엘라 자면 가겠다.]

[나: ㅇㅋ]

[이민우: ㅠㅠ]

네 시간 정도 지났을 때쯤 서재의 창문이 스르륵하고 열렸다. 이민우가 모습을 드러냈다.

그의 얼굴에는 지친 기색이 가득했다. 거친 숨을 몰아쉬다가 의자에 푹하고 주저앉았다. 눈에는 다크써클이 잔뜩 내려와 있었고 머리는 헝클어져 있었다.

"힘든가 봐?"

"애들이……."

"음?"

이민우의 눈빛이 흐려졌다. 생명력을 모두 소진한 것 같이 힘이 없었다.

"요즘 날아다닌다."

"어?"

"하늘을 날아 집 밖으로 나가서……. 엘프들과 겨우 찾았다. 하급 정령이…… 집을 박살 내고…… 그나마 엘론티에 있어서 다행이지…… 쿨럭, 쿨럭……!"

엘리와 엘론은 기어 다니는 대신 날아다닌다고 한다. 하급 정령도 마구 소환해서 집을 박살 내기 일쑤였다. 잠깐 한눈을 팔면 사라지니 이민우의 고생이 꽤 심한 것 같았다. 태어난 지 얼마 되지도 않은 걸 생각해 보면 앞으로 더욱 고생할 것이 분명했다.

진우는 피식 웃으면서 영약을 섞은 술을 이민우에게 건네주었다. 술을 마신 이민우의 눈동자가 커졌다. 말라버렸던 땅에 단비가 내린 것 같은 기분이 들었기 때문이다.

"받아."

"이건……? 그, 극락황천신공? 굉장한 이름이군."

진우는 극락황천신공을 건네주었다.

이민우가 잔뜩 흥분했다. 얼마 만에 보는 생기있는 표정인지 몰랐다. 이민우는 그 자리에서 바로 모조리 외워 버렸다. 확실히 이민우는 천재였다. 진우가 도움을 주었다고는 하지만 굉장히 빠르게 익혔다.

이민우가 가부좌를 틀고는 심상 수련에 들어갔다.

'그러고 보니 이민우는 불꽃을 다루는 능력자였지.'

불꽃에 양기를 더한다면? 엄청난 시너지가 날 것 같았다.

진우는 과학자의 심정이 되어 눈을 감고 있는 이민우를 바라보았다.

'과연 무엇이 탄생할 것인가!'

기대가 되었다.

한참 동안 감겨 있던 이민우의 눈이 떠졌다. 밝은 빛이 뿜어
져 나왔다.

[이민우가 극락황천신공을 익혀 각성하였습니다!]
[흔들리는 촛불 같았던 그의 불꽃이 강대해집니다.]

[S+]피닉스(각성)
'나는 죽지 않아!'
'나는 불사조다!'
불꽃을 다루는 능력자인 이민우가 극락황천신공의 신묘한 묘
리를 깨달아 무한의 불꽃을 지니게 되었다. 그의 불꽃은 결코 죽
지 않으며 무한한 활력을 지니고 있다.

이민우가 자리에서 일어났다. 그는 조용히 진우를 보며 고
개를 끄덕였다. 말을 하지는 않았지만 그의 마음을 읽을 수 있
었다. 들어올 때는 창문으로 들어왔지만 나갈 때는 정문으로
나갔다. 자신감이 전신에서 풍겨 나오고 있었다.
얼마 뒤, 진우에게 톡이 왔다. 엄지손가락을 치켜들고 있는
이모티콘이었다.

무림맹에게 연락해 악운비와 간지천을 넘겼다. 곧 조사가

시작될 것이다. 남궁휘가 금호에 온 까닭은 남궁소연을 위해서였다. 정확히 말하면 지금 강호에 선풍적인 인기를 끌고 있는 '맛집 탐방기'를 작성하기 위해서였다. 미식가들 사이에서 맛집 탐방기는 거의 성서처럼 여겨졌다.

화산파의 장문인이 썼다는 소문도, 무당파의 무량진인이 썼다는 소문도 있었다. 혹자들은 그 필력을 보고 마교의 뇌마가 썼다는 추측을 했다.

맛집 탐방기를 쓴 작가는 남궁소연이었다. 맛집의 등급은 최하, 하, 중, 상, 최상, 특상으로 나뉘었다. 지금껏 최상을 받은 맛집은 단 한 곳뿐이었다. 장강 근처에 있는 객잔이었다. 맛집에 갈 때는 늘 의욕에 차 있던 소연이 한숨을 푹 내쉬었다. 머물고 있는 방 밖으로 나가지 않았다.

"소연아, 몸이 안 좋느냐?"

"아, 아니에요. 단지……."

"음?"

"성함이라도 여쭤볼 걸 그랬어요."

은공을 말하는 것이었다. 남궁휘도 소연을 바라보다가 피식 웃었다.

'봄이 왔나 보군.'

가족으로서 응원해 주고 싶었다. 정말 안쓰러운 아이였다.

남궁세가 전체가 막대한 돈과 인력을 들여 치료법을 찾고 있었지만 소용이 없었다. 남궁휘는 동생의 고통을 줄여주기 위해 맛집 탐방에 함께하고 있었다.

방문을 조용히 닫고 밖으로 나왔다. 남궁휘는 거리를 거닐었다. 금가네 객잔에 예약해 놓았는데, 소연의 상태가 저래서야 아무래도 예약을 취소해야 할 것 같았다.

"릴리스 님! 같이 가요!"

"빨리 오렴."

남궁휘는 옆에서 들리는 목소리에 고개를 돌렸다.

"아……."

남궁휘의 눈동자가 크게 떠졌다. 입이 반쯤 벌어졌다. 생전 처음 보는 아름다움이었다. 고혹적인 자태에 속이 온통 진탕이 되어버렸다. 내공마저 급격히 흔들릴 정도였다. 주화입마가 올 것 같았다. 하지만 그것은 행복한 주화입마였다.

그녀가 사라져 갔다. 남궁휘가 손을 뻗어보았지만 잡히는 건 없었다.

'리, 릴리스……?'

남궁휘는 한참 동안 그 자리에 우두커니 서 있었다. 그러다가 넋을 잃은 사람이 되어 방으로 돌아왔다. 소연의 옆에 앉았다.

"하아……."

"하아……."

동시에 한숨을 내쉬었다. 남궁휘에게도 봄이 찾아왔다. 그것은 너무나도 강력한 봄이었다.

이민우가 자신감을 되찾자 일선 그룹도 다시 활력을 되찾았다. 피닉스가 된 이민우는 예전의 그 나약했던 이민우가 아니었다. 폭군이었다.

이민우는 이희진 회장보다 더 강하게 굴려서 임원들이 죽어나가기 시작했다. 늘 활력과 열정이 엄청나니 일선 그룹의 임원들은 식은땀을 뻘뻘 흘릴 수밖에 없었다.

이민우는 엘론티에서도 엄청난 화제가 되고 있었다. 엘론티의 엘프들은 그에게 '재생의 불꽃'이라는 영광스러운 칭호를 줄 정도였다. 이민우 덕분에 지구인에게 호감이 생긴 엘프들도 점차 많아지고 있었다.

진우는 지구에서 조금 시간을 보내다가 바로 무협 세계로 넘어갔다. 아르카나는 성소와 무협 세계를 오갔고 총지배인, 릴리스와 서큐버스는 금호에 자리를 잡고 머물고 있었다. 진우가 포상과 함께 휴가를 주자 무협 세계를 잔뜩 즐겼다. 덕분에 금호에 미인이 많다는 소문이 퍼지기도 했다.

남궁휘와 남궁소연의 소식도 들을 수 있었다.

'그런 일이 있었으니 금방 돌아갈 줄 알았는데……'

남궁 남매는 며칠째 모습을 보이지 않는데 소식을 들어보니 아직 금호에 머물고 있다고 한다. 얼굴이 조금 수척해졌다고 하는데 아무래도 색마에게 당할 뻔했던 게 충격인 것 같았다. 원작에서는 어떤 일을 당했는지 언급이 되지는 않지만 원작 작가가 작가의 말을 남긴 적이 있었다. 수명이 줄고 주인공도 고치기 힘든 트라우마가 생길 정도였다고 한다.

총지배인이 진우에게 보고를 했다.

"악운세가 쪽에서 움직임이 있는 것 같습니다."

"쉽게 물러나진 않겠지. 재미있군."

"기존 하오문에게 피해를 입었던 자들에게 충분한 보상을 해줬습니다."

하오문은 생각보다 훨씬 집요하고 악랄했다. 고리대금업을 하며 상권을 장악하고 혹여나 말이 나올까 봐 암살까지 자행했다. 현재 하오문의 창고를 모조리 열어 피해자와 유족들에게 충분한 보상을 해준 상태였다.

'본래 상권 자체가 죽어버렸군.'

하오문의 악랄한 운영 덕분에 파리만 날리게 되었다. 그나마 총지배인이 비법을 선사한 객잔과 식당 덕분에 찾아오는 사람들이 있어서 다행이었다.

"어떻게 했으면 좋겠어?"

"제가 시작한 일이니 끝까지 책임을 지고 싶습니다."

총지배인이 그렇게 말했다.

"그렇군."

진우는 고개를 끄덕였다. 비어 있는 건물들도 꽤 있었다.

"기왕 하는 거 제대로 해볼까?"

진우의 말에 총지배인이 조용히 고개를 숙였다.

원작의 무협 세계는 우울한 스토리만이 가득한, 비극적인 세계였다. 아버지와 딸은 오해를 하며 서로를 원망했고, 스승과 제자는 엇갈렸다. 온갖 비극적인 이야기를 다 섞어놓은 것 같았다. 남궁소연도 그렇고, 다른 착한 조연들도 그렇고 모조리 구르기만 하다가 주인공 때문에, 주인공을 위해서 죽음을 맞이했다. 그런 세계에 조그마한 활력을 불어넣는 것도 괜찮을 것 같았다.

'내 마음대로 하자.'

원작 작가를 향한 최대의 반항이었다. 진우는 그럴 능력이 있는 대군주였다.

진우는 총지배인을 통해 빠르고 차분하게 일을 진행시켰다. 진우가 의견을 말하면 총지배인과 릴리스가 바로 행동에 옮겼다. 의욕과 열정이 500% 정도 앞서고 있다는 것이 문제기는 했지만, 어쨌든 금호는 아주 빠르게 바뀌고 있었다. 가끔씩 유나를 포함한 황금의 여성회 회원들도 무협 세계를 방문했다. 토론회 이후, 여성회 회원들의 태도가 적극적으로 변했다.

최희연은 무협 세계에 오자마자 넋을 잃었다. 검을 든 자로서 어찌 무협을 모를 수 있을까? 검선이 자주 해주었던 이야기 중에 무협에 관한 이야기도 많았다. 그랬기에 이곳이 더욱 특별했고 마음에 들었다.

그녀는 황금의 여성회 막내다 보니 상당히 바빴다. 토론회 이야기를 정리하고, 일정을 조율하고 청소도 했다. 그리고 다음 모임 준비까지 도맡았다. 그런 와중에서도 무협 세계에 자주 왔다. 무엇보다 진우가 있었기 때문에 더더욱 자주 올 수밖에 없었다.

"옷을 준비해 주셔서 감사합니다."

"신경 쓰지 마시게."

최희연은 주의할 점을 듣고는 옷을 갈아입었다.

"총지배인님, 진우 님은 어디에 계시나요?"

총지배인은 새 옷을 입고 좋아하는 화란을 바라보며 흐뭇한 미소를 짓고 있었다. 화란에게 이것저것 가르치고 있었는데, 아르카나를 교육할 때와는 딴판이었다.

"음, 상점가로 가셨네. 최 가주께서는 검문최가의 일로 용무가 있는가?"

"따, 딱히 그건 아닌데……."

최희연이 우물쭈물하자 총지배인이 고개를 끄덕이면서 그녀를 바라보았다.

"그렇군."

"아…… 저, 그…… 총지배인님께서 호감도를 알려주신다고 들었어요."

총지배인은 충성의 권능으로 진우가 황금의 여성회원들에게 지닌 호감도를 알 수 있었다. 총지배인은 고개를 끄덕이고는 눈을 감고 정신을 집중했다. 눈이 떠지는 순간 안광이 뿜어져 나왔다.

"67.3%로군."

"높은 건가요?"

"애매하다네."

"크읏."

67%는 신경 써서 잘 챙겨주고 싶은 동료 정도였다. 친구로서는 괜찮았지만 연인 수준에는 한참이나 미치지 못했다.

총지배인은 비틀거리는 최희연을 바라보았다.

"명심하게. 주인님께서는 정이 많아 몰아붙이는 스타일에 약하다네. 그 점을 잘 공략하도록 하게. 모든 건 처음이 어려운 법이지 익숙해지면 아무것도 아니라네. 자네만의 아이덴티티를 구축하도록 하게나."

총지배인의 진우 공략법은 모두 피가 되고 살이 되었다. 최희연은 총지배인의 가르침을 가슴에 새겼다. 결연한 표정을 하며 밖으로 나가자, 화란이 그녀를 물끄러미 바라보다가 총지배인에게 시선을 옮겼다.

"마치 공기처럼 청량한 기운을 지니신 분이네요."

"허허, 잘 보았구나. 안목이 대단한걸?"

총지배인의 칭찬에 화란은 배시시 웃었다.

'힘내시게.'

총지배인은 최희연의 무운을 빌어주었다.

최희연이 굳은 결심을 하며 거리로 나올 때쯤, 남궁소연과 남궁휘도 거리에 나왔다. 남궁소연과 남궁휘는 본래의 일정보다 훨씬 길게 금호에 머무르고 있었다. 악운비와 간지천은 소식을 듣고 바로 온 무림맹 소속 무인들이 감시하고 있었는데 청룡회의 인물들이 금호로 찾아와 수사를 위해 압송한다고 한다. 청룡회는 명문정파와 오대세가의 후기지수들이었다. 남궁휘도 청룡회 소속이었다.

둘의 얼굴은 수척해져 있었다. 마음고생 때문이었다.

남궁휘와 남궁소연은 굳은 결심을 하며 거리로 나왔다. 진우를 찾아보려는 목적도 있었지만, 이제 슬슬 맛집 탐방기를 본격적으로 작성해야 했다. 무림맹주가 말년에 유일하게 챙겨 보는 것이 맛집 탐방기였다. 구파일방의 장문인들도 즐겨봤는데, 요즘 들어 지루하다는 평가가 조금씩 나오고 있었다.

남궁휘는 그 마음을 이해했다.

'소연이가 소신만큼은 장문인급이니…….'

남궁세가는 대대로 많은 고수를 배출한 명문세가였다. 가주인 남궁민은 검제로 불리며 백도무림에 엄청난 영향을 미치고 있었고, 남궁휘 역시 창궁신검이라는 별호로 불리며 청룡회의 차기 회주로 점쳐졌다.

남궁소연은 구음절맥 때문에 무공을 익히지 못했지만, 오성이 무척이나 뛰어났다. 그녀는 맛의 고수였다. 이 분야만큼은 고금제일의 고수라고 불려도 무방했다.

'강호만큼이나 맛의 세계는 넓다. 하물며 무림맹주조차 초짜 취급을 당하는 곳……!'

남궁휘는 주먹을 불끈 쥐었다.

수련을 위해 벽곡단만 먹으니 초짜일 수밖에 없었다. 오죽하면 무림맹주가 은퇴 후 본격적으로 맛의 세계에 입문을 하려 하겠는가!

남궁소연은 만인이 인정한 고수였다. 백운선인의 이야기는 남궁소연의 가슴을 뜨겁게 만들었다. 그녀가 금호로 온 이유이기도 했다. 천상의 맛이라는 소문이 사실이 아니라면 무참하게 박살을 내줄 것이다! 몸은 연약했지만 패기만큼은 누구에게도 뒤지지 않았다.

"객잔가는 손님이 가득하구나. 예약을 하면 이틀은 기다려야 할 것 같은데……."

"오라버니, 저쪽……!"

"음?"

"냄새가 나요. 강렬한 냄새에요."

남궁소연의 고개가 옆으로 돌아갔다. 그녀가 앞서가자 남궁휘는 그녀를 뒤따랐다.

'기합이 들어갔군. 그만한 곳인가?'

남궁소연이 저렇게 격한 반응을 보인 건 오랜만이었다. 장강의 객잔 때보다도 더 대단했다.

남궁소연이 향한 곳은 얼마 전까지 비어 있던 거리였다. 하오문의 영향력이 미치는 곳이라 다소 위험하지 않을까 생각했지만, 다행히 주변에 오가는 사람들이 꽤 있었다. 무림맹의 무사들도 금호에 와 있으니 큰 문제는 없을 것 같았다.

무언가 주변에 기이하게 안개가 꼈다가 사라졌는데, 남궁소연의 걸음은 막힘이 없었다.

[남궁소연이 뛰어난 후각으로 결계를 통과하였습니다.]

눈을 감고 후각에 의존해서 걷다 보니 안개가 사라졌다. 남궁휘 혼자서 왔다면 안개 속에서 헤맸을지도 몰랐다.

남궁휘가 기이함을 느낄 때였다.

"저곳……!"

남궁소연의 외침이 들려왔다. 그녀가 가리킨 곳에 '천상금탕차라고 적힌 간판이 있었다. 굉장히 독특한 서체였다.

남궁휘는 간판을 보며 압도당했다. 어떻게 저렇게 정확하고 깔끔하게 적을 수 있단 말인가! 인간미가 전혀 느껴지지 않았다. 감정의 흔들림이 전혀 없었다.

'오욕칠정을 버린 고수가 쓴 게 분명하다!'

남궁휘는 큰 충격을 받았다. 잡힐 듯 잡히지 않는 무언가가 아른거렸다. 그러나 깨달음이 깊지 않아 기회는 좀처럼 오지 않았다. 남궁휘는 우두커니 서서 멍한 표정으로 간판을 바라보았다. 남궁소연도 심상치 않음을 느꼈는지 그녀답지 않게 망설였다.

'전혀 처음 보는 양식이야. 찻집인가?'

외관은 익숙한 양식이었지만 슬쩍 보이는 내부는 처음 보는 것들 천지였다. 그녀가 찻집의 외관부터 평가를 하고 있을 때, 누군가 당당히 걸어 들어갔다. 다소 차가운 인상의 아름다운 여인이었다. 진우를 찾아온 최희연이었다.

당연히 남궁소연이 그녀를 알 리 없었다.

'훗, 딱 봐도 초보야.'

남궁소연은 최희연을 그렇게 평가했다. 잠시 주위를 두리번 거리는 것이 초보자 티가 났다.

남궁소연은 피식 웃고는 그녀를 따라 안으로 들어갔다. 이런 낯선 가게에서 유연하게 대처하는 것은 아무나 할 수 없는 일이었다. 고수는 냄새와 분위기를 보는 것만으로도 단골 못지않게 주문을 할 수 있었다. 남궁소연은 고수였다. 강호에서 따라올 자가 없는 '맛집 탐방기'의 저자였다.

차에 대해서는 이미 통달했다.

'내가 인도해 줘야겠어.'

남궁소연은 그렇게 생각하고 안으로 들어갔다. 그렇게 패기롭게 발을 디뎠지만 곧 당황할 수밖에 없었다.

'이, 이럴 수가!? 도, 도저히…… 모르겠어!'

모르는 것들 천지였다. 차에 대해서는 모두 알고 있는 그녀였지만, 이곳은 감조차 잡히지 않았다. 처음 맡아보는 향기에 크게 당황했다. 자신조차 이렇게 당황했는데, 먼저 들어간 여인은 얼마나 당혹해할까?

남궁소연이 그렇게 생각할 때였다.

"카페모카도 되나요?"

"네. 오픈 전이라 디저트도 잔뜩 만들었는데 드실래요?"

"감사합니다. 그럼, 치즈케이크로 주세요."

"알겠습니다."

남궁소연의 입이 벌어졌다. 알아들을 수 없는 단어가 잔뜩 있었다. 그녀는 큰 충격을 받았다. 강호를 누비며 대부분의 식당과 찻집을 방문한 그녀였다. 늘 유행의 선두주자였고, 그녀의 손에서 많은 명소들이 탄생했다.

그런데 난생처음으로 뒤처지고 있었다! 그것도 처참하게.

'두렵다……'

남궁소연은 처음으로 두려움을 느꼈다. 그것은 그녀가 가족들 몰래 식당에 처음 갔을 때 느꼈던 감정이었다. 그동안 자신이 쌓아 올린 수행이 무너진 느낌이었다.

분한 마음에 눈시울이 붉어지기까지 했다.

"도와드릴까요?"

주문을 마친 최희연이 가만히 있는 남궁소연을 바라보다가 다가와 말을 걸었다. 처음 보는 여인이었지만 이곳에 들어온 걸 보면 진우와 인연이 있는 자가 분명한 것 같았다.

"크읏……."

남궁소연은 분했지만 어쩔 수 없이 고개를 끄덕이는 수밖에 없었다. 최희연이 남궁소연을 데리고 주문대로 갔다.

"달콤한 건 어떠세요?"

"네. 조, 좋아요."

"아 그럼 이걸로……."

남궁소연은 큰 충격에 빠졌다. 자신의 입맛에 맞춰서 골라주고 있었다. 그녀가 경험한 찻집에도 손님 맞춤형 조리법들이 있었지만 이 정도는 아니었다. 알 수 없는 용어들이 남궁소연을 할퀴고 지나갔다. 필사적으로 암기하며 이해하려고 노력했다. 그러나 일 할도, 아니, 일 푼도 따라갈 수 없었다.

'하, 하지만 그것도 내 입맛에 맞지 않는다면 무용지물!'

반격의 기회는 있었다. 남궁소연은 차분하게 반격의 기회를 노렸다. 최희연이 싱긋 웃으면서 자리에 앉자 그녀도 일부러 여유롭게 걸어 맞은편 자리에 앉았다.

최희연의 것이 먼저 나왔는데, 그녀는 너무나 익숙해 보였다. 남궁소연은 그 여유로움에 압도당하는 기분을 느꼈다. 마치 호랑이를 앞에 둔 것 같은 그런 감각에 손끝이 떨렸다.

'이 굴욕…… 잔인하게 평가해 주마!'

남궁소연은 혀로 입술을 핥았다. 표독한 눈빛이 되었다.

곧 주문한 차와 요리가 나왔다. 처음 보는 형태였다. 일단 찻잔부터 너무나 아름다웠다. 표면에서 광택이 났다. 만져보니 굉장히 매끄러웠다. 게다가 찻잔에 그려진 그림에서 눈을 뗄 수 없었다.

그녀는 고개를 세차게 젓고는 잔을 들었다. 뜨거운 김이 모락모락 났다. 달콤한 향기가 그녀를 사로잡았다. 향에 취해 쓰러질 뻔했다. 한참을 뚫어져라 바라보다가 잔을 들고 맛을 보는 순간이었다.

"읍!"

달았다! 단것들은 꽤 먹어봤지만 이건 차원이 달랐다. 온몸을 녹이는 듯한 따스한, 그리고 다정한 달콤함이었다. 입안에 향기가 감돌았다. 마치 선녀가 되어 하늘을 노니는 것 같은 그런 기분이 들었다. 흥분을 감출 수 없었다.

같이 나온 정체불명의 요리를 바라보았다. 최희연이 했던 것처럼 작은 수저를 들어 조금 덜어낸 후 입에 넣었다.

땡그랑!

그대로 수저를 테이블 위로 떨어뜨렸다.

"특상!"

남궁소연은 자신도 모르게 그렇게 외쳤다! 다소 씁쓸하면서도 뒤끝에 풍겨오는 고소한 풍미가 입안에 가득한 달콤함을 잡아주었다. 완벽에 가까운 배합이었다.

그녀는 두근거리는 심장을 겨우 억눌렀다.

'……졌다.'

완벽한 패배였다. 맛의 세계에 입문한 이후로 언제나 승리자였던 그녀가 패배한 것이다. 그것도 정신을 차릴 틈도 없이 압도적으로 져버렸다.

남궁소연은 최희연을 바라보았다. 최희연은 남궁소연과 눈이 마주치자 살짝 고개를 끄덕이며 웃어주었다.

그녀는 대인배였다. 남궁소연은 부끄러웠다. 쥐구멍이라도 있으면 숨고 싶었다.

'반박귀진……'

엄청난 경지의 고수는 오히려 평범해 보인다고 한다. 그 경지가 분명했다. 이건 평생 찾아오지 않을 기연이었다!

드르륵!

남궁소연이 자리에서 일어나 최희연 쪽으로 다가갔다. 최희연이 의아한 눈으로 남궁소연을 바라본 순간이었다.

남궁소연이 무릎을 꿇었다.

"깨달음을 주셔서 감사합니다. 남궁세가의 남궁소연이라 하옵니다."

"네?"

"부디 부족한 후배에게 가르침을 내려주셨으면 합니다."

남궁소연은 최희연에게 절까지 할 기세였다.

"스승으로 모시게 해주세요!"

"네?"

"제자로 받아주시기 전까지 단 한 발자국도 움직이지 않을 것이옵니다! 얼마 남지 않은 목숨…… 배움을 위해 뼈를 묻겠습니다."

최희연은 당황했다.

"이, 일단 일어나세요."

"받아주시는 것이옵니까?"

"그건……."

남궁소연의 눈빛은 마치 울먹이는 고양이 같았다. 최희연은 자신도 모르게 고개를 끄덕이고 말았다. 그러자 남궁소연의 얼굴이 환해졌다.

"스승님! 절 올리겠습니다!"

"아니, 그……."

남궁소연이 극진한 예를 갖춰 절을 올렸다.

정신을 차린 남궁휘가 안으로 들어왔다. 남궁휘는 남궁소연이 절을 올리는 모습을 보고 깜짝 놀라 다가가려 했다가 다시 멈춰 설 수밖에 없었다. 주문대에 서 있는 릴리스가 보였기 때문이다.

"허억!"

고장 난 가슴이 말을 듣지 않았다. 간신히 의젓한 표정을 지
으며 그녀에게 다가갔다.

"남궁세가의 남궁휘라 합니다."

"아, 네."

릴리스는 남궁휘를 바라보았다.

'주인님의 손님인가? 귀엽네.'

귀여운 인간이라 생각했다. 그런데, 너무나 허약해 보였다.

✦ Chapter2 ✦
배달의 민족

　진우는 거리를 점검하는 중이었다. 벌써 다양한 간판이 들어서고 있었다. 하오문의 문도들은 허접한 무공이나마 익힌 이들이라서 그런지 체력이 좋았다. 일꾼으로 쓰기 딱이었다. 온갖 패악질을 다 한 놈들이니 마구마구 굴리고 있었다.

　하오문은 모조리 장악당한 상태라 하오문에 몸을 담았던 그 누구도 자유로울 수 없었다. 모두 기계처럼 움직이니 정보력은 더욱 좋아졌다. 무림에 대한 정보를 모으는 재미도 쏠쏠했다. 진우가 기억하고 있는 원작과 대조를 해보며 비어 있는 정보를 보충했다.

　'조금 과한 게 아닌가 싶지만…….'

　총지배인은 금호를 활기찬 곳으로 만들고 싶어 했다. 그동안의 노고를 생각해, 과감하게 진행하기로 했다.

　진우가 가장 신경 쓴 것은 '황금반점'이었다. 무려 한국식 중

화요리 전문점이었다!

'무림에서 먹힐까?'

짜장면, 탕수육, 짬뽕! 어디서나 통하는 맛이었다. 게다가 신선한 JW게이트의 재료로 만들기 때문에 분명 먹힐 것이다.

황금반점 앞에는 익숙한 모양의 철가방이 진열되어 있었다. 진우가 준비한 철가방이었다. 데구르론이 직접 만들고 진우가 강화석과 속성석을 이용해 강화한 대단한 아이템이었다.

[A] 신속정확배달의 철가방 +12

'짜장면 시키신 분!'

암흑명장 데구르론이 미궁에서만 나오는 희귀한 재료로 만든 철가방. 황금의 대군주가 손수 강화하고 속성석을 부여해 주었다.

시간정지 수준의 보온 기능이 달려 있고, 소지자의 민첩 랭크를 대폭 올려준다. 바람 속성이 깃들어 있어 철가방을 들고 있는 것만으로도 허공답보 수준으로 달릴 수 있다.

속성: 바람

민첩 랭크 대폭 상승, 배달 장소 탐지 기능, 소지자 방어력 대폭 상승.

심혈을 기울인 결과 놀라운 물건이 탄생했다. 진우는 하오문의 정보력을 바탕으로 아티팩트를 설치해 황금반점과 연계할 계획을 가지고 있었다. 누구나 비둘기로 착각할 만한, 바람의 정령이 깃든 아티팩트였다.

"처음부터 다시 실시한다!"

"흐앗! 으악!"

"으윽!"

"허억!"

하오문의 문도들 중에서 가장 발이 빠른 이들을 뽑아 마계식 이동법을 연마시키고 있었다. 영약도 마구 먹이니 무공 수위가 빠르게 올라갔다.

이제 저들은 하오문이 아니었다. '신속정확배달 하오하오'였다. 역시 짜장면은 배달로 먹어야 제맛이니까!

일단 금호와 주변 지역에서만 시범적으로 서비스하고 다른 지역으로 진출시킬 생각이었다.

'순조롭군.'

배달원들의 훈련 상태를 보니 지금 바로 실전에 투입해도 될 것 같았다. 강제로 이론을 뇌 속에 주입하고 육체를 개조하는 수준이라 배달원들은 마계식 이동법을 빠르게 익힐 수 있었다. 진우는 황금반점과 삼겹살집을 둘러보고 카페 쪽으로 향했다. 찻집의 형태를 하고 있지만 현대식 카페와 비슷했다. 기회가 된다면 마교나 구파일방과 연계를 해서 화산파 문도 20% 할인 이벤트! 이런 것도 해볼 생각이었다.

진우는 문을 열고 안으로 들어가려다 흠칫하며 멈춰 섰다.

"스승님, 부디 가르침을……!"

"아, 이건…… 아메리카노라고 하, 하는 건데……."

"자, 잠시만요 필기할게요!"

남궁소연이 최희연에게 찰싹 붙어 있었고 어째서인지 그녀를 스승이라 부르고 있었다.

"청소는 자신이 있습니다! 제왕검법의 초식을 응용한 비기를 보여 드리겠습니다!"

"그럼 부탁드립니다. 남궁 소협."

"네! 저에게 맡겨주시지요! 소저!"

남궁휘가 대걸레를 들고는 제왕검법을 시전했다. 남궁휘는 남궁세가의 소가주답게 절정고수였고, 제왕검법을 잘 이해하고 있었다. 그 묘리를 청소에 응용하니 먼지가 순식간에 사라지고 있었다.

구슬땀을 흘리며 내공까지 펑펑 쓰고 있었는데, 릴리스 쪽을 바라보며 상쾌한 미소를 그렸다. 릴리스는 눈이 마주칠 때마다 살짝 웃어주었다. 그러자 남궁휘는 기합까지 내지르며 더욱 열심히 일했다. 무림인들이 남궁세가의 소가주가 저러고 있는 걸 보면 기절할지도 몰랐다.

'이게 무슨 상황이지?'

남궁 남매가 왜 여기에 있는지 이해가 되지 않았다. 분명 서큐버스들이 결계를 쳐놓아서 웬만한 능력이 아니고서는 들어올 수 없었기 때문이다.

진우는 조용히 열린 문을 닫으려 했다. 릴리스와 최희연의 고개가 동시에 돌아가며 진우 쪽을 향했다.

"앗! 주인님!"

"진우 님!"

동시에 진우를 불렀다. 남궁 남매도 하던 일을 멈추고 진우 쪽을 바라보았다.

드르륵!

진우는 문을 닫으며 뒤로 물러났지만, 결국 다시 카페로 들어올 수밖에 없었다.

'참……'

진우는 참 이상한 광경이라고 생각했다. 무협 세계인데 현대식 카페에 앉아 있었다. 남궁세가의 남궁소연과 남궁휘가 보였고, 그들의 복장은 당연히 무협 영화에서 볼법한 복장이었다. 그런데 테이블 위에는 카라멜 마끼아또가 놓여 있었다.

마치 맛이 특이한 부대찌개를 보는 것 같았다.

남궁휘가 고개를 숙였다. 태도는 굉장히 극진했다. 마치 웃어른을 대하는 것 같았다. 릴리스가 진우를 주인님이라 불렀으니, 진우를 어딘가의 대공자라고 생각하고 있었다. 오대세가나 다른 명문세가는 아닌 것 같았기에 세외 쪽 인물인 걸로 추측했다.

"진 소협! 제대로 보답하지 못해 정말 아쉬웠습니다."

"신경 쓰지 마세요."

진우의 성은 진이 아니었지만 진우는 그렇게 부르게 놔두고 있었다. '이진우'라는 이름을 전부 말했다가는 무협 세계가 위태로워질 수도 있었다. 현재는 대군주가 되었기 때문에 더욱 위험했다. 암묵적으로 진우의 모든 부하들은 진우의 풀네임을 부르지 않았다. 그의 이름을 부르는 것만으로도 큰 재앙이 몰려왔기 때문이다.

남궁휘는 릴리스를 의식한 것인지 꽤 사내다운 모습을 보였다.

"남궁세가로 꼭 모셔서 대접해 드리고 싶습니다!"

"저 혼자요?"

"아…… 그……. 크흠."

진우가 그렇게 말하며 웃자 남궁휘는 얼굴을 붉혔다.

좀처럼 대답을 하지 못했다.

"진 공자님과 스승님이 서로 아시는 분이었다니…… 굉장한 인연이네요. 하늘이 점지해 준 것이 분명해요!"

남궁소연은 최희연을 바라보았다. 최희연은 입술을 달싹이며 머뭇거리고 있었다. 바로 그 마음이 무엇인지 알아차렸다. 진 공자를 스승님과 이어준다면, 자신도 죽기 전까지는 같이 있을 수 있을 것 같았다. 그야말로 일거양득이었다.

진 공자는 세외에서 온 신비스러운 인물이었다.

이 엄청난 맛집! 강호에 널리 알려야 했다. 맛집의 주인은 눈앞에 있는 진 공자가 분명했다.

릴리스가 진우의 옆으로 다가왔다. 남궁휘는 가까이에서 릴리스를 보자 그대로 굳어버렸다.

"주인님, 연락이 왔습니다."

"그렇군. 실례하겠습니다."

진우는 자리에서 일어났다. 모두 아쉬운 표정이 되었다. 진우가 밖으로 나가니 서큐버스들이 서 있었다.

"악운세가가 움직였습니다."

"음."

"악운세가가 무림맹 쪽에 수를 썼더군요. 악운비가 간지천에게 심신을 제압당한 것으로 무마하려 하고 있습니다. 심신미약과 평소의 질환 증세를 증거로 제출했습니다."

"돈을 꽤 썼겠군."

악운세가는 꽤 인맥이 넓은지 장부에는 청룡회뿐만 아니라 무림맹의 인물도 적혀 있었다.

진우는 고개를 끄덕이며 웃었다. 상황이 매우 재미있게 돌아갔기 때문이다.

카페와 황금반점, 그리고 여러 음식점이 오픈할 때쯤 청룡회가 금호에 도착했다. 명문정파, 명문세가의 후기지수들로 이루어진 청룡회는 그 자부심이 대단했다. 속된 말로 싸가지가 없는 이들이었다. 어려서부터 아팠던 남궁소연과 그녀를 챙겨주며 자란 남궁휘가 특이한 케이스였다.

어쨌든, 악운비와 간지천을 때려잡은 게 진우였기 때문에 진우도 그들을 봐야 했다. 무시하려면 무시할 수 있었지만 악운세가가 어떻게 나올지 궁금했다.

진우는 약속 장소로 나갔다.

'청룡회는 원작에서도 나왔지.'

주인공이 슬픔에 젖어 힘을 숨긴 찐따 놀이를 할 때 주인공을 괴롭히던 이들이었다. 남궁소연만이 주인공을 위로해 주었다. 이런 인물들이 늘 그렇듯 트롤링이 엄청났다. 저들이 등장한 챕터를 읽으면서 욕을 수십 번은 넘게 했다.

자리에 누울 때에도 화가 가라앉지 않아 베개를 던져 버리기까지 했다. 청룡회의 인물들을 엎드려뻗쳐 시켜놓고 야구방망이로 패는 상상까지 했을 정도였다.

잠시 기다리자 청룡회로 보이는 인물들이 나타났다. 딱 봐도 나 청룡회요! 라고 이마에 써놓은 것처럼 금방 알아볼 수 있었다.

"이런 촌구석에 오다니……."

"하층민들이 모여 있는 곳이 다 그렇지 않습니까? 버러지들이 모이니 버러지 같을 수밖에요. 하하하!"

"어휴, 냄새. 그래도 객잔은 봐줄 만하네요."

"후후, 그래도 소문대로 아름다운 처자들이 있긴 하구려."

"어멋, 저보다 예쁜가요?"

"그럴 리가. 하하핫!"

와우!

진우는 그들의 대화를 들으며 무심코 손뼉을 쳤다. 양아치 캐릭터로서 이보다 더 완벽할 수 없었다. 보는 것만으로도 짜증이 솟구쳤다.

'좋군.'

망상을 현실로 만들 기회가 찾아왔다.

자하진인은 무림에서 명성이 자자한 고수였다. 화산파의 기둥이자 자존심이라고 불렸다. 현재 화산파가 전성기를 보내고 있는 데에는 자하진인의 공로가 대단히 컸다. 자하진인은 어린 시절부터 무림맹주와 함께 강호를 질주하며 수많은 전설을 만들었다.

그러나 세월은 그 어떤 고수도 피해갈 수 없었다. 무림맹주도 은퇴를 앞두고 있으니, 그도 은퇴를 준비했다. 화산을 떠나 적당히 은거할 곳을 찾아 안휘성 부근까지 도달했다.

'허허, 세속을 끊어버리기가 이리도 어려울 줄이야.'

화산파의 장문인까지 무릎을 꿇으며 말렸지만 그는 무림을 떠나기로 결심한 상태였다. 고인 물은 썩게 마련이다. 무림은 젊은 후배들이 이끌어가야 했다. 황십자성이 걱정되기는 했지만, 후배들을 믿고 물러나기로 했다.

자하진인은 우화등선을 목표로 차분하게 준비를 했다. 명성에 걸맞지 않게 검도 소지하고 있지 않았고 노잣돈만 겨우 들고 왔을 뿐이었다.

'금호산이라……. 좋은 곳이군.'

자하진인은 금호산 정상 부근에 있는 동굴에 자리를 잡았다. 날카로운 절벽 위에 있었는데, 자하진인과 같은 고수가 아닌 이상 접근할 수도 없었다. 참선을 시작했다.

'검이란 무엇인가. 삶이라 무엇인가. 인간이란 무엇을 위해 살아가는 것인가.'

근본적인 물음부터 시작해서 생각이 꼬리에 꼬리를 물고 이어졌다. 그는 현경의 고수였지만 깨달음은 여전히 멀기만 했다.그렇게 며칠 동안 참선을 할 때였다.

구구구구!

비둘기 소리가 들려 자하진인이 눈을 떴다. 새하얀 비둘기였다. 영물이라고 생각될 정도로 자태가 고왔다. 자하진인은 미소를 지으며 손을 뻗었다. 그러자 비둘기가 손 위에 올라왔다.

"어디에서 온 아이더냐."

구구구구!

비둘기가 자하진인을 바라보다가 다리를 들었다. 다리에 무언가 묶여 있었다. 아주 얇고 고급스러운 붉은 비단이었다.

"전서구인가?"

어떻게 자신을 찾아온 것인지 궁금했다. 아무에게도 알려 주지 않고 금호산으로 왔기 때문이다. 자하진인은 비단을 펼쳐 읽어보았다.

[황금반점 오픈!]

-짜장면

-짬뽕

-탕수육

가격: 동 1문

[1인 수행자를 위한 1+1 구성!]

-짜장면+탕수육(소)

가격: 동 1문 5푼

-배달비 무료!

"……."

자하진인은 한참이나 비단에 적힌 내용을 바라보았다. 굉장한 고수가 쓴 것이 틀림없었다. 반듯한 서체는 감탄을 불러오게 만들었다.

'요리란 말인가?'

자하진인은 고개를 설레 저었다. 선배 은거기인의 장난일까? 그렇게 생각할 수밖에 없었다.

"짜장면이라……. 음, 수행자를 위한 구성?"

비둘기가 고개를 끄덕이더니 날개를 펼쳤다. 그러고는 1+1이라고 쓰여 있는 곳에 부리를 찍었다.

퍼드득!

바로 날아서 사라졌다. 비둘기가 날아가는 모양새가 마치 독수리처럼 빨랐다. 기묘한 일이었다.

"허허……."

그래, 세상에는 이처럼 기묘한 일들이 가득했다. 굳이 이해하려 들 필요 없었다. 그저 있는 그대로 받아들이면 되었다. 그렇게 생각하니 깨달음이 다가올 것 같았다.

'삶도 이렇게 흘러보내면 그만인 것을. 우리는 흘러가기 위해 존재하는 것일지도……'

생각에 빠진 자하진인이 천천히 눈을 감을 때였다.

"배달왔습니다!"

흠칫!

갑작스럽게 들리는 목소리에 자하진인이 깜짝 놀라며 눈을 떴다. 입이 살짝 벌어졌다. 평범한 복장을 하고 있는 사내가 기묘한 철가방을 든 채 자신을 바라보고 있었다.

'어떻게?'

어떻게 기척도 없이 자신의 앞에 당도할 수 있었을까?

자하진인은 사내를 살펴보았다. 사내의 무공 수위는 보잘것 없었다. 그래서 더 의문이었다.

"하나 더하기 하나 구성시키신 분 맞지요?"

"그…… 비단에 적힌 걸 말하는 게요?"

"네! 맞습니다."

자하진인은 현경의 고수였다.

'살수는 아닌 것 같군.'

침착함을 유지하며 사내를 바라보다가 고개를 끄덕였다. 어떻게 나오는지 알아보기 위함이었다.

철컥!

사내는 철가방을 열었다. 뜨거운 김이 올라오는 검은 면과 아름다운 황금빛으로 일렁이는 요리가 나왔다.

가장 가까운 마을에서 이곳까지 꼬박 하루가 걸렸다. 게다가 이곳은 절벽이었다. 그런데 김이 모락모락 올라오고 있는 요리가 오다니? 심마가 찾아올 것 같았다.

"1문 5푼입니다."

"음……."

그것뿐인가? 정말 요리를 배달한 것인가?

현경의 경지에 올라 심검을 터득한 그는 어느 정도 사람의 마음을 꿰뚫어 볼 수 있었다. 눈앞에 사내에게서는 어떤 적의도 찾아볼 수 없었다. 자하진인은 심마를 간신히 억누르고 돈을 꺼내 사내에게 주었다.

사내는 철가방을 닫고는 품에서 무언가를 꺼내 자하진인에게 건넸다. 조그마한 나무패였다.

"……이게 무엇이오?"

"교환권입니다. 열 개 모으시면 탕수육 소 짜리 하나를 공짜로 드립니다."

나무패에는 황금반점이라는 글자가 새겨져 있었다.

꾸벅!

사내가 고개를 꾸벅 숙이더니 그대로 몸을 돌려 절벽을 뛰어내렸다. 자하진인이 깜짝 놀라 절벽 아래를 바라보았다.

'허공답보?!'

사내는 허공을 가로지르며 벌써 숲에 내려섰다. 그리고 곧 기척이 사라졌다.

'저, 저자가 알아차리지 못할 정도의 고수였단 말인가?'

반박귀진의 경지도 저렇게 감쪽같을 수는 없었다. 그 자리에서 멍하니 서 있다가 풍겨오는 맛있는 냄새에 고개가 자동으로 돌아갔다.

꿀꺽!

자하진인은 침을 꿀꺽 삼켰다. 고급스러운 그릇이었다. 옆에 놓여 있는 젓가락도 대단히 반듯했다. 자하진인은 자리에 앉아 요리를 바라보았다. 만독불침은 아니었지만 현경에 올라 대부분의 독은 그에게 통하지 않았다.

꼬르륵!

참선을 하며 한 끼의 식사조차 하지 않은 자하진인이었다. 침을 꿀꺽 삼키며 바라보다가 결국 젓가락을 들었다. 요리를 맛본 순간이었다.

그의 눈이 크게 떠졌다. 면발이 입안에서 춤을 추었다. 바짝 튀겨진 돼지고기에서는 환상적인 육즙이 흘러나왔다.

"허, 허허허!"

자하진인은 웃었다. 마치 신선이 된 것 같은 기분이었다. 우화등선을 한다면 이런 기분을 느낄까? 그동안 살아왔던 삶이 떠올랐다.

'이것이 삶이로군!'

자연의 모든 존재는 먹고 자고 다시 먹는다. 그것이야말로 자연의 이치였다. 그것을 거스르면서 우화등선을 논했다니 어리석기 그지없었다. 근심이 순식간에 사라졌다.

후르릅! 짭짭!

자하진인은 아주 맛있게 먹었다. 먹을 때만큼은 아무런 생각도 나지 않았다. 오로지 미각만 존재할 뿐이었다. 요리를 다 먹은 자하진인은 미소를 지으며 가부좌를 틀었다.

실마리를 잡을 수 있었다. 그렇게 며칠이 지났다.

자하진인의 앞에는 10개의 나무패가 쌓여 있었다. 오늘도 어김없이 사내가 철가방을 들고 나타났다.

"큰 은혜를 베풀어주서서 감사합니다."

"저는 배달원일 뿐입니다."

"……그렇습니까?"

황금반점. 은거기인이 만든 집단일까? 그가 상상조차 할 수 없는 고수들이 모여 있는 곳이 분명했다.

자하진인은 진지한 표정으로 사내를 바라보았다.

"황금반점……. 어디로 가야 닿을 수 있습니까?"

"금호에 있습니다. 여기 탕수육 소짜입니다. 이용해 주서서 감사합니다."

자하진인은 탕수육을 챙기며 자리에서 일어났다.

금호! 그곳으로 가야 했다.

청룡회. 청룡회는 잘 나가는 명문세가, 구파일방의 후기지수들이 모인 집단답게 그 권한도 꽤 강력했다. 수사권을 지니고 있었고, 무림맹의 판결에 어느 정도 영향을 행사할 수 있었다. 백도무림을 이끌어갈 차기 유망주다 보니 미리 연습을 시키기 위함이었다.

청룡회에 가입하기 위해서는 특출난 능력이 있어야 했다. 그 능력에는 문파나 가문의 위세도 포함되었다. 물론, 문파의 상승무공이나 가전무공을 익히고 있으니 대체적으로 무공이 뛰어났다. 다만, 인성 공부는 덜 되었다. 흔히 무협지에서 나오는 그런 악역들이었다. 원작은 그걸 초월해서 더욱 양아치 같다는 게 문제였다.

진우는 청룡회의 주요 인물들과 만남을 가졌다.

"호오, 당신이 그 사람인가요? 듣던 것보다 꽤 괜찮군요."

제갈미현이 진우를 위아래로 훑어보며 야릇한 미소를 지었다. 음흉한 음모를 꾸미는 악역이었는데, 남자를 상당히 밝혔다. 남궁소연이 그녀를 노려보자 살짝 코웃음을 쳤다. 제갈미현은 남궁소연을 노골적으로 무시했다.

"흥. 색마를 제압했다길래 기대를 했건만, 샌님이었군."

"유 소협, 그게 무슨 실례인가!"

"남궁세가를 위해서라도 이런 무지렁이와 어울리지 않는 걸 추천하오. 저 근본 없는 복식하며…… 쯧쯧, 어떤 가문인지 안 봐도 뻔하군."

남궁휘가 나무랐지만 소용없었다. 결국, 진우에게 대신 사과했다. 모욕적인 언행을 한 이는 점창파의 유소운이었다. 운룡쾌검이라 불리는 점창의 후기지수였는데, 그는 남궁휘를 질투하고 있었다. 하북팽가의 팽구준은 진우의 옆에 남궁소연이 서 있는 게 마음에 들지 않는지 진우를 노려보았다. 내공을 일으키며 진우를 압박하려 했다.

별 반응이 없자 가까이 다가와 진우를 내려보았다.

"혹시 색마의 동료가 아닌지? 남궁세가에게 노골적으로 접근한 의도가 뻔히 보이는군. 남궁 소저 조심하시오. 이런 인상은 대게 음흉한 자가 많소."

"팽 소협. 이분은 남궁세가의 은인이에요. 더 이상 떠들면……."

"떠들면 어떻게 할 건데요?"

제갈미현이 남궁소연의 말을 끊고는 그녀를 바라보며 웃었다. 남궁휘의 기세가 심상치 않자 고개를 설레 저으며 물러났다. 남궁휘가 차기 회주였지만 영향력은 그리 크지 않았다. 남궁소연을 위해 자리를 비운 영향이 컸다. 청룡회는제갈미현을 중심으로 흘러가고 있었다.

"진 소협이라 하셨죠? 제갈세가로 오시는 건 어때요? 제 호위무사가 된다면 출세할 길이 열리는데?"

"거절하도록 하지요."

"후훗, 비싸게 구시는군요. 제 제안을 거절하신 것을 후회하실 겁니다."

제갈미현은 진우를 품평하듯 볼 뿐이었다. 본래 이런 인물이었다. 잘생긴 남자를 수집하고 트로피로 삼는 기이한 취미를 지니고 있었다. 다른 청룡회 인물들도 양아치 같은 태도를 보였지만 제갈미현, 유소운, 그리고 팽구준이 청룡회에서 가장 중요한 인물이었다.

남궁소연은 제갈미현의 기에 눌려 입을 굳게 다물었다. 남궁휘가 유일한 방패였다. 그러나 그도 카리스마가 부족했다. 하나같이 다 개차반이었기 때문이다.

"세외 가문이라 들었는데, 진씨 성은 들어본 적이 없군요."

"뭐, 촌구석의 가문이 분명하겠지."

"남궁세가의 위세도 곧 떨어지겠군."

"색마의 무공이 뭐 있었겠어?"

제갈미현 뒤에 있던 청룡회의 인물이 그렇게 속삭였다. 진우에 대해서 남궁휘에게 들은 모양이었다. 남궁소연이 안절부절못하며 진우를 바라보았다. 진우는 그저 은은한 미소를 그리고 있을 뿐이었다.

기분이 전혀 나쁘지 않았다. 제갈미현을 포함한 청룡회의 인물들은 현재 업보 스택을 쌓는 것을 전혀 모르고 있었다.

진우는 청룡회와 객잔으로 들어갔다. 가볍게 식사를 하는 자리를 가졌다. 금가네 객잔이었는데, 예약을 해야 했지만 막무가내로 밀어붙였다. 청룡회의 이름에 압도당해 다른 손님들이 피해를 보았다. 하긴, 이런 양아치가 예약 같은 걸 하는 것도 이상했다.

제갈미현과 청룡회들은 좋은 자리에 앉았고, 자리가 없다는 이유로 구석 자리에 진우를 배정했다. 남궁휘와 남궁소연이 진우 쪽으로 다가와 앉았다.

"남궁 소협. 죄송해요. 자리가 없다네요. 불편하시면 말씀해 주세요. 바꿔 드리지요."

제갈미현은 고의적으로 그런 일들을 벌여 남궁휘와 남궁소연의 입지를 좁혀가고 있었다. 오대세가 중에 제일이라 불리는 남궁세가의 소가주가 굽히고 들어오길 바라고 있었다. 남궁세가라 하여도 구파일방, 그리고 다른 명문세가의 후기지수 연합에서는 밀릴 수밖에 없었다.

"죄송합니다. 진 소협."

"괜찮습니다."

남궁휘는 자신이 모욕당하는 건 신경 쓰지 않았다. 진우에게 사과를 할 뿐이었다.

제갈미현은 이야기를 주도했다. 악운비에 대한 이야기를 했다. 악운비는 현재 치료를 받고 있다고 한다. 색마에게 제압당한 피해자로 둔갑 중이었는데, 그 중심에는 제갈미현과 유소운, 팽구준이 있었다.

"색마의 무공은 이지를 제압한다고 하더군요. 악 공자님은 정이 많고 기가 약하니, 쉽게 제압당했을 거예요."

"조사한 결과, 몸에서 색마의 기운을 발견했다고 하오."

"음, 그럼 저자가 과잉진압을 한 셈인가?"

제갈미현의 말에 팽구준과 유소운이 그렇게 말했다. 제갈미현은 요사스러운 미소를 지으면서 진우를 바라보았다.

"그건 아니에요. 남궁 소저가 그런 험한 일을 당할 뻔했는데 눈이 돌아갈 만도 하지요. 아시다시피 남궁 소저는 평소에 색기를 철철 흘리고 다니잖아요?"

남궁휘가 발끈하며 일어서려는데 남궁소연이 말렸다. 제갈미현의 세 치 혀와 어울려 봤자 손해만 볼 뿐이었기 때문이다.

"악 공자님이 정신을 차리고 남궁 소저께 사죄를 드리고 싶다고 하십니다. 색마의 기운이 아직 남아 있는데도 그리 말씀하시니 정말 마음이 깊으신 분 같아요."

"악 공자의 깊은 마음은 나 팽구준이 잘 알고 있소."

"네, 하북신룡 팽 소협님의 말씀대로예요. 남궁 소저, 사죄를 당연히 받아주시겠죠?"

남궁소연은 대답하지 않았다. 명백한 거절이었다.

"뭐, 이의는 무림맹을 통해 제기해 주세요. 내일 아침 악 공자님을 무림맹으로 모실 겁니다."

제갈미현이 그렇게 여론을 몰아가자, 청룡회는 어느덧 악운비의 쾌유를 위해 잔을 들게 되었다.

남궁휘는 몸을 떨고 있는 남궁소연을 바라보았다.

"걱정 말거라. 그놈이 풀려난다면…… 내 모든 걸 걸고 사생결단을 내겠다. 남궁세가는 그런 곳이다. 내가 검을 익힌 이유이기도 하다."

"오라버니……."

진우는 돌아가는 상황을 보며 고개를 끄덕였다. 남궁세가가 원작에서 급속도로 몰락한 이유는 제갈미현 덕분이었다. 남궁소연의 건강이 회복되자 제갈미현은 더욱더 괴롭혔다. 남궁소연을 시작으로 남궁세가 전체를 위태롭게 만들었다.

'악운비를 풀어준다라……'

진우는 피식 웃었다. 무림맹까지 안전히 모셔가서 색마에게 모든 걸 뒤집어씌울 계획이었다. 간지천은 아마 아무 말도 못하는 상태가 되었을 것이다.

진우는 먼저 자리에서 일어났다. 진우가 일어나자 남궁휘와 남궁소연도 같이 객잔 밖으로 나왔다. 제갈미현의 비웃는 소리가 들려왔다.

"금호에 더 머무르실 생각이십니까?"

"네, 청룡회와 동행은 하지 않을 생각입니다. 금호에 조금 더 머물다가 본가로 돌아갈 예정입니다. 소연이의 건강이 걱정되기에……."

진우가 묻자 남궁휘가 그렇게 답했다. 남궁소연은 괜찮다는 표정이었지만 몸이 휘청거렸다. 진우가 잡아주었다.

"가, 감사합니다."

그녀의 몸은 굉장히 차가웠다. 진우는 품에서 목걸이 하나를 꺼냈다. 오래전 최희연에게 준 목걸이와 비슷한 형태였다. 화기로 몸을 데워주는 효과가 있었다. 구음절맥에 탁월한 효과를 보일 것이다.

"선물입니다."

진우가 목걸이를 건네주자 남궁소연은 깜짝 놀라며 정중히 거절하려 했다.

"최 가주님은 저희 세가를 도와주신 분이거든요. 최 가주님의 제자가 된 기념으로 드리겠습니다."

남궁소연은 최희연이 늘 목에 걸고 다니는 목걸이가 떠올랐다. 존경하는 스승님과 비슷한 목걸이라 그런지 욕심이 생겼다. 남궁휘가 고개를 끄덕이자 남궁소연이 조심스럽게 목걸이를 받았다.

"그럼 전 이만 가보겠습니다."

진우가 인사를 하고 사라지자 남궁소연은 진우의 등을 멍하니 바라보다가 목걸이를 착용했다.

"어?"

목걸이에서 온기가 뿜어져 나오더니 전신을 휘감았다.

"왜 그러느냐?"

"손이……."

하얀 손에 혈색이 돌았다. 남궁휘가 그녀의 손을 붙잡았다. 온기가 느껴지자 깜짝 놀라며 뒤를 돌아봤다. 진우의 모습을 찾기 위함이었다. 그러나 진우는 이미 사라지고 없었다.

진우가 하란의 객잔으로 돌아오자 총지배인과 릴리스가 대기를 하고 있었다. 금가네 객잔에서 있었던 이야기를 모두 듣고 있었는데, 그래서인지 표정이 험악했다.

"최대한 고통을 주며 천천히 죽이겠습니다."

"끝나지 않는 악몽에 영원히 고통받게 만들겠습니다."

당장에라도 뛰쳐나가 청룡회를 쓸어버릴 기세였다.

"사람은 고쳐 쓰는 게 아니라고 하지만……."

진우는 부드럽게 웃었다.

"머리를 열어 개념을 탑재시키면 쓸 만해지겠지."

고쳐 쓰는 게 아니라 아예 새로 만들 생각이었다. 그들의 업보는 가볍지 않았다.

청룡회가 악운비와 색마를 무림맹으로 후송하기 시작했다. 악운비는 고급스러운 마차에 누워 있었고, 색마는 포박당한 채 짐처럼 실려 있었다. 마치 악운비가 영웅처럼 보일 정도로 융숭한 대접이었다.

악운세가가 청룡회에 막대한 돈을 대주기로 약속을 한 상태였다. 재력이 다소 부족한 제갈세가에게 많은 도움을 주기까지 했다. 청룡회와 악운비는 가장 편안한 길을 이용해 무림맹으로 향하고 있었다. 감히 행차를 막는 이들은 존재하지 않았다. 청룡회의 위세는 하늘을 나는 새도 떨어뜨릴 수준이었다. 당연히 경계 따위는 할 필요 없이 평온한 분위기를 즐기고 있었다.

제갈미현은 악운비의 치료를 도맡아 하며 그를 홀렸다. 약에 중독시켜 자신이 없으면 살지 못하게 만드는 중이었다.

모든 것이 그녀의 계획대로였다. 남궁소연과 악운비, 그리고 색마를 한 공간으로 모이게 만든 건 그녀의 계략이었다. 그녀가 남몰래 지원해 준 산공독은 남궁휘조차 알아차리지 못할 정도로 위험한 독이었다. 악운세가가 아무리 돈이 많다고는 하지만 그런 독을 쉽게 구할 수는 없었다.

색마가 남궁소연을 무참하게 짓밟았으면 좋았겠지만 이런 결과가 훨씬 더 괜찮았다. 이대로 악운세가의 안주인으로 들어가 악운세가의 재력을 전부 흡수하는 것도 좋을 것 같았다. 그녀의 계획은 순조롭게 이루어지는 듯했다.

하지만 아쉽게도 그녀와 악운비, 청룡회는 금호를 벗어나지 못할 것이다. 안타깝게도 이곳은 이미 진우의 지역이었다. 그가 허락할 때까지 그 누구도 빠져나갈 수 없었다.

"이상한데?"

"같은 장소가 계속 나오네."

"허, 거참! 귀신에게 홀린 건가?"

한참 전에 금호를 출발했건만, 기이하게도 저 앞에 다시 금호가 보였다. 그렇게 몇 번이고 반복되자 마차에 있던 제갈미현이 기이함을 느껴 밖으로 나왔다. 직접 걸어서 길을 가보았지만 정신을 차리고 보니 그 자리로 되돌아와 있었다.

제갈미현은 기관진식이나 진법에 능통했지만 아무것도 발견할 수 없었다. 그렇게 헤매는 사이에 밤이 되었다. 아침 일찍 출발했건만, 주변에서 벗어나지 못한 채 밤을 맞이했다.

"도대체 무슨 일이오? 제갈 소저! 대답 좀 해보시오!"

"저도 잘 모르겠으니 조용히 해요!"

제갈미현이 팽구준의 말에 짜증을 냈다. 청룡회의 모두가 지쳐갈 때쯤이었다. 누군가 걸어왔다. 풀을 지르밟는 소리가 유난히 크게 울렸다.

흠칫!

제갈미현과 청룡회의 무인들이 흠칫 놀라며 정면을 바라보았다.

"진······ 소협?"

"후우, 그 촌놈이군."

제갈미현과 팽구준이 안도하며 진우를 바라보았다. 은은한 미소를 그리고 있는 진우의 모습에서 눈을 뗄 수 없었다.

제갈미현이 진우에게 말을 걸려는 순간이었다.

퍽!

"커헉?!"

진우가 가장 앞에 있던 놈의 얼굴을 후려쳤다. 앞니가 모조리 박살 나며 바닥에 떨어졌다.

퍽퍽퍽!

경쾌한 소리가 울려 퍼졌다. 청룡회의 무인은 반항조차 할 수 없었다. 주먹질에 뼈가 부러지며 털썩하고 쓰러졌다.

"이, 이게 무슨 짓이에요?"

제갈미현이 놀라 소리쳤지만, 진우는 상쾌한 미소만 짓고 있을 뿐이었다. 아름다웠던 미소가 유난히 섬뜩해 보였다.

"감히!"

"청룡회를 건들고도 살아남을 수······."

퍽퍽!

그렇게 말한 청룡회의 무인들의 바닥에 쓰러졌다. 모두 명문정파의 후기지수들로 일류고수들이었다. 그러나 하찮은 미물처럼 바닥을 기고 있을 뿐이었다. 오줌을 지리면서 말이다.

"하, 하북팽가가 네놈을 가만히 두지 않을 것이다!"

"저, 점창파를 화나게 만들다니, 목숨이 열 개라도 부족하다!"

팽구준과 유소운이 호기롭게 무기를 뽑았지만 달려들지 못했다. 진우의 손속이 너무나 잔인했기 때문이다.

한번 주먹을 휘두를 때마다 박살 난 이가 공중에 휘날렸고, 얼굴이 함몰되었다. 팔과 다리의 뼈가 박살 나 지렁이처럼 흐물흐물해진 청룡회의 무인들도 있었다.

"뭐, 뭐 하는 거예요? 빠, 빨리 마, 막아요!"

제갈미현이 그렇게 소리쳤다. 이제 제갈미현과 팽구준, 유소운만 남았다. 진우의 시선이 셋에게 닿았다.

"이, 이러고도 무림맹이 가, 가만히 있을 것 같아요?"

"무, 무림공적이 될 것이오!"

"수, 순순히 무, 물러나거라!"

제갈미현과 팽구준, 유소운은 이미 겁에 질려 있었다. 절정고수다운 기백이 전혀 느껴지지 않았다. 물론, 진우에게는 절정고수나, 초절정고수나, 화경, 현경, 생사경조차 모두 똑같았다.

"흐, 흐아앗!"

그나마 이성을 부여잡은 팽구준이 진우에게 달려들었지만 전신의 뼈가 박살 나며 바닥에 쓰러졌다. 진우의 주먹이 너무나 빨라 어떻게 맞았는지 알아차리지 못했다.

유소운은 오줌을 지렸고 제갈미현은 덜덜 떨었다.

"미, 미안해요. 그, 금호에서 했던 말은 진심이 아니었……
꺄악!"

"살려주…… 커헉!"

진우는 모두에게 공평하게 주먹을 먹여주었다. 마차에 있던
악운비가 그 광경을 보며 몸을 부들부들 떨었다. 이마에 아직
도 박혀 있는 은자가 굉장히 쑤셨다.

"음, 뭔가 부족한데?"

진우는 고개를 저었다. 무언가 부족했다. 기분이 좋아지기
는 했으나 상쾌함까지는 느껴지지 않았다. 진우는 옆을 바라
보았다. 마침 적당한 크기의 나무가 굴러다녔다.

'이거다.'

진우는 나무를 들고 정성스럽게 깎기 시작했다. 제갈미현과
팽구준이 고통 속에서 정신을 차릴 때쯤에 진우의 작품이 완
성되었다. 야구방망이, 흔히 빠따라고 불리는 것이었다.

진우는 포션을 꺼냈다. 아주 많이 꺼냈다. 모두에게 뿌려주
니 몸이 빠르게 회복되었다.

"엎드려뻗쳐."

진우가 나지막하게 말했다.

"이러고도 무사……."

퍽!

팽구준이 아직도 반항했지만 빠따로 후려치니 조용해졌다.

처음에는 진우의 말을 이해하지 못했지만 빠따가 선생님이
되어주었다. 해서는 안 될 일을 직접 몸으로 알려주는 아주 친

절한 선생님이었다. 청룡회의 무인들이 모두 일렬로 엎드려뻗
쳤다. 무림인들이 보았다면 경악할 만한 일이었다.

퍽퍽!

진우는 차례대로 돌아가며 엉덩이를 후려쳤다.

"커헉!"

"꺄악!"

굉장한 타격감이었다. 손맛이 대단했다.

마차에 있던 악운비가 은근슬쩍 기어 나오더니 제갈미현 옆
에 엎드려뻗쳤다. 제갈미현과 눈이 마주쳤지만, 고개를 돌려
시선을 피했다. 나무방망이가 부서지자 모두 간신히 숨을 고
를 수 있었다. 그러나 이제 시작이었다.

"시작해."

진우가 그렇게 말하자 릴리스가 진우의 옆에서 나타났다.
그녀는 몸을 살짝 비틀고 손바닥으로 얼굴을 가렸다. 그러고
는 손가락 사이로 청룡회의 무인들을 바라보았다.

"……그 자세는 여전하군."

"주인님께서 하사하신 신성한 성호이니, 어찌 잊어버리겠습
니까?"

"그래."

릴리스의 권능이 뿜어져 나가며 청룡회의 모두에게 닿았다.
악운비를 제외한 모든 이들의 눈빛이 흐려지더니 바닥에 쓰러
졌다. 악운비는 마계로 끌려갈 예정이었다.

"기간은 얼마나 하시겠습니까?"

"가볍게 3년 정도 반복해."

"알겠습니다."

릴리스의 권능에 의해 진우가 나타난 시점부터 지금까지의 일들이 계속 반복될 것이다. 진우에게는 한 시간도 걸리지 않은 시간이었지만 저들에게는 무려 3년이었다.

"음, 조금 적은가? 5년으로 늘려."

"네, 5년으로 늘리고 고통을 더 증폭시켰습니다. 아슬아슬하게 미치지 않을 정도의 수치입니다."

"좋아. 잘했어."

역시 3년은 애매했다. 5년이 적당할 것 같았다.

"꺄악!"

제갈미현은 식은땀을 흘리며 마차에서 일어났다. 얼굴과 온몸을 더듬어보았다. 상처 하나 없이 깨끗했다.

'아, 악몽?'

제갈미현은 안도의 한숨을 내쉬었다. 너무나도 끔찍한 악몽이었다. 꿈이 분명할 진데, 왜인지 몸이 바들바들 떨렸다. 몸이 고통을 기억하는 것 같았다.

"허억! 아, 악몽?"

"이게 어떻게 된 일이지?"

"너, 너도?"

마차 밖에서 들려오는 목소리에 그녀의 눈동자가 커졌다. 제갈미현이 마차 밖으로 나갔다. 청룡회의 무인들은 모두 어리둥절한 표정이었다.

"그, 그게 무슨 소리예요? 악몽이라니?"

"그, 그 남자가⋯⋯."

제갈미현의 말에 유소운은 제대로 대답하지 못했다.

"호, 혹시 나무방망이로⋯⋯?"

나무방망이라는 말에 모두 몸을 떨었다. 모두 같은 꿈을 꾼 것이다. 정면에서 풀을 지르밟는 소리가 들려왔다.

"아, 아아⋯⋯!"

진우가 부드러운 미소를 그리며 등장하자 제갈미현은 뒤로 주춤 물러났다. 그대로 몸을 돌려 반대편으로 달렸다. 숲 쪽으로 달렸지만 다시 마차가 나왔다.

퍽퍽!

그 끔찍한 광경이 다시 재연되기 시작했다. 반복이 될 때마다 마차에 그려놓은 흔적으로 시간의 흐름을 대략 짐작할 수 있었다. 1년이 지나기 전까지는 도망도 쳐보고 반항도 해보았다. 그러나 계속해서 반복되었다.

"으아아악!"

"싫어! 흐엉엉!"

2년부터는 절망에 울부짖었다. 체면 같은 건 이미 없었다. 눈물 콧물을 질질 흘리며 울었다.

"자, 잘못했습니다. 잘못했습니다."

"잘못했어요."

3년부터는 정신이 나간 것처럼 빌었다. 잘못한 걸 고백하며 맞기 시작하자 고통이 조금 덜해지는 느낌이 들었다. 그렇게 죄를 고백하며 계속 맞았다. 4년이 될 무렵에는 미리 맞을 준비를 하기 시작했다. 진우가 다가오면 자동으로 엎드려뻗쳐 자세를 취했다. 그리고 진심으로 반성하며 새사람이 될 것을 다짐했다.

딱 그 정도만 했었어야 했다. 여기서 끝냈어야 했다.

"흐읏!"

"저는 맞기 위해 살아가는 벌레입니다!"

"감사합니다!"

"때려주셔서 감사합니다!"

"하찮은 저의 엉덩이를 박살 내주셔서 감사합니다!"

"아아! 저는 맞아도 쌉니다. 하악!"

5년이 끝날 무렵. 인성과 개념이 탑재되기는 하였지만, 그 외의 모든 것들이 기이하게 비틀려 버리고 말았다.

진우는 청룡회의 무인들이 깨어날 때까지 편한 의자에 앉아서 만화책을 읽었다. '무적권룡'이라는 제목의 무협 만화였다. 가문의 복수를 하는 전형적인 무협 스토리였다. 전형적이기는 했지만 감동코드도 있고, 로맨스도 있어 꽤 볼만했다.

무엇보다 작화가 굉장히 훌륭했다.

'원작과는 달리 제대로 된 무협이군.'

오랜만에 푹 빠져서 읽었다. 풀벌레 소리도, 바람 소리도 들려오지 않았다. 아르카나가 드래곤 피어로 벌레들이나 동물들을 모조리 쫓아버렸기 때문이다. 그렇게 집중해서 페이지를 넘길 때였다.

"으, 으음……."

"음……."

청룡회 쪽에서 신음 소리가 들려왔다. 드디어 그들의 5년이 끝난 것이다. 제일 먼저 눈을 뜬 건 역시 제갈미현, 팽구준, 그리고 유소운이었다. 그들은 눈을 뜨자마자 빠르게 자리에서 일어나며 정렬했다. 군기가 바짝 든 모습이었다.

탁!

진우가 만화책을 덮으며 자리에서 일어나 그들에게 다가갔다. 아직 만화책이 많이 남아 있으니 5년으로 부족하면 조금 더 늘릴 생각이었다.

그들은 진우가 다가오자 신속한 동작으로 엎드렸다. 조금 전과는 완전히 다른 모습이었다.

"제갈미현."

"네!"

진우가 부르자 제갈미현이 자리에서 일어나며 차려 자세를 취했다. 음흉한 미소와 함께 흉계를 꾸미던 그녀의 모습은 사라지고 없었다. 머릿속이 리셋 된 것처럼 보일 정도였다.

"반성은 좀 했나?"

"네! 하지만 저는 조금 더 맞아야 합니다!"

진우가 팽구준을 바라보자 그도 자리에서 일어났다.

"더 때려주십시오!"

"저희는 맞지 않으면 살아갈 가치가 없습니다!"

"저희가 살아 있는 유일한 이유입니다!"

효과가 생각보다 좋았다. 모두 맞기에 최적화된 자세를 취했다. 무림인이고 모두 일류무인 이상이었으니 조금 더 반항할 줄 알았지만, 정신이 완전히 개조되어 버렸다.

[청룡회가 5년간의 반성 끝에 새로운 취향에 눈을 떴습니다. 그들은 이제 평범한 삶에 만족할 수 없게 되었습니다.]

[B]M룡회

'피할 수 없으면 즐겨라.'

청룡회는 5년간의 고통 어린 반성 끝에 깨달음을 얻게 되었다. 인성과 개념이 올바르게 탑재되기는 했으나, 그 외에 나머지는 모두 기이한 방향으로 비틀어졌다. 그들은 이제 평범한 자극에 만족할 수 없는 몸이 되었다. 고통을 위해 끊임없이 노력할 것이다.

M룡회는 황금의 대군주를 절대 거스를 수 없다.

[서큐버스들이 감탄합니다. 심장이 두근두근하고 있습니다!]

[인큐버스가 인간의 무궁무진한 가능성을 발견하였습니다.]

"……조금 특이하게 변했는데?"

"생각보다 자극이 조금 강했던 모양입니다."

릴리스는 몽마였다. 그녀의 취향이 은근슬쩍 들어간 것 같기도 했다. 진우는 청룡회, 아니, M룡회를 바라보았다. 한 시간 전까지만 해도 단합이라고는 찾아볼 수 없는, 그야말로 오합지졸이었지만 지금은 아니었다.

모두 하나가 된 것처럼 보일 정도였다. 성별, 문파, 가문 따위는 이제 상관이 없었다. 고통을 함께하고 고통을 나누며 고통을 즐기는 M룡회였다.

'부담스럽군.'

진우는 M룡회의 분위기가 굉장히 부담스럽게 느껴졌다.

그의 시선이 닿을 때마다 M룡회의 엉덩이가 씰룩거렸다. 주문한 물건 대신 전혀 다른 물건이 배달되어 온 것 같은 느낌이었다. 분명 도덕책을 주문했는데, 다소 과격한 취향의 성인잡지가 배달되고 말았다.

"……모두 일어나."

"존명!"

한 치의 오차도 없이 모두 동시에 일어났다. 그들은 기대감이 가득한 표정이었다. 유소운은 흥분으로 떨리는 몸을 간신히 억누르고 있었고, 팽구준은 벌겋게 달아올라 있었다.

"쓰읍, 하! 씁하."

"흐흣! 흐흣!"

"스스스훗! 흐흐훗!"

거친 숨을 억누르는 듯한 기이한 소리들이 들려왔다. 웬만한 광경을 보고도 미동조차 없는 진우가 흠칫할 정도였다.

'일단……'

악운비는 현재 마계에서 개조를 당하는 중이었다. 말을 맞춰야 하니 일단 금호로 가서 이야기를 하는 것이 나을 것 같았다.

"일단 금호로 돌아가서 대기하고 있도록."

"존명!"

진우는 긍정적으로 생각하기로 했다. 기이하게 바뀌었어도 어쨌든 자신의 말은 잘 들으니 큰 상관은 없을 것 같았다.

여전히 제갈미현이 리더였다. 그녀는 머리가 좋았다. 비틀렸지만 그래도 올바르다고 할 수 있는 인성이 갖춰졌으니 도움이 될 것이다. 제갈미현이 M룡회의 무인들 앞에 섰다.

"모두 엎드려!"

"핫!"

M룡회가 기이한 기합을 내지르더니 바닥에 엎드렸다.

"우리는 걸을 자격이 없다! 금호까지 굴러간다! 실시!"

제갈미현도 엎드리더니 바닥을 구르기 시작했다. 진우는 그 광경을 보며 멍한 표정을 지을 수밖에 없었다. 당연히 그들은 길로 가지 않았다. 경사가 가파른 숲속으로 굴러갔다. 날카로운 돌과 가시덩굴, 그리고 나무뿌리들이 잔뜩 있는 곳이었다.

"흐핫! 쏩하! 흐훗!"

"하핫! 히하오! 끼아옷!"

야릇한 소리가 들려왔다. 금호 주변 숲속에서 굴러다니는 요괴가 나온다는 소문이 돌기 시작한 원인이 되었다.

[미궁이 아르카나를 통해 소식을 듣고 감탄합니다. 자신보다 더 잘 구른다고 합니다.]

릴리스는 감탄한 표정으로 M룡회를 바라보았다.

"저 인간들은 꽤 자질이 있군요. 잘 가르치면 훌륭한 인재가 될 것 같습니다."

"저런 식으로 반성을 하게 만들다니 역시 주인님이십니다."

조용히 보고 있던 총지배인도 그렇게 말했다. 진우는 옆에 있는 무협 만화를 바라보았다. 만화다 보니 당연히 과장되었고 현실성이 떨어졌다. 그러나 저 숲에 펼쳐진 광경에 비한다면 이 무협 만화는 역사책이나 다름없었다.

"……우리도 돌아가자."

진우는 당연히 평범하게 걸어 금호에 돌아왔다.

M룡회는 색마와 악운비에 대한 더욱 심도 깊은 조사를 한다는 이유로 무림맹으로의 귀환을 늦추었다. 악운세가에서는 갑작스러운 일정 변경에 당황해서 M룡회와 접촉하려 했지만 연락이 닿지 않았다.

제갈미현과 M룡회는 남궁 남매에게 사과했다. 남궁소연은 이해가 안 된다는 듯 제갈미현을 바라보았다. 그녀와의 악연은 그녀가 어렸을 적부터 지금까지 이어져 왔기 때문이다. 사과로 끝날 정도는 아니었지만, 그 자존심이 높았던 제갈미현이 이마를 땅에 박고 있었다. 팽구준, 유소운, 그리고 M룡회의 무인들 전부 그러했다.

"……알겠어요. 사과를 받도록 하지요."

"감사합니다. 앞으로 살아가면서 갚도록 하겠습니다."

남궁소연은 그녀의 바뀐 태도에 소름이 끼쳤다. 남궁휘도 마찬가지였다. 어떻게 사람이 하루아침에 이렇게 달라질 수가 있을까?

남궁소연은 그녀를 바라보았다.

"갑자기 이러는 이유가 뭔가요?"

"모든 욕심이 부질이 없음을 느꼈기 때문입니다. 극한의 환경과 고통 속에서 피어오르는 한줄기 쾌락, 그것에 비하면 세상의 만물은 모두 하찮을 뿐입니다."

"네?"

제갈미현의 이마에서 피가 흘러나왔다. 사과를 하며 이마를 강하게 박은 탓이었다. 피를 닦을 생각도 하지 않고 그녀는 웃었다. 평소에 짓던 야릇한, 그리고 음흉한 미소는 아니었다. 무언가…… 위험한 미소였다.

제갈미현과 M룡회는 다시 그 고통의 5년으로 돌아가고 싶어했다. 하루도 지나지 않았다는 사실을 알았을 때는 환희에 물들었다. 시간에 관계없이 진우가 허락한다면 오랜 세월을 그곳에서 보낼 수 있었기 때문이다.

M룡회의 무인들이 거친 숨을 뿜어냈다.

남궁소연은 주춤거리며 뒤로 한 발자국 물러나고 말았다.

"주…… 진 소협께서 알려주셨지요."

"그분께서요?"

제갈미현의 말에 남궁소연은 놀란 표정이 되었다.

"남궁 소저께서도 함께하시겠습니까?"

"아, 아니요."

제갈미현은 아쉽다는 듯한 표정이었다. 제갈미현과 M룡회는 오리걸음으로 금호를 질주했다. 지나가는 사람들은 역시 청룡회는 평소에도 격한 수련을 하는구나, 하며 그들을 칭찬했다. 하지만 남궁휘는 볼 수 있었다. 저들의 얼굴에 떠오른 홍조와 탁해진 눈동자, 그리고 반쯤 벌어진 입을 말이다.

"청룡회주가 되어서 청룡회를 바꿀 생각이었지만……."

"오라버니, 물러나시는 게 좋을 것 같아요."

"네 말이 맞다."

M룡회는 다른 의미로 위험했다. 남궁휘는 깔끔하게 차기 회주 자리에서 물러났다. 제갈미현이 그토록 가지고 싶어 했던 차기 회주 자리였다.

배달 서비스는 폭발적인 반응이었다. 하급 정령, 그러니까 전서구가 주기적으로 금호를 돌아다니며 주문을 받았다. 처음에는 끼니때에 맞춰 전서구들이 움직였지만, 지금은 황금반점의 나무패를 문 앞에 놓는 것으로 주문을 받게 되었다. 나무패와 함께 주문할 요리를 적어놓으면 전서구들이 그걸 황금반점에 전송했다.

짜장면과 짬뽕, 탕수육. 단 3가지 메뉴였지만 없어서 못 팔지경이었다. 자연스럽게 금호로 사람들이 몰리며 활력이 넘치게 되었다. 배달이 금호 전체를 커버할 수준이 되자 진우는 다른 식당에도 배달 서비스를 도입했다. 한식집과 햄버거집도 호황이었다.

나무패들의 모양은 각각 달랐는데, 파를 나누는 것을 좋아하는 무림인들 사이에서 기묘한 파벌이 생기기 시작했다.

사업이 급격히 커지다 보니 일손이 부족해졌다. 총지배인이 황금반점의 주방에 있을 정도였다. 그나마 M룡회가 임시로 도와주고 있어서 다행이었다. 세연이 미궁을 통해 '알바천계'앱을 만들어줘서 전 차원에 아르바이트 신청자들을 받고 있었다. 진우는 도와줄 만한 이들을 선발하러 직접 다른 차원으로 갔다. 진우는 최대한 신중하게 골라올 생각이었다.

그렇게 진우가 무협 세계에서 자리를 비웠을 때의 일이었다. 자하진인이 드디어 금호에 당도했다. 중간에 깨달음이 찾아와 참선을 하다가 왔기 때문에 시간이 꽤 걸렸다.

자하진인의 깨달음은 더욱 깊어져 이제는 현경의 끝자락에 걸려 있었다. 이제 무림맹주조차 반수 아래였다.

'활기찬 마을이군.'

사람 냄새가 가득한 마을이었다. 모두 활력이 넘쳤고, 거리에는 맛있는 냄새가 풍겼다.

'황금반점을 찾아야 한다.'

자하진인은 황금반점을 찾기 위해 걸음을 옮겼다. 허공답보를 아무렇게나 쓰는 은거고수가 배달원으로 있는 곳이었다. 신비스러운 곳에 있을 것이 분명했다.

'음?'

화산파 복식을 한 무인이 보였다. 청룡회를 상징하는 검을 지니고 있는 것으로 보아, 청룡회 소속 후기지수가 확실했다. 그런데 온몸에 철근을 두른 채, 쭈그려 뛰기를 하고 있었다.

'저토록 혹독하게 자신을 몰아붙이다니……. 허허허, 백도무림 그리고 화산파의 미래가 참으로 밝구나.'

후기지수에게 묻자 그는 친절하게 그를 안내해 주었다. 안내해 주면서도 수련을 멈추지 않았다. 자하진인은 육체수련을 등한시한 자신을 반성하게 되었다.

"이곳이 황금반점!"

황금반점이라고 쓰여 있는 간판을 본 자하진인은 충격에 빠졌다. 서체는 검으로 자른 듯 너무나 반듯했다. 줄이 길었다. 사람들은 모두 평범한 음식점으로 생각하고 있는 듯했다. 그러나 자하진인은 알 수 있었다. 이곳에 득도의 비법이 숨겨져 있음을. 저 간판에 감춰진 묘리를 아는 사람이라면 누구나 그렇게 생각할 것이다.

선배일지도 모르는 고수들을 만나는데, 몸과 마음을 바르게 하는 것은 기본이었다. 금호 근처에 있는 폭포에서 몸을 씻었고, 옷도 깨끗하게 빨았다. 자하진인은 황금반점이 문을 닫을 때쯤에 안으로 들어갔다.

'대단하구나.'

아름다운 여성들이 식탁을 치우고 있었다. 자하진인조차 함부로 하기 힘든 기운이 느껴졌다. 굉장히 어두운 기운이었는데, 잠시 들여다보는 것만으로도 숨이 막힐 것 같았다. 승부를 도저히 장담할 수 없었다. 아니, 기운에 억눌린 순간부터 자신의 패배였다. 하진인은 겸허히 그 결과를 받아들였다.

"주문하시겠습니까?"

종업원이 자하진인을 보더니 웃으며 말했다.

"실은 이곳에 용무가 있어서 왔습니다."

"아! 혹시 일하러 오신 건가요?"

"가르침을 구하러 왔습니다."

"태도가 굉장히 열정적이시네요! 생각보다 일찍 오셨군요. 잠시 앉아 계세요."

종업원이 잠시 눈을 깜빡이다가 무언가 생각났는지 주방 쪽으로 다가갔다.

'역시 내가 올 것을 알고 계셨군.'

자하진인은 감탄했다. 잠시 후 주방 쪽에서 누군가 걸어 나왔다. 황금반점의 주방을 전담하고 있던 총지배인이었다. 보자마자 온몸이 굳어졌다.

'저, 절대지존!'

온몸이 부들부들 떨렸다. 감히 고개를 들 수 없었다. 그는 현경의 끝자락에 올라 총지배인의 기운을 조금이나마 느낄 수 있었다. 깊었다. 너무나 깊어서 질식해 버릴 것만 같았다.

너무나 두려웠다.

'아, 아아……!'

천외천이었다. 저런 경지가 있을 것이라고는 짐작도 하지 못한 자하진인이었다. 자하진인이 두려움과 감격에 물들어 있을 때 총지배인도 자하진인을 바라보았다.

오랜만에 보는 쓸 만한 자원이었다.

'주인님께서 보내신 건가?'

총지배인은 그렇게 생각했다. 주인님께서는 부족한 자신을 위해 손수 차원을 누비며 일손들을 선별하고 있었다. 주인님을 떠올릴 때마다 총지배인은 눈물을 흘렸다.

눈앞에 있는 자는 분명 무협 세계의 사람이었다.

'현지 사정을 아는 아르바이트생을 보내주셨군.'

주방 인원과 철가방이 부족한 상태였다. 칼을 좀 다룰 줄 알고 발이 빠른 이가 필요했는데 살펴보니 딱 맞았다.

자하진인은 총지배인의 시선이 거대한 산처럼 느껴졌다. 기세에 눌려 호흡이 가빠져 왔다. 하지만 예의 없게 가만히 있을 수는 없었다. 겨우 몸을 일으켜 고개를 숙였다.

"가, 가르침을 구하러 왔습니다."

"음……."

총지배인은 고개를 끄덕였다. 역시 주인님께서 선발한 인재답게 태도가 좋았다. 일하러 온 것이 아닌, 가르침을 구하러 왔다는 태도! 정말 마음에 들었다.

"칼을 좀 다루나?"

"부족하나마 다룰 수는 있습니다."

총지배인이 주방으로 따라오라고 하자, 자하진인은 그를 따라갔다. 부엌칼을 들었다. 거대한 도마 위에는 수많은 채소가 섞여 있었다.

휘익!

총지배인이 가볍게 한 번 휘두르는 순간이었다.

사르르륵!

채소가 모두 깔끔하게 잘려 나갔다. 단순히 잘려 나간 것이 아니라 종류별, 크기별로 잘린 모양이 달랐다. 자하진인은 경악했다. 심마가 올 것 같은 충격에 휩싸였다.

저 경지를 도대체 무어라 표현할 수 있을까?

"할 수 있겠나?"

"후, 후배의 무공이 미천하여 도저히……."

총지배인의 물음에 자하진인은 그렇게 말했다. 총지배인이 시도를 해보라고 하자 자하진인은 부엌칼을 잡고는 지금까지 습득한 모든 묘리를 담아 휘둘렀다.

서걱!

채소 몇 개가 베어지는 것에 그쳤다. 총지배인은 고개를 끄덕이고는 그의 어깨를 두드려 주었다.

"음, 그 정도면 되었네. 당장은 힘들겠지만 천천히 해보도록 하게."

"아, 알겠습니다! 정말 감사합니다!"

"발은 빠른가?"

총지배인 그렇게 묻더니 모습이 흐려졌다. 그러더니 주방 밖에 나타났다. 자하진인은 그가 어떻게 이동한 것인지 느끼지도 못했다. 따라 해봤지만 역시 한참 못 미쳤다.

"음, 괜찮군. 내일 묘시에 나오도록 하게."

총지배인이 그렇게 말하자 자하진인은 감동에 몸을 파르르 떨며 고개를 숙였다. 가르침을 얻을 기회가 생긴 것 자체가 기연이었다. 무의 끝을 볼 수 있을 것 같은 기분에 강한 희열을 느꼈다.

다음날 새벽에 자하진인은 첫 출근을 했다. 그의 직책은 주방 보조 겸 배달지원이었다. 주방을 보조하다가 대량 주문이 올 경우 선배 배달원을 뒤따라가는 것이 그의 일이었다.

마침 대량 주문이 들어와 자하진인이 철가방을 들었다. A랭크 철가방 숫자가 부족해 임시로 만든 평범한 철가방이었다. 배달원 선배가 먼저 허공을 가르며 날아갔는데, 자하진인은 따라가기도 벅찼다.

'허허, 강호에 적수가 없다고 생각했건만 나는 평범한 축에도 못 끼는구나!'

그래도 철가방에 새겨진 황금반점의 문양을 보며 자부심을 느꼈다.

그가 배달지원을 마치고 황금반점에 도착했을 때였다.

"음?"

빗자루를 들고 있는 낯익은 얼굴이 보였다. 그도 자하진인과 눈이 마주쳤다.

"천부패왕?"

"자하진인?"

빗자루를 들고 있는 것은 과거 그와 생사대결을 펼쳤던 사파의 고수였다. 은거했다고 알려졌는데, 그도 금호에 있었다. 천부패왕은 햄버거집의 문양이 새겨진 복장을 입고 있었다. 그도 가르침을 구하기 위해 금호로 온 것이 분명했다.

"사파는 역시 사파인가?"

"시대에 뒤떨어지는 걸 보니 역시 자네답군."

자하진인이 보기에 천부패왕이 있는 곳은 근본이 없어 보였다. 천부패왕도 마음에 안 들기는 마찬가지였다. 서로 한참을 노려보았다. 기세와 기세가 부딪히자 중간에 있는 돌이 먼지가 되었다.

휙!

서로 동시에 등을 돌리며 각자의 가게로 들어갔다.

역시 무림인들은 파벌을 나누는 걸 참 좋아했다.

미궁의 요즘 관심사는 애완동물이었다. 작고 귀여운 애완동물을 키우고 싶었다. 허영과 아리나에게 말했는데, 대놓고 무시했다. 책임감이 전혀 없고 일이라고는 게임이랑 바닥을 굴러다니는 일밖에 할 줄 모르는 미궁이 애완동물을 잘 키울 리 없다면서 말이다.

"키울 거임!"

"퍽이나 잘 키우겠다. 쓸데없는 짓 하지 마라."

"으…… 허영 나쁨."

허영이 비웃자 미궁은 오기가 생겼다. 다른 황금의 여성회 회원들도 반응이 대부분 비슷했다. 미궁이 누군가를 보살피는 건 상상이 가지 않기 때문이다. 가장 뒤늦게 들어와 잡일을 도맡아 하는 막내인 최희연만이 진지하게 들어줄 뿐이었다.

최희연은 미궁과 이야기를 나눠본 적이 거의 없어 미궁에 대해 잘 모르고 있었다.

"그럼 유기동물 보호소에 가보는 건 어떤가요? 주인에게 버려진 애완동물들이 있을 거예요."

"오!"

미궁의 눈이 커졌다. 대단하다는 표정으로 최희연을 바라보았다.

"가고 싶음."

"네? 저랑요?"

미궁이 고개를 끄덕였다. 최희연은 미궁의 반짝이는 눈동자를 보니 도저히 거부할 수가 없었다. 결국, 같이 가기로 했다.

최희연은 진우에게 연락해서 허락을 받았다. 진우는 딱히 관심이 없어 알아서 하라는 말만 했을 뿐이었지만 미궁은 굉장히 좋아했다. 진우가 허락했으니 누구도 방해할 수 없었다.

"미궁 님, 지구에 가본 적 있으신가요?"

"문화센터에만 있었음."

"그렇군요. 그럼 저만 믿으세요!"

"오! 대단함."

　최희연은 미궁과 함께 지구로 나왔다. 유명인이다 보니 변장을 하는 것도 잊지 않았다. 최희연은 의젓한 모습을 보여야겠다는 사명감에 불타오르고 있었다.

　스마트폰을 떨리는 손으로 조작해서 보호소의 위치를 찾으려 했다.

"저기임!"

"아…… 네!"

　그러나 미궁이 훨씬 빨랐다. 대중교통도 훨씬 잘 이용했다. 미궁은 지하철에서 헤매는 최희연을 바라보다가 살짝 한숨을 쉬더니 대신 표를 끊어주었다.

"자, 잘 아시네요?"

"드라마에서 봄."

"아……."

"귀하게 자랐나봄?"

"……그건 아닌데……."

　최희연은 할 말이 없었다. 오히려 미궁에게 의지하고 있었다. 미궁은 최희연이 길을 잃을까 걱정하며 그녀의 손을 잡아주었다.

순조롭게 유기동물 보호소에 도착할 수 있었다. 보호소에는 다양한 동물들이 있었다. 개와 고양이부터 새, 뱀, 거북이, 도마뱀까지 다양했다. 미궁은 동물들의 마음을 느낄 수 있었다. 대부분 고통을 느끼고 있었고, 슬퍼하고 있었다.

이리저리 둘러보다가 꼬리가 잘려 있는 푸른 뱀과, 한쪽 눈이 없는 고양이가 눈에 띄었다. 둘 다 삶의 의욕을 잃고 곧 죽을 것 같이 위태로웠다.

"나도 비슷했음."

"그래요?"

"가족이 생겨서 좋음."

미궁은 한참 동안 푸른 뱀과 고양이를 바라보았다. 신기하게도 동물들이 미궁에게 다가왔다.

미궁은 고양이, 푸른 뱀, 작은 거북이와 새를 분양받았다. 거북이도 등껍질이 많이 파손되어 있었고, 새는 양쪽 날개가 잘려 나간 상태였다.

"치료해 주겠음!"

성소로 돌아온 미궁은 동물들을 바라보다가 권능을 이용해 부족한 부분을 달아주었다. 고양이는 붉은 눈이 생겼고, 거북이는 단단한 등껍질이 생겼다. 푸른 뱀은 지느러미 같은 꼬리가 생겼다. 새는 커다란 날개를 달아주었다.

고양이는 야옹이, 푸른 뱀은 미미, 거북이는 묵직이, 새는 찍순이로 이름 지었다. 최희연과 함께 많은 시간을 고민한 결과였다.

"와!"

동물들은 미궁을 졸래졸래 따라다녔다. 미궁은 동물들과 놀다가 문득 진우가 생각났다. 진우에게 새로운 친구들을 자랑하고 싶었다. 진우가 자신을 거둬준 것처럼, 자신도 새로운 친구를 만들었다고 이야기하고 싶었다.

고양이가 미궁의 어깨 위로 올라왔고 새가 머리 위에 앉았다. 뱀이 목을 휘감았다. 그리고 두 손으로 거북이를 들었다.

일단 아리나에게 달려갔다.

"이거 보셈! 멋짐?"

"그래, 잘 키워. 나한테 넘기면 안 된다."

아리나는 반응이 시원치 않았다. 허영도 마찬가지였다. 유나는 평소처럼 늘 바빴다. 아르카나는 무협 세계로 가고 없었다. 루나도 중앙통제실에 있었다.

"나 진우에게 자랑하러 갈 거임."

"그래, 그……."

미궁이 포탈을 타고 사라지자 아리나는 눈을 깜빡였다. 그러다가 곧 괜찮겠지 하면서 신경을 껐다.

미궁은 진우가 있는 곳으로 이동했다. 무협 세계는 처음이라 그런지 포탈 좌표가 조금 어긋났다. 금호 주변에 있는 산에 도착했다. 잠시 거북이를 내려놓고 다시 포탈을 열려고 했다.

스르륵!

그때 미궁의 몸에 있던 동물들도 땅바닥에 내려오더니 이리저리 돌아다니기 시작했다.

"어?"

미궁은 눈을 깜빡였다. 조금 전까지만 해도 동물들은 아주 작았는데, 다시 보니 두 배 이상 커져 있었다. 특히 고양이는 굉장히 늠름하게 느껴졌다. 고양이가 아니라 작은 호랑이처럼 보일 지경이었다. 뱀은 작은 연못을 헤엄쳐 다녔고 거북이는 땅속으로 파고 들어갔다. 새는 이리저리 날아다니기 시작했다. 모두들 여기가 마음에 든다고 표현하고 있었다.

미궁은 그 자리에 앉아서 고민하기 시작했다. 진우에게 혼날 것 같은 강렬한 예감이 들었기 때문이다. 그렇게 앉아서 고민하다 보니 하루가 흘렀는데, 동물들은 훨씬 더 커져 있었다.

"큰일임."

성소로 데려가자니 아리나에게 혼날 것 같았다. 허영이 비웃을 게 분명했다. 이제는 너무 커져 버려 숨길 수도 없었다.

결국 속절없이 시간만 흐르고 있었다. 미궁은 성소로 몰래 돌아왔다. 그리고 뒷정리 중인 최희연을 은밀하게 불렀다.

"희연."

"네?"

"도움!"

"도와달라고요?"

최희연은 고개를 갸웃하며 미궁에게 다가갔다. 미궁이 희연의 손을 잡고는 포탈을 넘었다.

"여긴 무협 세계네요?"

금호 주변이라는 것을 단번에 알아차렸다. 금호산은 독특한 풍경을 자랑했기 때문이다. 최희연이 무슨 일이냐는 듯 미궁을 바라보았다. 미궁은 조금 곤란하다는 표정을 짓다가 살짝 손짓했다.

드드드드!

바닥이 울렸다. 최희연이 화들짝 놀라며 검에 손을 가져다 대었다. 바닥을 뚫고 올라온 것은 집채만 한 거북이었다. 바위 같은 등껍질이 보이자 최희연은 그 거북이의 정체를 단번에 알아차렸다. 미궁이 달아준 등껍질이기 때문이었다.

"무, 묵직이?"

어훙!

뒤에서 공기를 울리는 울부짖음이 들려왔다. 나무를 무참하게 부수며 거대한 호랑이가 나타났다. 묵직이 보다는 작았지만 일반 호랑이와는 비교도 되지 않을 만큼 컸다. 하얀 털에 아름답게 나 있는 검은 줄무늬, 그리고 보석 같은 붉은 눈동자가 보였다.

"야옹이?!"

스르르르르!

뒤에 있는 연못에서 거품이 일더니 무언가 튀어나왔다. 아나콘다보다 훨씬 더 커다란 뱀이었다. 뱀이 아니라 용으로 보일 지경이었다. 반짝이는 푸른 비늘이 인상적이었다. 녹색으로 보이기도 하고 푸른색으로 보이기도 했다. 꼬리 끝에는 지느러미가 달려 있었고, 입에 돌 같은 걸 물고 있었다.

"……미미?"

거기서 끝이 아니었다.

휘이이이!

최희연은 멍하니 하늘을 올려다보았다. 거대한 붉은 날개를 펼치며 하늘을 배회하는 새가 보였다.

"찍순이……."

묵직이, 야옹이, 미미, 찍순이였다. 모두 거대하게 변해 있었다. 외모도 달라졌는데, 동양풍의 신수 느낌이었다. 최희연은 그 자리에서 멍하니 동물들을 바라볼 수밖에 없었다.

"어떡함?"

"……그, 그러게요. 어떡하죠?"

미궁의 물음에 최희연은 머리가 복잡해졌다. 그녀도 어느새 공범이 되어 있었다.

미궁과 최희연의 고민이 깊어져 갔다.

진우는 각 차원을 돌아다니며 일손을 뽑고 무협 세계로 보냈다. 총지배인에게 보냈으니 적재적소에 배치되었을 것이다. 덕분에 금호의 사업은 안정궤도에 들어갔고, 빠르게 확장되고 있었다.

엘프들도 무협 세계로 많이 진출했다. 엘프들이 강력하게 자신감을 보인 상품은 엘론티에서 생산되는 닭으로 만든 치킨이었다. 이미 문화센터에서도 폭발적인 반응을 얻고 있었는데, 일단 치킨이 엄청 컸다. 타조만 했다. 그리고 맛이 환상적이었다.

주식이 치킨이다 보니 장인들이 엄청난 연구를 했는데, 그 결과 정령의 마약 바비큐치킨이라는 걸작이 탄생했다.

[B+]정령의 마약 바베큐치킨
엘프 장인들이 심혈을 기울여 만든 바비큐치킨.
그 요리법은 다음과 같다.

1. 숲에 방목해 놓은 닭을 잡는다. 닭을 잡을 때는 날붙이를 쓰지 않고 오로지 정령 마법을 이용해 잡는다. 이렇게 잡은 닭의 영혼은 숲에 깃들어 닭의 정령으로 재탄생된다.

2. 잘 손질한 후, 상급 물의 정령이 만든 정령수에 이틀 동안 재워놓는다. 이때, 황금 사과와 오크들이 재배한 야채, 엘론티 특산 찻잎을 갈아 넣는다.

3. 정령수에서 꺼내 세계수 송진을 골고루 바르고 상급 바람의 정령을 이용해 잘 말린다. 갈색 빛깔이 바람에 말라 황금빛으로 바뀌면 세계수 잎으로 잘 싸맨다.

4. 상급 불의 정령을 이용하여 서서히 익힌다.

5. 다크 엘프들이 권능을 이용해 만든 '마약 양념'을 발라 마무리한 후 포장한다.

-오크들이 만든 탄산수, 치킨무와 곁들여 먹으면 꿀맛!

굉장한 정성이 느껴져 무협 세계로의 진출을 허락할 수밖에 없었다. 무협 쪽에서도 닭고기는 평범한 식재료이니 큰 상관은 없었다. 햄버거집과 한정식집 마저 있는데 치킨집은 오히려 평범했다. 치킨이 맛있는 건 전 차원을 관통하는 진리였다. 금호를 상징하는 신성한 음식으로 떠오르고 있었다.

금호의 상권을 중심으로 황금문이라는 세력이 탄생하였다. 문파를 만들려고 한 것이 아니라, 총지배인을 중심으로 지휘 체계를 구축하기 위해 세웠는데, 어쩌다 보니 무림인들 사이에서는 그런 이름으로 불리고 있었다.

구파일방은 서로 사이가 좋다고 할 수는 없었다. 내부적으로 정치 싸움이 늘 치열했다. 원작에서는 화산파와 무당파의 갈등이 있었는데, 금호가 명소로 떠오르면서 조금은 특이한 양상을 띠게 되었다. 짜장면파와 짬뽕파가 갈렸고, 부먹파와 찍먹파가 대립했다. 청룡회를 중심으로 젊은 무림인들 사이에서는 특히 심했다. 장로들도 모여서 논검을 하는 것처럼 토론을 했다.

'국물양념과 건더기의 조화는 음양과 같으니, 조화롭게 부어 먹어야 이치에 맞다.'

무당파의 제자들은 부먹을 주장했다.

'화산의 검이 변화무쌍한 것처럼 맛 또한 그러하다. 한가지 맛에 가두는 것은 검을 검집에 넣는 것과 같다. 찍어 먹는 것이야말로 검집을 떠난 검. 즉, 예측 불가능한 가능성이고 우주

의 진리이다.'

화산파의 제자들은 찍먹을 주장했다.

'국물양념이 탕수육이고, 건더기 또한 탕수육이다. 탕수육은 두 가지를 모두 포함하니 구태여 둘로 나눌 필요가 없다.'

보다 못한 소림이 중재했다.

'뭐…… 그래도 원작보다는 나은 상황인가.'

진우는 고개를 끄덕였다.

남궁세가는 여전히 잘 나갔고, 구파일방은 아직까지 큰 충돌이 없었다. 오히려 찍먹, 부먹 대립 쪽으로 논쟁이 붙어 정신력을 소모한 덕분에 무력충돌까지 일어나지는 않았다. 의도한 바는 절대 아니었지만 운이 좋다고 할 수 있었다.

진우는 이제는 본거지가 된 화란의 객잔에서 향후 방침을 정하고 있었다. 가장 신경 써야 하는 존재는 군주였다. 무협 세계에도 군주가 존재했다. 마신의 영향으로 군주가 된 것이 아닌, 무협 세계에서 독자적으로 군주에 오른 인물이었다.

어찌 보면 뻔했다. 누구나 예상이 가능한 인물이었다.

'천마지존.'

최고의 고수였다. 그는 수많은 고수들을 녹여 만든 혈마단으로 영생에 가까운 삶을 살았다. 원작이 시작될 시기가 바로 혈마단을 채집할 때였다.

사람의 몸으로 군주에 오른 절대자였다. 구파일방, 사파를 통틀어 그와 대적할 수 있는 존재는 없었다. 무력뿐만 아니라 오랜 세월을 살아온 존재답게 권모술수에도 능했다. 주인공이

개처발린 이유이기도 했다.

물론, 원작 작가가 파워 밸런스 조절을 하려고 주인공의 힘을 없앤 부분도 크게 작용했다. 주인공이 힘을 잃고 무공을 배웠기 때문에 처음에는 아예 상대가 되지 않았다.

'뭐, 인간의 몸으로 군주에 오른 건 대단한 거지.'

진우는 특수한 경우였고, 총지배인 정도가 되어야 가능한 일이었다.

천마지존 같은 경우에는 뛰어난 재능도 있었지만 수천 년 살아온 세월 덕분에 군주에 오를 수 있었다. 그러나 총지배인과 비교할 수 있는 수준은 아니었다.

'다른 군주에 비하면 쉽지.'

진우가 서두르지 않는 이유이기도 했다. 파워 밸런스고 뭐고 간에 자신의 상대가 되지 못했다. 천마지존이 감히 넘을 수 없는 벽이 존재했다.

진우는 옆에 서 있는 유나를 바라보았다. 유나도 무협 세계의 복장을 하고 있었는데, 상당히 잘 어울렸다.

"김영훈은 뭐 하고 있지?"

"일본 정치인들을 장악하고, 차원제일교를 창시했다고 합니다. 그쪽에 소질이 있는 모양입니다."

"그렇군."

"그쪽 상황은 신기하게 잘 풀리더군요. 지원해 줄 필요가 전혀 없었습니다."

주인공 보정이 나타난 것 같았다. 주인공답게 사람을 끌어

당기는 재능이 있었다. 그게 사이비 교주로 나타난 것 같았지만 나름대로 착실하게 살고 있으니 그냥 놔두기로 했다. 김영훈은 더 이상 죄인이 아니었다. 세연의 공로를 생각해 방면 처리를 해놓았기 때문이다.

M룡회가 객잔 앞에 도착했다는 말에 진우는 객잔 밖으로 나왔다. 무인들이 대기하고 있는 것이 보였다.

제갈미현과 M룡회의 무인들은 반짝이는 눈빛으로 진우를 바라보고 있었다.

"주군, 모두 모였습니다."

정신 교육 이후, M룡회는 진우를 주군이라 부르고 있었다. 제갈미현은 눈치가 좋은 편이라, 다른 이들 앞에서는 주군이라고 부르진 않았다.

아무튼, 진우가 이들을 모은 이유가 있었다.

'음…….'

인성과 개념이 탑재되었지만 나머지 부분이 기이하게 비틀린 덕분에 굉장한 기행을 벌이고 있었다. 극한에 몸을 몰아넣는 수련이라고도 볼 수 있었지만, 그 결과는 처참했다. 온몸에 상처가 가득하고 전신에 피멍이 들어 있었다.

제갈미현도 무림오봉에 들 만큼 미인이었는데, 지금은 거지 꼴이 따로 없었다. 원작에서는 외모에 신경을 많이 썼고, 그걸 무기로 삼았다. 하지만 지금은 아니었다. 단체로 피를 줄줄 흘리고 다니는 변태가 되어버렸다. 역시 5년은 조금 과한 감이 있었다.

저렇게 된 이상 바꾸는 건 불가능했다. 그러면 적어도 외모만큼이라도 멀쩡하게 해주고 싶었다. 매번 불러모아 포션을 줄 수는 없으니까 말이다.

'일단……'

다행히 마계 고문기술자의 고문 마법서 중에 그럴듯한 게 있었다.

[C+]무혈의 고통

피 튀기지 않는 깔끔한 고문을 위해 고안된 기술.

육체에 가해진 대미지를 무효화시키는 대신, 육체의 한계를 뛰어넘는 고통을 부여받는다. 정신이 버틸 수 있는 한계까지 대미지를 무효화시킬 수 있지만, 워낙 고통이 심하기 때문에 대부분 미쳐 버리고 만다.

지금 저들의 상황에 딱 맞는 마법서였다.

제갈미현에게 마법서를 건넸다. 그녀는 깜짝 놀라며 진우를 바라보았다.

"이, 이건……?! 무공비급입니까?"

"비슷한 거긴 한데, 일단 익혀봐. 피를 흘리고 다니는 것보단 낫겠지."

익히기는 어렵지 않았다. 익히기 어려우면 고문용으로 쓸 수 없었다. 고문용 마법서이다 보니 읽는 것만으로도 자연스럽게 익혀졌다. 문자도 자동으로 해석해서 읽혔기 때문에 따로 해석해 놓을 필요가 없었다.

제갈미현이 먼저 익혔다. 그녀의 눈에 이채가 서렸다.

"유 소협, 검으로 절 찔러보세요."

"괘, 괜찮겠습니까?"

제갈미현이 고개를 끄덕이자 유소운은 검을 뽑았다. 제갈미현을 향해 찔러넣었다.

팅!

유소운의 검은 명검에 속하는 검이었다. 그런데 제갈미현의 피부를 뚫지 못했다. 마치 쇠를 찌르는 느낌이었다. 유소운은 깜짝 놀라 제갈미현을 바라보았다.

제갈미현이 외공을 익혔다는 소문은 들은 적이 없었기 때문이다. 제갈미현은 몸을 부르르 떨고 있었다. 얼굴에는 환희가 가득했다.

"이, 이번에는 기를 담아서……!"

"아, 알겠습니다."

유소운이 기를 담아서 제갈미현을 베었다. 그러나 오히려 유소운의 검이 튕겨 나왔다.

"도, 도검불침?!"

"그럴 수가!"

감탄이 튀어나왔다. 진우도 강력한 위력에 살짝 놀랐다. 설마 검기마저 막아낼 줄은 몰랐기 때문이다. 그저 적당히 굴렸으면 하는 바람에서 건네준 마법서였다.

"무혈지옥외공……."

제갈미현이 나직하게 말했다. 그녀의 눈에서는 감동의 눈물이 흐르고 있었다.

"주군께서 저희를 위해……!"

"검기를 막다니. 전설 속에나 나오는 무공입니다!"

"크흑……."

M룡회가 무릎을 꿇으며 고개를 숙였다.

'……괜한 짓을 한 건가?'

그래도 과다출혈로 죽게 놔두는 것보다는 나을 것이다. 금 강불괴를 초월한 외공이 탄생한 순간이었다. 특수한 체질만이 익힐 수 있는 궁극의 외공이었다.

마침, 마계에서 악운비가 배달되었다. 그도 특별한 개조를 통해 완전히 새사람으로 바뀌었다. 고문기술자에게 인성과 개념을 탑재시키고 쓸 만하게 개조하라는 명령을 했었다.

고문기술자는 진우의 명령을 완벽히 수행했다.

악운비는 확실히 달라졌다.

"주군의 은혜를 받아 저 악운비! 마공자 악운비가 되었습니다!"

외관상 달라진 부분이 있기는 했다.

"주군의 신하인 염라대왕이 달아준 촉수입니다!"

"아, 아아…… 멋져."

"오오! 그런 부러운……!"

악운비의 손이 스르륵 녹더니 촉수로 변했다.

꿈틀꿈틀!

진득한 액체가 가득 떨어지는 촉수였다. 따끔한 촛농 수준의 액체부터 쇠를 녹이는 산성물질까지 뿜어낼 수 있었다.

쓸 만하게 만들라는 말은 저런 게 아니었지만, 악운비는 마물과 합성이 되어버렸다. 촉수공자 악운비가 무림에 등장한 순간이었다.

M룡회는 공중에서 흔들리는 촉수를 보며 황홀한 표정이 되었다.

"저희와 궁합이 완벽하게 맞군요. 역시 주군이십니다."

M룡회는 모두 존경의 눈빛으로 진우를 바라보았다.

어쨌든, 트롤링의 핵심이 되는 인물들이 마음을 고쳐먹었으니, 무협 세계가 조금은 더 밝아진 기분이었다. 악운비도 돌아왔으니 저들도 슬슬 금호를 떠날 때가 되었다.

'나도 기왕 왔으니……'

비극적으로 흘러가는 무협 세계를 바로잡고 군주도 처리하도록 하자.

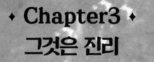

♦ **Chapter3** ♦
그것은 진리

　M룡회가 악운비를 데리고 무림맹으로 돌아갔다. 새사람으로 재탄생되었기 때문에, 무죄방면이 되어도 큰 상관은 없었다. 판결이 끝나면 M룡회 모두 금호로 되돌아온다고 하는데, 말려봤자 소용이 없을 것 같아서 놔두는 중이었다.

　악운세가와 제갈세가는 마교의 앞잡이가 되는 세가였다. 악운세가는 돈을 위해서, 제갈세가는 권력과 명예를 위해 영혼을 팔았다. 제갈미현은 악녀 그 자체였다. 배신, 독살, 암살, 정치질, 누명에 이르기까지 아주 다양한 악행 패턴을 보여주었다. 보고 있노라면 꾸역꾸역 먹은 고구마와 건빵이 식도를 타고 역류하는 느낌이었다.

　'지금은 그저 변태일 뿐이지만⋯⋯.'

　좋은 머리를 이상한 곳에 쓰기 시작했는데, 악운비와 코드가 잘 맞았다. 촉수의 다양한 활용법을 만들어냈다고 한다. M룡회를 바라보고 있으면 무협지가 아니라 아예 다른 장르로 바뀌게 되니 진우는 더 이상 신경 쓰지 않기로 했다.

'암 덩어리부터 제거하도록 할까.'

원작의 무협편을 읽으면서, 주인공의 소극적인 행보에 답답함을 느낀 적이 한두 번이 아니었다. 딱 대놓고 첩자인 게 분명한 놈을 놓아준다거나, 이를 악물고 모른 척하는 모습을 보면 화병이 났다.

진우는 그냥 깽판을 치기로 했다. 뒷수습은 크게 생각할 필요가 없었다. 무림 전체가 적으로 돌아서도 진우의 상대가 될 수 없었으니까.

진우는 남궁휘와 남궁소연의 초대를 받아들여 남궁세가로 향했다. 금호에 예정보다 오래 머물러서 남궁 남매가 남궁세가로 돌아가려던 참이었다. 릴리스도 같이 갔는데, 남궁휘의 얼굴에 화색이 돌았다.

남궁세가는 안휘성의 합비에 있어서 마차를 타고 가더라도 꽤 시간이 걸렸다. 릴리스는 중간중간에 포탈석을 설치하는 것을 잊지 않았다.

남궁휘는 릴리스를 엄청 챙겼다. 그는 굉장한 순정파였다. 시를 읊기도 했고, 절벽에만 피어난다는 꽃을 따오기도 했다. 남궁소연에게 조언을 구하며 함께 고민했다. 지금도 마부석에서 둘이 이야기를 나누는 중이었다. 귀를 기울여 들어보니, 합비 도착 전에 릴리스와 더 가까워지는 것이 목표였다.

정말 사이가 좋은 남매였다.

진우는 피식 웃으며 릴리스를 바라보았다.

"어때?"

"일반적인 연애는 못 해봐서 잘 모르겠습니다만, 신선하기는 합니다."

"그래?"

"네, 저희에게 애정이란 죽고 죽이는 일이었으니까요."

하긴, 그녀는 서큐버스 퀸이었다. 지금이야 진우의 밑에서 평등한 대우를 받았지만 마왕이 군림했던 시절에는 꽤 힘든 인생을 살았다.

진우는 그냥 지켜보기로 했다.

그렇게 시간이 지나고 결국, 아무일 없이 합비에 도착했다. 남궁휘의 어깨가 유난히 축 처져 있었다. 하지만 곧 기운을 차렸다. 메인 이벤트나 마찬가지인 남궁세가로의 초대가 남아 있었기 때문이다.

'괜찮네.'

진우는 남궁세가의 모습을 바라보며 감탄했다. 웅장하면서도 선이 아름다워 과하게 느껴지지 않았다. 주변에 합비의 그 어떤 집보다도 거대했지만, 자연과 잘 어울려 있기 때문인지 거대함이 부각되지 않았다. 문은 굳게 잠겨 있었고 무인들이 삼엄하게 정문을 지키고 있었다. 남궁휘와 남궁소연이 금호로 떠나왔을 때와는 분위기가 정반대였다.

남궁세가의 문은 항상 열려 있었다. 손님이 넘쳐났기 때문이다. 그러나 지금은 그런 기색을 찾아볼 수 없었다.

남궁휘가 정문으로 다가갔다.

"무슨 일 있는가?"

"소, 소가주님! 어서 안으로 드시지요. 가, 가주께서 주화입마에 빠져……."

"그게 무슨 소리인가!"

뒤에서 듣고 있던 남궁소연도 깜짝 놀랄 수밖에 없었다. 남궁세가의 가주 남궁현은 무림에 명성을 떨치고 있는 검의 고수였다. 백도무림과 오대세가를 지탱하는 큰 기둥이었다.

그런 고수가 갑자기 주화입마라니?

진우와 릴리스는 남궁 남매를 따라 남궁세가 안으로 들어갔다. 남궁세가의 분위기는 가라앉아 있었다.

'시작된 건가? 예정보다 빠른 것 같은데?'

원작에서 남궁현이 쓰러지기는 했다. 제갈미현의 음모 때문이었는데, 원작 역사가 바뀌면서 사건이 조금 앞당겨진 것 같았다.

남궁현이 쓰러진 이유는 역시 혈마단 때문이었다. 처음에는 영약 효과를 낸다. 단전에 자리 잡아 내공을 증진시켜 주며 머리를 맑게 해주었다. 다만, 마기 앞에서는 모든 내공이 흩어지며 극독으로 작용했다.

남궁현의 단전 속에 자리 잡은 혈마단이 내공과 선천지기를 잡아먹으면서 내단으로 자라고 있는 중일 것이다. 천마지존은 단전에 자리 잡은 혈마단을 채집하고 흡수하며 더욱더 강해졌다. 원작에서는 천마지존이 혈마단을 모두 흡수한 끝에 혈마신으로 각성까지 했다.

"이곳도 사정이 복잡한가 보군요."

"사람 사는 데가 다 그렇지."

릴리스의 말에 진우가 고개를 설레 저으며 그렇게 말했다.

남궁휘와 남궁소연은 남궁세가의 가주가 있는 연공실에 들어가지도 못하고 밖에서 기다리고 있었다.

둘의 표정에는 초조함이 가득했다.

남궁휘는 진우를 바라보며 고개를 숙였다.

"죄송합니다. 상황이 이래서……."

"괜찮습니다."

남궁휘는 아버지가 주화입마에 빠졌는데도 진우를 챙기려고 노력했다. 인물은 인물이었다.

질투로 파탄 날 정도로 사랑꾼인 게 단점이긴 하지만 릴리스에게 반한 상태이니 그런 모습은 나오지 않을 것이다.

연공실에서 중년의 남자가 걸어 나왔다. 심각한 표정을 짓고 있었는데, 남궁휘를 보자 표정을 펴며 다가왔다.

"소가주님, 오셨군요."

"아버님의 용태가 어떻습니까?"

"……주화입마에서 깨어나시지 못하고 계십니다. 아무래도 중독되어 무리하게 기를 운용하시다가 그런 듯싶습니다."

"독이라니……? 대체 누가!?"

남궁의협 서천. 그는 선대 가주가 거둔 인물이었는데, 의술이 굉장히 뛰어났다. 남궁휘와 남궁소연 역시 그를 신용하고 있었다. 남궁소연의 구음절맥을 고치기 위해 고생을 하고 있었기 때문이다.

"아무래도 제갈세가 쪽이 아닌지 의심스럽습니다. 얼마 전……."

서천은 가주가 얼마 전 제갈세가와 접촉했다고 하며 여러 가지 증거를 들이밀었다. 분열을 야기하기 위함이었다.

'역시 지랄하는군.'

진우는 서천을 바라보며 그렇게 생각했다.

청룡회와 더불어 진우를 짜증 나게 만들었던 인물이었다. 남궁세가를 꿀꺽하고 싶은 욕심에 마교에 홀라당 넘어가 첩자 질을 했고, 남궁소연의 구음절맥을 일부러 극대화시켰다. 남궁소연의 음기를 마교에 바치기 위함이었다.

"아가씨, 다행히 시간을 맞춰오셨군요. 좋은 영약을 구했습니다. 이번에는 차도가 있을 겁니다."

"아, 저……."

"가주님께서도 아가씨가 건강하시길 바라고 계실 겁니다. 일단 검사부터 하지요. 이쪽으로……."

서천이 남궁소연을 데리고 방으로 들어갔다. 남궁휘는 정신이 없어 보였다.

"진 소협, 객실로 모시겠습니다. 그곳에서 잠시……."

진우는 남궁휘의 말을 듣고 있지 않았다. 서천과 남궁소연이 들어간 방을 바라보았다. 릴리스는 남궁휘를 바라보았다.

"방금 그자…… 거짓말만 하더군요."

"소저, 그게 무슨 말씀이십니까?"

"남궁 소협, 집 단속에 실패하셨네요."

릴리스의 말에 남궁휘는 무슨 말인지 이해하지 못했다. 진우는 가볍게 몸을 풀었다. 마차에 오래 앉아 있다 보니 몸이 조금 굳은 감이 있었다.

두드득!

허리를 풀고 손목을 돌렸다.

"진 소협?"

남궁휘가 의아하게 바라보았는데, 릴리스가 손을 뻗어 남궁휘를 물러나게 만들었다. 몸을 움직일 수 없었다. 릴리스의 마력에서 벗어나기에는 그는 너무 나약했다.

진우는 서천과 남궁소연이 있는 방으로 다가갔다. 남궁세가의 무인들이 화들짝 놀라며 진우를 막으려 했다. 사정을 봐줄 만큼 진우는 착하지 않았다.

진우는 방을 향해 손을 뻗었다. 그리고 가볍게 당겼다.

콰가가가가!

방문과 벽이 뜯겨 나가며 사방으로 날렸다. 남궁세가의 무인들도 충격에 휩쓸리며 뒤로 튕겨 나갔다.

남궁휘는 경악했다.

"이, 이게 무슨 짓……."

"조용히 하세요. 당신을 해하고 싶지는 않습니다."

릴리스의 말에 남궁휘의 입이 자동으로 닫혔다. 남궁소연이 동그란 영약을 손에 들고 있었다. 매우 놀란 표정이었는데, 옆에 있는 서천도 마찬가지였다.

"이게 무슨 짓이오! 남궁세가에서 이런 행패라니! 소가주님의 객이라고 해서 봐줄 수는 없소."

"그러던가."

진우는 서천에게 다가갔다. 진우에게서 뿜어져 나오는 기세가 주변을 내리눌렀다. 기와지붕이 주저앉았고, 달려들려던 남궁세가의 무인들이 무릎을 꿇었다.

서천은 창백해진 얼굴로 진우를 바라보았다.

진우의 모습이 흐릿해진 순간이었다.

"커억!"

서천은 모조리 날아가 버린 자신의 이를 볼 수 있었다. 정신을 차릴 틈도 없이 바닥에 머리부터 꽂혔다. 서천의 몸이 다시 공중에 뜨는가 싶더니.

퍼퍼퍽!

공기가 터지는 소리와 함께 전신의 뼈가 박살이 났다. 서천은 절정고수 정도로 알려져 있지만 사실은 남궁현과 비슷한 경지였다. 마교의 특수한 마공을 익혔기 때문이다. 그러나 진우에게는 일반인이나 마찬가지였다.

진우는 상쾌한 표정으로 바닥에서 흐물거리고 있는 서천을 바라보았다.

"지, 진 공자님! 도, 도대체……."

남궁소연은 망연자실한 표정이 되었다. 진우는 대답 없이 서천을 바라보았다.

잠시 고민하다가 다리를 밟았다.

"끄아아악!"

고통에 비명을 질렀지만 변화가 없었다. 팔을 밟고 얼굴을 후려쳐도 똑같았다. 서천이 부들부들 떨면서 진우를 바라보았다. 진우는 그와 눈이 마주치자 씨익 웃었다. 그리고 낭심을 향해 발을 올렸다.

"크, 크윽!"

그 순간이었다. 서천의 몸에서 마기가 치솟더니 뒤로 물러나며 일어났다. 마기가 넘실거리자 남궁세가의 무인들이 비틀거리며 주저앉았다. 마기에 반응하는 혈마단 때문이었다.

"마, 마공?!"

"그럴 수가!"

모두가 서천을 보며 놀랐다. 서천의 상처가 회복되고 있는 것이 보였다. 백 년 전 무림을 휩쓸었던 마공과 일치했다.

"서천…… 어떻게……."

"네, 네놈들이 나, 나를 가족으로 인정해 줬다면 이런 짓은 하지 않았다! 네놈들 때문이…… 커헉!"

진우는 서천의 말을 들어줄 생각이 전혀 없었다. 구구절절한 이야기는 그쪽 사정이었다. 그대로 서천의 머리를 바닥에 꽂아버리고 단전을 박살 냈다. 마기가 사라지며 서천이 쭈글쭈글해졌다. 10년은 더 늙어 보였다.

"후, 시원하군. 이래서 무협 세계를 떠날 수 없다니까."

진우는 상쾌한 미소를 지었다.

역시 저런 놈들은 음모를 꾸미거나 도망치기 전에 확실하게 패버려야 했다. 어느 무협지 전개처럼 증거를 캐고, 그걸 증명하고 설득하는 과정을 거치기는 귀찮았다. 이렇게 일을 처리하는 과정에서 남궁세가가 적으로 돌아선다고 해도 큰 상관은 없었다.

릴리스가 남궁휘를 풀어주었다. 남궁휘와 남궁소연이 서천에게 다가갔다. 남궁세가의 무인들도 서천을 둘러쌌다.

릴리스가 남궁휘의 일그러진 얼굴을 바라보았다. 그녀의 얼굴에 묘한 미소가 떠올랐다.

"배신감에 젖어 절망하는 모습은 봐줄 만하군요."

"너도 성격이 참 나쁘네."

"감사합니다."

진우는 대군주였고 그녀는 마족이었다.

진우는 릴리스와 함께 객실에 머물게 되었다. 무공을 상실한 서천은 삶의 의욕을 잃고 술술 불었다. 혈마단의 존재, 남궁소연의 병세를 더욱 심하게 만든 것과 가주를 혈마단에 중독시킨 것 등등 참으로 많은 짓을 저질렀다. 증거품으로 혈마단도 찾을 수 있었다.

아무것도 설명하지 않았지만 일이 저절로 술술 풀렸다.

"아가씨가 위기에 처한 걸 알고 바로 그냥 들이닥쳐서……."

"캬아! 진정한 대협이시군! 나라면 그렇게 못했을 거야! 다름 아닌 남궁세가의 앞마당이지 않은가! 참 대단해!"

"괜히 소가주님의 친우겠는가!"

"아가씨를 위한 연정이 정말 대단하군."

그렇게 말하고 있었다. 남궁세가의 무인들은 생생한 목격담을 식솔들에게 퍼뜨렸다. 다소 낭만적인 이야기로 변형되기까지 했다. 나쁜 놈이 되기에는 진우의 매력 랭크와 행운 랭크가 너무나 높았다.

'남궁현을 회복시키는 건 어렵겠군. 그런데 남궁휘는……'

혈마단은 기본적으로 마공에 반응을 하지 않으면 이로운 효과를 보이기 때문에 포션도 듣지 않았다. 오히려 잘못하면 혈마단이 강화될 우려가 있었다. 남궁휘도 금호로 오기 전에 혈마단에 중독되었을 것이다. 그런데 마기를 눈앞에 두고 아무렇지도 않았다. 진우도 그게 의문이기는 했다.

저녁때가 되었음에도 남궁세가의 회의는 끝나지 않았다. 무림맹으로 보고해야 하는 심각한 사안이었다.

"주인님, 식사하시겠습니까?"

"그럴까? 뭐 챙겨온 거라도 있어?"

"치킨을 챙겨왔습니다."

"오, 잘했어."

릴리스가 아공간에서 치킨을 꺼내 테이블 위에 올려놓았다. 정령의 마약 바비큐치킨이었다. 진우는 맛있는 냄새에 기분이 좋아졌다. 정령의 기운으로 만들었기 때문인지, 냄새가 구석구석 강하게 퍼져 나가며 남궁세가를 잠식했다.

"역시 치킨은 엘론티지."

그렇게 말하며 치킨 다리로 손을 뻗으려 할 때였다.

쿵!

문밖에서 소리가 났다. 벌컥 열리며 누군가 들어왔다. 주화입마에 빠져서 힘겨운 사투를 벌이고 있던 남궁현이었다.

그는 안색이 거무죽죽했다. 시체같이 보일 지경이었다. 그런데, 무엇엔가 홀린 듯이 다가왔다. 치킨에서 풍기는 향기에 취한 것 같았다. 주화입마 때 저렇게 움직이면 폐인이 되게 마련이었지만 신기하게도 괜찮은 것 같았다.

'오히려……'

혈마단의 기운이 약해지며 혈맥이 안정화되고 있었다. 진우는 무언가 떠올랐다. 남궁휘와 남궁소연이 금호를 떠나기 전에 마지막으로 먹은 건 치킨이었다.

'에이, 설마……'

진우는 피식 웃으면서도 설마 하는 심정으로 치킨을 집어 그에게 내밀었다. 그는 흐리멍덩한 눈으로 치킨을 받더니 한입 베어 물었다.

[혈마단의 기운이 정령의 기운에 의해 사라졌습니다.]

"……뭐라고?"

진우가 예상하지 못한 일이 벌어졌다. 그러고 보니 정령의 마약 바비큐치킨은 정령의 기운이 살결 속에 스며들어 있었다. 지금도 물, 불, 바람의 기운이 육즙에서 줄줄 흘러나오고 있었다.

천마지존. 십만대산에 존재하는 천마신교의 주인이자, 무림에서 유일하게 절대지존이라 불리는 전설적인 고수였다. 백 년 전 백도무림을 반쯤 없앤 장본인이기도 했다.

무림맹주, 구파일방의 장문인들, 오대세가의 고수들까지 모두가 희생해서 마교를 몰아낼 수 있었다. 백도무림은 마교와 비겼다고 생각했지만 실상은 달랐다. 혈마단을 모두 채집하고 물러난 것에 불과했다. 구파일방과 오대세가의 명맥이 유지되게 놔둔 것도 세월이 흐른 후 다시 혈마단을 채집하기 위함이었다.

오백 년 전, 대등했던 창천검제 역시 혈마단에 의해 무너졌다. 스스로 고수라고 믿고 설치는 모습이 가엾기 그지없었다.

'황십자성인가.'

천마지존은 오백 년 만에 드디어 자신의 앞을 막아서는 존재가 나타났음을 짐작했다. 이번 혈마단 채집은 꽤 흥미로울 것 같았다.

천마지존은 고개를 조아리고 있는 수하를 바라보았다.

"이것이 무엇이냐?"

"금호에서 파는 '치킨'이라는 것입니다. 무림의 호사가들이 말하기를 신선조차 이 맛을 그리워하여 다시 육체를 뒤집어써서 사람이 될 정도라고 합니다."

천마지존은 진상품을 바라보았다. 마교에서 제일 빠른 다리를 가진 수하가, 상하지 않도록 밤낮을 달려 가지고 온 물건이었다. 기묘한 상자에 들어 있었는데, 냄새 덕분에 저절로 군침이 돌 정도였다.

천마지존은 식사를 즐기는 편이었다. 처음 보는 독특한 음식이었다. 황금빛으로 빛나는 윤기가 심상치 않았다. 무언가 청량한 기운이 감돌았다. 그조차 처음 느껴보는 기운이었다.

"호오?"

권태로웠던 표정이 흥미로 물들었다. 닭 다리를 집어 한입 베어 물었다.

"헛!"

천마지존은 화들짝 놀라고 말았다. 육즙이 그대로 흘러나오며 입안을 적셨다. 달짝지근한 소스와 어울리며 그야말로 일품이었다. 고기도 굉장히 부드러웠다. 하지만 그냥 입안에서 무너지는 것이 아닌, 쫄깃한 식감을 지니고 있었다. 마치 입안에서 황룡이 닭을 물고 승천하는 것 같은 환상이 보일 지경이었다.

천하제일미라 불러도 손색이 없었다. 게다가 중독성이 굉장히 심했다. 계속해서 손이 갔다. 정신을 차리고 보니 빈 상자만이 남아 있을 뿐이었다.

"음? 이건……!?"

천마지존은 몸속으로 스며드는 기운에 깜짝 놀라 자리에서 일어났다. 자연의 기운이 몸속으로 파고들었다. 물과 불, 그리고 바람이 조화롭게 섞인 기운이었다.

천마지존은 내공을 일으켜 기운을 몰아내었다.

'이 기운…… 마기를, 혈마단을 없애고 있다.'

천마신공으로 쌓은 마기마저 흩어버릴 정도였다.

혈마단은 녹아버려 형체도 찾아볼 수 없을 것이다.

저 치킨이라는 것은 내공증진에는 효과가 전혀 없었고, 기이하게도 혈마단, 마기만을 노리고 있었다.

마치 혈마단, 그리고 천마신공의 존재를 아는 것처럼.

"……무림인들은 이것을 즐겨 먹더냐?"

"아직 금호에서만 판매하고 있는 걸로 압니다. 아! 그 배달도 금호 주변까지는 된다고 합니다."

"금호가 어디에 있느냐."

"산동성과 안휘성 사이입니다."

무림맹과도 가까웠다. 혈마단을 무용지물로 만들었고, 천마지존조차 정신을 잃고 먹을 정도로 맛이 있었다. 만약 이게 백도무림으로 퍼져 나간다면 혈마단 채집 계획은 물거품이 되어버릴 것이다.

천마지존은 첩자들의 정보를 알아보았다. 제갈세가, 악운세가는 연락 두절이었고 남궁세가에 심어놓은 끈들이 사라졌다.

"황십자성……. 금호……. 하마터면 아무것도 모르고 당할 뻔했군."

여흥거리라고 생각했지만 지금은 아니었다. 없애야 할 방해

물 정도로 승격했다.

"검마를 불러라."

"존명!"

명을 내리자 검마가 오랜 은거를 깨고 천마대전으로 들어왔다. 검마는 생사경에 든 고수였다. 천마지존을 제외하면 무림에서 그를 당해낼 자가 없을 것이다.

"검마, 오랜만이군. 실력이 더 좋아졌어."

"주군에 비하면 어린아이에 불과합니다."

검마가 고개를 조아리며 그렇게 말하자 천마지존은 흐뭇한 미소를 그렸다.

"검마, 혈풍대를 주겠다."

천마지존의 얼굴에서 미소가 사라지자, 무거운 중압감이 검마를 짓눌렀다. 검마는 식은땀을 흘리며 그를 제대로 바라보지도 못했다.

"금호를 지워라."

"존명!"

검마의 모습이 흐릿해지더니 사라졌다. 천마지존은 치킨의 향기가 남아 있는 빈 상자를 바라보았다. 자신에게는 독약이나 마찬가지였는데, 또 먹고 싶어졌다. 그가 상상도 하지 못한, 가공할 만한 해독제였다.

남궁현은 그 자리에서 치킨 한 마리를 다 먹었다. 콜라와 치킨무까지 알뜰하게 다 먹었다. 그는 혈마단에 거의 잠식된 상태였는데, 놀랍게도 혈마단이 깔끔하게 사라졌고 정신 역시 돌아왔다. 정신을 차린 남궁현은 진우에게 감사의 인사를 표했고, 곧이어 남궁 남매와 눈물겨운 장면을 만들었다.

　남궁현은 주화입마에 빠져 거의 숨이 넘어가고 있었다고 한다. 저렇게 정상적으로 회복되니 감동하는 건 당연했다.

　그런데…….

　'뭐라고 해야 할까?'

　무협지에 흔히 나오는 장면처럼 내공을 주입하거나, 영약을 먹고 회복된 거라면 꽤 괜찮은 그림이 되었을지도 몰랐다. 진우가 정상적인 방법으로 도와줬다면 생색이라도 낼 수 있었다. 그러나 생색을 내기도 뭐한 상황이었다.

　진우는 고개를 설레 저으며 테이블을 바라보았다. 빈 상자가 덩그러니 놓여 있었는데 닭 뼈가 가득했다. 남궁현의 입가에도 소스가 잔뜩 묻어 있었다. 치킨을 먹고 회복해 버려서인지 전혀 감동이 느껴지지 않았다.

　'오래 살고 볼 일이군.'

　역시 치킨은 위대했다. 원작 작가가 이 장면을 보면 뭐라고 생각할까? 아무튼, 일이 잘 풀린 것 같으니 그냥 넘어가도록 하자.

　남궁현이 회복하고 진우는 아주 귀한 대접을 받았다. 진우는 굳이 서두르지 않고 남궁세가의 대접을 받으면서 푹 쉬었다. 무협 세계에서 느긋하게 쉬는 것도 꽤 괜찮은 것 같았다.

남궁현은 남궁소연의 상태를 확인하다가 깜짝 놀랐다. 꽁꽁 얼어 있던 혈맥에 온기가 흐르고 있었기 때문이다. 음기만 가득했던 신체에 따뜻한 온기가 채워지고 있었다.

"구음절맥이…… 사, 사라지고 있다니……!"

"네? 저, 정말인가요?"

"도대체 어떻게 된……?"

남궁현은 남궁소연의 목에 걸려 있는 목걸이를 발견했다. 무척이나 정순한 양기가 은은하게 뿜어져 나오고 있었다.

남궁현은 알 수 있었다. 저것은 남궁세가를 통째로 판다고 해도 구할 수 없는 재보였다.

구음절맥을 치료해 주는 보물이라니!

남궁현의 말을 들은 남궁소연의 눈빛이 크게 흔들렸다. 귀한 것이라는 건 알고 있었지만 그 정도인 줄은 몰랐기 때문이다.

"은공께서 주셨다고?"

"네. 그, 그냥 선물이라고……."

"허, 허허허!"

남궁현은 털썩 주저앉았다. 남궁소연에게 전후사정을 다 듣고 나니 남궁현은 남궁세가 전체가 그에게 구원받았음을 깨달았다. 이는 평생 갚는다고 해도 갚을 수 없는 빚이었다.

"금호에서 식당을……?"

"네, 금호의 식당과 객잔이 모두 진 소협의 것이라고 해도 과언이 아니에요."

"음……!"

남궁소연의 말에 남궁현은 생각에 빠졌다.

마교가 사악한 음모를 꾸미고 있는 것이 확실했다. 남궁세가의 가주인 자신마저 허무하게 당해 버렸다. 믿었던 서천의 배신은 아직도 믿기지 않았다. 남궁세가뿐만 아니라 무림맹 곳곳에 첩자들이 있을 것이다.

남궁현이 쉽게 움직일 수 없는 이유이기도 했다. 누가 아군이고 누가 적인지 알 수 없었으니까.

"허어! 그렇군!"

해독제!

그것이 음식 형태로 퍼져 나간다면 마교의 첩자들이 막을 명분이 없었다. 더군다나 저렇게 맛있는 음식이었다. 금호에 세운 식당가들도 모두 연막에 불과할 것이다. 모두 마교의 음모를 없애기 위한 계획이 분명했다.

'은공께서는…….'

세외가문의 대공자라는 추측이 있었다.

남궁현은 아마도 오랫동안 마교와 대적해 온 가문일 것이라 추측했다. 백 년 전, 그런 가문이 있었다는 전설을 들은 적이 있었기 때문이다.

남궁현이 남궁 남매에게 자신의 생각을 말해주었다.

"그, 그렇군요! 과연…… 그래서……!"

"정말 대단해요."

남궁휘와 남궁소연은 감탄을 하지 않을 수 없었다. 소름마저 끼쳤다. 분명 외로운 싸움일 것이다. 아무도 알아주지 않는 싸움이었다.

남궁휘와 남궁소연은 그를 돕고 싶었다. 남궁현도 마찬가지였다.

"남궁세가가 도울 방법이 있을 것이다."

남궁세가는 합비뿐만 아니라 안휘성 전반에 걸쳐 강대한 영향을 미치고 있었다. 구음절맥을 고치기 위해 많은 재력을 소모해서 예전만큼은 아니지만 여러 표국도 가지고 있었고, 상권 역시 모두 남궁세가를 거쳐 갔다. 금호와 안휘성을 이어준다면 무림맹에까지 큰 영향을 미칠 수 있을 것이다.

남궁현은 그 해독제를 퍼뜨리는 데 도움을 아끼지 않을 생각이었다. 갑자기 입안에 침이 고였다. 그 환상적인 맛이 떠올랐기 때문이다. 삼시 세끼 모두를 해독제로 대체할 자신이 있었다.

'황십자성…… 그것은 마교를 뜻하는 것이었군.'

남궁현은 그렇게 생각했다.

무림맹주의 소집으로 회의까지 했던 사안이었다.

남궁휘는 주먹을 쥐었다.

'강해져야 해.'

릴리스 소저가 강한 이유를 알 것 같았다. 마교에 대항하기 위해 피나는 수련을 했을 것이다. 여인의 몸으로 그러한 악적을 상대하고 있는데, 자신은 무엇을 하고 있단 말인가! 남궁휘는 호의호식하고 있던 자신이 너무나 한심하게 느껴졌다. 남궁휘는 남궁현 앞에 무릎을 꿇었다.

"제왕검법의 비기를 배우고 싶습니다."

"흐음……. 죽고 싶을 정도로 힘들 것이다."

"각오는 되었습니다."

남궁휘의 눈빛은 제법 사내다워져 있었다. 남궁현은 그의 어깨를 두드려 주었다.

그렇게 작은 오해가 생기고 있을 때, 진우는 남궁세가에 포탈을 설치하고 있었다. 합비 쪽에도 포탈석을 설치해 놓았는데, 군이 남궁세가에 포탈석을 설치한 이유가 있었다.

"주인님, 설치가 모두 끝났습니다."

"그래? 오, 잡히는군."

포탈석을 통해 와이파이가 잡혔다. 성소와 거리가 꽤 멀다 보니 신호는 약했지만 사용하는 데는 전혀 문제가 없었다.

진우는 스마트폰을 꺼냈다. 무협 세계에서, 남궁세가의 객실에 있는 침상에 누워서 스마트폰을 바라보고 있었다.

"기묘하구만."

그런 기분이 들었다. 연락이 꽤 많이 와 있었다.

진우는 톡을 확인했다.

[할아버지: 무협 세계로 갔다고 들었다. 영약 좀 가져 오거라. 요즘

기가 허하구나.]

[이민우: 혹시 거기 이무기 같은 거 있나? 뱀술이 좋다던데.]

역시 가족 아니랄까 봐 비슷한 내용이었다.

[루나: 군주님! 미궁이 가출했어요! 어쩌죠?]
[아리나: 미궁이 가출한 것 같네요. 무협 세계로 가지 않았나요?]
[허영: ……제가 미궁에게 심한 말을 한 것 같습니다.]

진우는 잠시 생각에 빠졌다. 미궁의 본체가 가출한 게 아니라, 인형에 있는 미궁이 오랫동안 성소로 돌아오고 있지 않다는 말이었다. 어차피 본체는 성소에 있으니 그리 큰 문제는 아니었다.

'무슨 일이 있었나?'

최희연에게서도 연락이 와 있었다. 미궁과 관련해서 할 말이 있다는 말이었다. 최희연은 미궁이 어디에 있는지 알고 있는 것 같았다.

진우는 고개를 갸웃했다. 최희연과 미궁은 친분이 거의 없었다. 아는 사이라고 말하기도 조금 애매할 정도였다.

무슨 일인지 궁금했다.

'성소로 가봐야겠군.'

진우는 자리에서 일어나 포탈을 열었다. 마침 할 일이 없으니 성소에 잠깐 다녀오는 것이 좋을 것 같았다.

"성소에 가십니까?"

"금방 돌아올 거야."

"알겠습니다."

릴리스가 남궁세가에 남아 있을 것이니 무슨 일이 생겨도 큰 문제가 없었다.

진우는 포탈 안으로 들어갔다. 그 이후, 그가 본 것은 혈마단을 없애는 치킨만큼이나 상상을 초월하는 광경이었다.

미궁은 오랫동안 성소로 돌아가지 않고 있었다. 시간이 지날수록 더욱 대책이 없어졌다. 애완동물들이 무럭무럭 자라 이제는 본 모습을 거의 찾을 수 없게 되었다. 금호 주변에 거대한 산과 숲이 있는 것이 정말 다행이었다.

미궁은 산속에서 지내고 있었다. 최희연이 식료품들을 가져와 미궁을 챙겨주고 있었다. 미궁은 그럴듯한 오두막까지 지어 놓고 지내고 있었다.

최희연이 오두막 안으로 들어오자 침낭 속에 있던 미궁이 얼굴을 내밀었다. 애벌레 같은 모습이었다.

"분위기 어떰?"

"다들 걱정하고 계세요."

시간이 지날수록 돌아가기 더욱 힘들어졌다. 최희연도 미궁의 이야기가 나오면 흠칫하며 서둘러 자리를 피하고 있었다.

더 이상 이러고 있을 수는 없었다.

"제가 진우 님께 연락을 할게요. 진우 님이라면 이해해 주실 거예요."

"으, 응……."

"그냥 애완동물이 자란 것뿐이잖아요? 숲이 날아가거나 그런 것도 아니니까요."

미궁은 최희연을 바라보다가 힘없이 고개를 끄덕였다.

미궁은 시무룩해졌다. 자랑을 하고 싶었는데, 사고를 쳤으니 입이 두 개라도 할 말이 없었다.

"이거 먹고 기다리고 계세요."

"알았음."

최희연은 따듯한 햄버거를 건네주고 성소로 돌아갔다. 미궁은 최희연의 말대로 최대한 얌전하게 기다릴 생각이었다.

더 사고를 치면 곤란했다. 미궁이 그렇게 생각하며 침낭에서 나와 햄버거를 먹으려 할 때였다.

밖에서 인기척이 느껴졌다.

"음식 냄새로군."

"오두막에 사람이 있는 것 같습니다."

"금호를 지우라 하셨다. 모두 죽여라. 사람뿐만 아니라 동물까지 모조리 없애야 한다."

그런 대화였다.

미궁은 신경 쓰지 않고 햄버거를 베어 물었다. 그 순간 오두막 안으로 검은 복면을 쓴 사내들이 들이닥쳤다. 금호를 지우기 위해 온 마교의 혈풍대였다.

검마가 혈풍대주가 되어 혈풍대를 직접 이끌고 있었다. 혈풍대는 모두 특수한 마공을 익힌 현경의 고수들로 이루어져 있었다.

혈풍대는 마교 역사상 단 한 번도 패배하지 않았다. 백 년 전, 소림을 봉문시킨 일화는 굉장히 유명했다. 그들이 지나간 자리에는 그저 피바람만 남아 있을 뿐이었다. 그래서 혈풍대였다.

우물우물.

미궁은 그들을 바라보며 입안에 남아 있는 햄버거를 우물거렸다. 혈풍대원이 미궁에게 검을 겨눴지만 아무런 반응도 없었다. 그냥 신기한 사람 보듯이 바라볼 뿐이었다.

"정신이 나간 계집 같습니다."

"대주님께 보고할 필요도 없겠지."

혈풍대원이 미궁의 목을 베어버렸다. 미궁의 머리가 떨어져 나가며 바닥을 굴렀다. 혈풍대원은 무정했다. 명령이라면 일말의 망설임도 없이 갓난아기까지 무참하게 도륙할 수 있는 이들이었다. 자존심은 당연히 존재하지 않았다. 현경에 이른 고수로서의 자부심 따위도 없었다. 그랬기에 백도무림의 고수들은 그들을 당해낼 수 없었다.

'우리는 감정이 없는 검일 뿐.'

혈풍대원이 그렇게 생각하며 등을 돌릴 때였다.

우물우물.

음식을 우물거리는 소리가 들려왔다.

흠칫!

혈풍대원들이 깜짝 놀라며 미궁의 머리를 바라보았다. 미궁의 머리는 입안에 남아 있는 햄버거를 씹고 있었다. 그러다가 눈동자를 돌려 혈풍대원들을 바라보았다.

"갑자기 뭐임?"

혈풍대원들은 기겁하며 뒤로 물러났다. 아무리 무정한 혈풍대원들이라도 놀랄 수밖에 없었다.

머리가 떨어졌음에도 살아 있었다. 바닥에 떨어진 머리가 말을 하고 있었다!

거기서 끝나지 않았다. 미궁의 몸이 자리에서 일어나 머리 쪽으로 다가왔다.

덥석!

두 손을 뻗어 머리를 집더니 목 부근에 가져다 대었다.

퓌시시시!

연기가 나오더니 머리와 목이 합체되었다.

"허억!"

"무, 무슨?!"

"거, 거꾸로?"

앞뒤가 바뀌어 붙어버렸다. 미궁은 고개를 갸웃하다가 다시 머리를 떼내고는 제대로 붙였다.

혈풍대원이 검강을 뿜어내며 미궁을 갈랐다. 그러나 미궁의 몸이 베어지는가 싶더니 다시 본래대로 돌아왔다.

"귀, 귀신?!"

"무, 물러나라!"

혈풍대원들이 빠르게 밖으로 나와 삼매진화로 오두막을 불태웠다. 귀신 같은 존재라면 불로 태워 없앨 수 있다고 생각했다.

"무슨 일이지? 조용히 처리하라고 하지 않았나!"

"그, 그게 귀신이……!"

혈풍대주 검마는 말도 안 되는 소리에 어이가 없었다. 현경의 고수가 귀신 타령이라니. 검마가 인상을 찡그릴 때였다.

오두막의 불길 속에서 미궁이 걸어 나왔다. 미궁의 모습은 달라져 있었다. 피부가 매끄러워졌는데, 마치 도자기를 보는 것 같았다. 적당히 구워진 상태였다.

"으음……."

검마는 미궁을 노려보며 검을 잡았다.

'강호에는 기인들이 많다더니…….'

검마는 무림을 얕보고 있었다. 굳이 천마지존께서 나설 것 없이 모두 자신의 선에서 다 처리할 수 있으리라 생각했다. 하지만 저자를 보니 그런 생각을 바꿀 수밖에 없었다.

'반로환동의 고수가 분명하군. 특수한 외공을 익힌 것인가?'

현경에 이른 고수가 귀신이라고 말할 정도였다. 무공을 익힌 흔적이 보이지 않았다. 반박귀진을 이룬 반로환동의 고수가 분명했다.

"너희들 뭐임?"

미궁은 조금 화가 난 상태였다. 열심히 지은 오두막을 태워 버렸기 때문이다.

검마가 내공을 일으키며 신중하게 검을 잡았다. 생사경에 도달한 검마는 절대 방심하지 않았다. 처음부터 전력을 낼 생각이었다. 심검의 묘리를 이용해 공격하려고 할 때였다.

부글부글!

오두막 옆에 있는 거대한 연못, 아니, 이제 호수가 되어버린 곳에서 공기 방울이 올라왔다.

파앗!

공기 방울이 사라지더니 호수 위로 거대한 무언가가 치솟았다. 마치 용오름을 보는 것 같은 광경이었다.

물이 치솟으며 오두막에 붙은 불을 단번에 꺼버렸다.

"어?"

검마가 비틀거렸다.

미궁의 뒤로 떠오른 거대한 괴물 덕분에 집중이 무너졌기 때문이다. 그것은 거대한 용이었다. 감히 인간이 바라보지도 못할 정도로 신성하게 느껴졌다.

혈풍대원들도 멍하니 용을 바라보았다. 용이 거대한 입을 벌리더니

덥썩!

미궁 앞에 있는 검마를 그대로 물어버렸다. 평상시라면 반응을 하며 피했겠지만, 말도 안 되는 광경에 검마의 정신집중이 흐트러진 상태였다.

정신을 차린 검마가 호신강기를 발동하기는 했으나 소용없었다.

꿀꺽!

그대로 검마를 삼켜 버렸기 때문이다.

"대, 대주님!?"

"허억!"

"대주님이 먹혔다!"

미궁이 눈을 깜빡이며 용을 바라보았다. 그러다가 화들짝 놀랐다.

"미미, 인간은 먹으면 안 됨. 뱉으셈!"

용은 유기동물 보호소에서 데려온 뱀, 미미였다. 무럭무럭 자라서 이제 용으로 보일 지경까지 이르렀다. 긴 수염을 휘날리는 것이 상당히 인상적이었다. 미궁을 주인으로 생각하고 있었기 때문에 미궁의 말을 아주 잘 따랐다.

끄르르륵! 퉤!

미미가 마치 가래를 모으는 것처럼 끌어모으더니, 삼켰던 검마를 뱉었다.

툭!

혈풍대원들은 미미가 뱉은 것을 바라보았다.

그들 앞에 떨어진 것은 검마였던 무언가였다. 피부와 근육, 장기들이 모두 녹아버려 백골만 남은 상태였다. 그마저도 진득한 위액에 감싸여 있어 역한 냄새가 났다.

"허억!"

"대, 대주님!"

혈풍대원들은 경악했다. 천마지존 외에는 그 누구도 상대할 수 없을 것 같았던 검마가 순식간에 백골이 되어버린 것이다!

미궁은 난감한 표정이 되었다. 애완동물이 인간을 죽이고 말았다. 진우가 알게 되면 엄청 혼날 것 같았다.

"미안함. 살려 드림."

미궁이 관자놀이에 두 손가락을 올리며 집중했다. 먹힌 지 얼마 되지 않았으니 권능을 이용해 육체를 재구성하면 어떻게든 될 것 같았다.

검마의 해골이 공중으로 떠올랐다. 바닥에 있던 흙들이 해골에 붙더니 생전의 모습과 비슷하게 변했다. 다른 점이 있다면 피부가 파랗다는 점이었다. 관절이 모두 녹아 붙었기 때문에 팔과 다리가 굽혀지지 않았다.

"살아남."

미궁이 신경을 써서 살렸기에 생전의 경지보다 더 강해졌다. 다만, 이성이 존재하지 않고 본능만을 따랐다.

뇌를 완벽히 살리기에는 미궁의 섬세함이 부족했다.

통! 통!

검마가 제자리에서 뛰기 시작하더니 혈풍대원들을 바라보았다.

그르르르!

들짐승같은 소리를 내더니 혈풍대원들을 향해 미친 듯이 달려들었다.

"크헉!"

"호, 호신강기가……!"

혈풍대원들의 호신강기가 너무나 쉽게 파괴가 되었다. 그가 생전에 익혔던 무공의 묘리가 손톱에 깃들어 있었기 때문이다. 게다가 미미의 위액 성분까지 지니고 있어 혈풍대원의 몸이 단번에 녹아버렸다.

"서, 설마……."

"천마강시!? 저, 전설이 아니었던가?"

"무, 물러나라!"

천마강시는 생사경에 이른 고수의 육체를 이용해 만든 강시였다. 마교에서도 오래전에 실전된 사악한 술법이었다. 천마강시는 문파 하나를 하루아침에 멸망시킬 수 있다고 알려져 있었다.

"이, 이 사실을 빨리 보, 본교로……!"

"크헉!"

혈풍대원들이 물러나자 검마가 그들을 쫓아갔다.

금호 방향이었다.

"앗?!"

미궁은 그제야 자신이 실수했음을 깨달았다.

"빨리 잡아야 함!"

미궁의 말을 들은 미미가 고개를 끄덕였다. 미미가 고개를 치켜들고 울부짖었다. 그러자 천둥과도 같은 소리가 금호를 울렸다. 산봉우리에 둥지를 짓고 있던 찍순이와 대지 밑에서 쉬고 있던 묵직이, 그리고 산을 돌아다니고 있던 야옹이가 모습을 드러냈다.

성소로 돌아온 진우는 최희연에게 다가갔다. 최희연은 미궁이 가출한 이유를 말해주었다.

"그런 일이 있었군요."

"죄송해요. 진작에 말씀드렸어야 했는데……."

"아닙니다."

문제 될 건 없었다. 커져봤자 엘론티에 있는 닭 정도이지 않을까? 그래도 미궁이 애완동물에게 책임감을 느끼고 있는 것 같아 제법 기특했다.

진우는 최희연과 함께 포탈을 넘어 미궁이 있는 곳에 도착했다.

"저건……."

"아……."

진우와 최희연의 표정이 멍해졌다. 금호의 숲을 박살 내며 질주하고 있는 거대한 괴수들이 보였기 때문이다.

"그…… 저, 저게 분양받은 애완동물들이에요."

신화 속에 나올 법한 거대한 괴수들이었다.

저런 걸 어디에서 분양받을 수 있을까?

잠시 정신이 멍해졌지만 어떻게든 이해를 할 수 있었다.

무협 세계는 일반 사람들이 무공을 익혀 고수가 되는 그런 세계였다. 독립적인 차원 특성 때문인지 마력이 풍부한 중간계

보다 더 격렬한 변화가 일어났다.

'지구의 생물들이 들어오지 않도록 조심해야겠군.'

호기심이 생기기는 했다. 평범한 동물이 저 정도인데, 만약 바퀴벌레 같은 게 들어오기라도 한다면? 마교의 음모 따위는 애교일 것이다. 집채만 한 바퀴벌레가 날아다니며 무협 세계를 멸망시킬 게 틀림없었다.

벌레가 한 마리라도 들어온다면 무협이라는 장르가 호러로 바뀔지도 몰랐다. 진우는 검역을 확실하게 해야겠다고 생각했다.

아무튼, 금호와 거리가 제법 떨어져 있는 게 다행이었다. 진우는 일단 상황을 수습하기로 했다. 괴수들 쪽으로 다가가니 미궁의 모습이 보였다. 거대한 용을 보는 것 같은 뱀의 머리 위에 있었는데, 무언가를 바라보고 있었다.

'저들은?'

괴수들이 쫓고 있는 것은 검은 무복을 입은 사내들이었다. 정보의 마안으로 확인해 보니 혈풍대라 불리는 마교의 고수들이었다.

진우는 혈풍대를 기억하고 있었다. 천마지존을 만나기도 전에 주인공을 거의 죽음 직전까지 몰고 갔기 때문이다. 특히 검마라 불리는 고수는 끝판왕 수준으로 굉장한 포스를 보여주었다. 구파일방의 고수들을 농락했고, 주인공에게 무공을 전수해 준 스승을 무참하게 죽이기까지 했다.

'겨우 이겼는데, 천마지존이 등장해 버렸지.'

혈풍대가 어째서 금호로 왔는지는 모르지만 좋은 의도는
아닐 것이다.

거대한 호랑이가 엄청난 속도로 달려가더니 혈풍대원들을
앞발로 쳐버렸다.

"커억!"

"윽!"

호신강기가 깨져 버리며 혈풍대원들이 바닥에 처박혔다. 거
대한 새가 혈풍대원을 날려 버렸고, 거북이가 짓밟아 버렸다.
혈풍대원들이 불쌍하게 느껴질 정도였다.

원작에서는 저들 하나하나가 보스급이었다. 혈풍대원 하나
를 겨우 잡았을 때, 뭐라도 되는 줄 알았는데, 일개 대원인 걸
알고 어이가 없었던 기억이 있었다.

'저건 뭐지?'

무언가 바닥을 통통 튀어 다니며 혈풍대원들을 도륙하고 있
었다. 제법 귀엽게 뛰어다니는 것치고는 엄청난 속도였다.

심상치 않은 기운이 느껴졌다. 진우는 정보의 마안으로 확
인을 해보았다.

[-S]검마였던 것

'검마, 그는 천마지존의 검이다.'

천마지존은 검마를 두고 홀로 소림을 상대할 수 있는 절대고수
라 말했다. 실제로 생사경에 이른 그를 상대할 수 있는 존재는 그
리 많지 않을 것이다.

천마지존의 명령으로 금호를 지도에서 지우기 위해 왔으나, 미미가 삼켜 버려 향년 127세를 끝으로 허무하게 죽음을 맞이했다. 미궁이 대군주에게 혼이 날까 봐 그를 되살렸지만 불안정한 복구 탓에 '천마강시'라고 불릴 법한 괴물이 되었다. 랭크가 한 단계 올라 더욱 강력해졌다.

'음……'

정확한 과정은 알 수 없었으나 마교의 2인자가 꽤 허무한 최후를 맞이한 것 같았다.

진우는 검마 앞으로 이동했다. 가볍게 주먹을 휘두르자 검마의 머리가 반쯤 박살 나며 나무에 처박혔다. 몸을 부르르 떨다가 그대로 축 처졌다. 미궁의 힘으로 부활했으니 나중에 미궁 보고 회수하라고 하면 될 것 같았다.

지금은 괴수들을 멈추는 게 우선이었다.

진우는 바닥을 박차며 뻗어 나가 뱀의 머리 위에 올라섰다. 진우가 나타나자 미궁이 화들짝 놀라며 굳어버렸다.

지은 죄가 많아서였다.

"애완동물이 좀 큰데?"

"미안함."

"뭐, 아직 아무 일도……."

진우는 뒤를 바라보았다. 아직 아무 일도 일어나지 않았다고 하기에는 숲이 반쯤 부서져 있었다. 그래도 나름대로 금호를 지켜줬으니 저 정도는 감수할 만했다. 괴수들을 본 사람들도 있어 조금 곤란한 상황이기는 했다. 자초지종은 나중에 듣기로 하고 일단 괴수들을 멈추게 했다.

미친 듯이 진격하던 괴수들이 바로 멈추었다. 명령을 어기고 마구 날뛸 줄 알았는데, 생각보다 미궁의 말을 잘 따르고 있었다.

'이 세상에 나쁜 동물은 없다.'

그런 말이 떠올랐다.

미궁에게 애교를 부리는 모습을 보니 확실히 착한 애완동물은 애완동물이었다. 크기가 너무 거대했지만 말이다.

진우는 4마리의 애완동물을 천천히 바라보았다.

진우의 시선이 닿을 때마다 움찔하더니 미궁의 뒤로 숨었다. 크기가 워낙 커서 당연히 숨어지지는 않았다.

'신수 같구만.'

옛날 역사 교과서에서나 보았던 것 같은 모습이었다.

딱 봐도 청룡, 백호, 주작, 현무를 연상시켰다.

미궁이 진우의 눈치를 살폈다.

진우는 피식 웃으며 미궁을 바라보았다.

"소개 좀 해줄래?"

미궁이 진우의 말에 기운을 차리며 신이 나서 애완동물들을 소개해 주기 시작했다.

미미, 야옹이, 찍순이, 묵직이. 최희연과 함께 지은 이름이라고 하는데, 참 어울리지 않았다.

"잘 키울 거임."

"그래, 성소로 가져가기는 조금 그렇고…… 금호 주변에서 금호를 지키게 하는 건 어떨까?"

"오! 멋짐!"

동서남북으로 나눠서 지키게 하면 딱일 것 같았다. 진우가 그렇게 말하자 미궁은 고개를 끄덕이며 자신에게 맡겨달라고 말했다. 금호를 지키는 신수가 생긴 순간이었다.

'이제 나머지를 처리해야겠군.'

혈풍대원들이 아직 남아 있었다. 금호 쪽으로 향한 것 같았는데, 크게 걱정하지 않았다. 금호에는 그의 부하들이 있었기 때문이다.

'M룡회가 복귀했다고 했던가?'

금호에 M룡회도 있었다. 무림맹에서부터 특훈을 하며 왔다고 한다. 어떤 특훈일지 굳이 상상하지는 않았다.

남아 있는 혈풍대를 쫓아 금호로 향했다. 최희연이 총지배인에게 연락했으니, 혈풍대는 크게 문제가 될 건 없었다.

'저기 있군.'

혈풍대원들의 모습이 보였다. 꽤 처참한 모습이었는데, 그래도 굉장한 고수답게 침착한 모습을 보이고 있었다. 혈을 짚어 부상을 추스르고 구비한 약을 이용해 내상을 빠르게 치료했다. 너덜너덜한 팔을 자르면서 신음조차 흘리지 않았다.

역시 고수는 고수였다. 주인공이 어째서 그렇게 처참하게 당했는지 이해할 수 있었다.

'생포하는 게 좋겠어.'

저들도 혈마단을 통해 마공을 연마한 이들이었다. 이런저런 실험을 해보고 싶었다. 그리고 편히 죽이기에는 금호를 침입한 죄가 너무나 무거웠다.

진우가 그들을 향해 다가가려는 순간이었다. 혈풍대원들이 인기척에 긴장하며 모두 검을 들었다.

진우도 나서려는 것을 멈추고 잠시 상황을 지켜보았다. 익숙한 얼굴들이 보였기 때문이었다. 그냥 아는 이들이라면 나섰겠지만, 그냥 아는 이들이 아니라 M룡회였다. M룡회는 진우를 주인으로 모시고 있기는 하지만, 진우는 저들을 만나는 게 굉장히 꺼려졌다. 오만방자했던 모습이 그리울 정도였다.

제갈미현이 나무 뒤에서 걸어 나오더니 혈풍대원들을 바라보았다. 그녀는 혈풍대를 앞에 두고도 여유로웠다.

"역시 금호로 왔군요. 오대세가와 접촉이 끊기니 초조한 모양이지요?"

"이 진법…… 꽤 수준이 높군. 제갈세가의 여식인가?"

제갈미현은 미소를 지었다. 미소에는 사악함이 가득했다.

"이리도 뻔한 움직임을 보이다니, 마교의 수뇌라는 자들은 정말 멍청하군요."

"어린놈이 오만방자하구나."

혈풍대원들은 갈 길이 바빴다. 천마강시와 그 괴수들이 다시 쫓아올 것만 같았다. 빨리 본교로 귀환해 이 사실을 알려야 했다.

천마강시의 출현! 그리고 금호에 사는 괴수들에 대해서 말이다. 천마지존의 계획에 방해가 될 것이 틀림없었다.

혈풍대원의 검에서 검강이 치솟았다. 저 어린 계집애가 무엇을 믿고 나대는지 알 수 없었으나 여유를 부릴 시간은 없었다.

휘익!

검강이 제갈미현에게 뿜어져 나갔다. 그녀는 그걸 피할 만한 무공을 지니고 있지 않았다.

제갈미현의 몸에 검강이 부딪혔다. 본래라면 몸이 갈라져야 했지만 뜻밖의 광경이 펼쳐졌다.

"검강을 맨몸으로 받아내다니!"

"그, 그럴 수가!"

혈풍대원들은 경악에 가까운 표정이 되었다. 마공을 이용해 만든 검강은 호신강기를 파훼하는 특성을 지니고 있었다. 스치기만 해도 극심한 내상을 입어 운신할 수 없었다. 그런데, 호신강기조차 펼치지 않고 맨몸으로 받아낸 것이다.

'음……'

진우도 놀랄 수밖에 없었다.

제갈미현은 갈라지지 않았다. 옷이 갈라졌지만 육체는 멀쩡했다. 무혈의 고통, 그러니까 무혈지옥외공 덕분이었다.

제갈미현은 몸을 바르르 떨었다. 혈풍대의 검강은 그녀에게 어마어마한 고통을 선사해 주었다. 무림맹에서부터 금호까지 온갖 기행을 펼치면서 온 그녀였지만 이 정도 고통을 맛볼 수는 없었다. 오랜만에 맛보는 황홀한 감각에 이성을 제대로 유지할 수 없었다.

"후, 후훗! 후하하하! 이거야! 이걸 바랐어. 역시 마교……"

그녀는 웃었다. 행복했다. 행복이 가득한 웃음이었다. 제갈미현은 두 손을 벌리며 그들에게 다가왔다.

"더, 더, 더!"

혈풍대원들이 발악적으로 검강을 쏘아 보냈지만 제갈미현의 웃음이 더욱 커질 뿐이었다.

"더, 더! 더!"

그녀의 목소리가 점점 커져갔다. 무정하기로 소문난 혈풍대원들이 움찔하며 뒤로 물러났다. 그들의 눈빛에는 어느새 공포가 서려 있었다.

"귀, 귀신에게 홀린 건가."

"악몽이야…… 악몽……!"

혈풍대원들은 악몽을 꾸는 기분이었다. 현실이라고 믿기에는 믿기지 않는 일들투성이였다. 제갈미현이 이제 귀신으로 보였다. 혈풍대원들이 제갈미현을 피해 다른 길로 이동하려는 순간이었다.

"회주님께서만 즐기시다니 너무하십니다."

"후후, 저희도 마교의 마공을 몸으로 느끼고 싶습니다."

"마공은 무슨 맛일까?"

M룡회의 인물들이 나타났다. 혈풍대원들은 그들의 복장에 있는 청룡회 문양을 보고 저들이 청룡회 소속 무인임을 알아차렸다. 청룡회는 코흘리개들이 모여 있는 집단이었다.

무림의 전력을 평가할 때 가치가 없어 아예 신경조차 쓰지 않은 것이 바로 저 청룡회였다. 그러나 그런 코흘리개들이 혈풍대에게 공포로 다가왔다.

"흐읏! 오오오!"

"짜릿하군, 짜릿해! 흐하하!"

그들은 혈풍대원들의 공격을 맨몸으로 받아내며 미친 듯이 웃었다. 혈풍대원들은 숨을 헐떡였다. 안 그래도 내상이 심했는데, 전력을 다해 검강을 뿜어내다 보니 내공이 바닥을 보이고 있었다. 혈풍대원들이 도주를 하려고 했으나, 제갈미현의 진법 덕분에 좀처럼 빠져나갈 수 없었다.

게다가.

"흐, 흐하하하!"

"더, 더, 더!"

두 팔을 벌리며 미친 듯이 쫓아오는 M룡회의 추격은 너무나 거셌다. 그들의 보법은 형편없이 일그러져 있었는데, 돌부리에 넘어지기도 하고 나무에 부딪히기도 했다.

그러나 그럴 때마다 기괴한 웃음과 함께 벌떡 일어나 달려왔다.

저게 무어란 말인가! 괴물! 괴물이다.

혈풍대원들의 얼굴이 새파랗게 질려가고 있었다.

'……무섭긴 하군.'

진우조차 그렇게 생각했다. 자세한 사정을 모른다면 M룡회는 인간이 아니라 악귀처럼 보였다. 그렇게 시간이 지나자 혈풍대원들이 각혈을 하더니 자리에 주저앉았다.

극심한 내공소모, 정신적인 충격에 따른 주화입마였다.

'그냥 봐줄까?'

금호를 침입한 죄는 무거웠지만, 봐주고 싶은 마음이 들 정
도로 처량해 보였다. 콧김을 뿜고 있는 M룡회들에게 둘러싸
여 몸을 덜덜 떨고 있었다.

'……말릴 필요는 없겠지.'

어쨌든 멀쩡하게 생포를 했으니 적당한 시점에 넘겨받으면
될 것 같았다. 하지만 진우는 M룡회를 얕보고 있었다.

여기서 끝내면 M룡회가 아니었다.

제갈미현이 혈풍대원들을 향해 걸어왔다.

혈풍대원은 제갈미현을 바라보았다.

"큭! 죽여라!"

"훗……."

혈풍대원들은 죽음을 받아들이고 있었다. 제갈미현은 웃었
다. 저런 대사를 내뱉으면 더욱더 괴롭혀주고 싶은 것이 인간
의 마음이었다. 혈풍대원들의 체념한 표정이 그녀를 들뜨게
만들었다.

그녀는 입술을 핥으며 혈풍대원들을 바라보았다.

"그 육체 구석구석에 주인님의 위대한 사상을 새겨주도록
하지요."

"무, 무슨……?"

제갈미현이 옆으로 물러나자 누군가 걸어왔다. 악운세가의

악운비였다. 악운비의 손발이 녹더니 촉수가 뿜어져 나왔다. 촉수에는 진득한 액체가 잔뜩 묻어 있었다. 마계의 정수가 담긴 촉수였다. 검강 따위로는 상처조차 입힐 수 없었다.

혈풍대원들은 힘겹게 몸을 움직여 도망치려 했지만 악운비의 촉수가 훨씬 빨랐다. 마왕급이라고 하더라도 쉽게 피할 수 없을 것이다.

꿈틀꿈틀!

촉수가 그들의 발을 묶더니 몸 위로 스물스물 기어오르기 시작했다.

"끄, 끄아아악!"

"아, 안 돼! 거긴? 허억!"

"커헉!"

제갈미현은 흐뭇한 표정이 되었다.

"입은 안 된다고 하지만 몸은 솔직하군요."

M룡회는 더욱더 업그레이드되어 있었다. 그러고 보니 인원이 더 늘어난 것 같았다.

진우는 그 광경을 바라보다가 손으로 입을 가리며 고개를 돌렸다. 진우는 비위가 굉장히 강한 편이었다. 여러 차원을 돌아다니며 군주들을 상대한 대군주이니 당연했다. 그러나 저 앞에 펼쳐진 풍경은 그런 진우조차 도저히 눈 뜨고 볼 수 없는 광경이었다.

"진우 님?"

최희연이 미궁과 함께 가만히 서 있는 진우에게 다가왔다.

최희연도 그 광경을 보자 그대로 굳어버렸다.

"저, 저게……? 가능해……?"

"오, 신기함."

최희연은 멍한 표정으로 중얼거렸고 미궁은 감탄했다.

인간의 신체는 우주를 담고 있다고 한다. 소주천이니 대주천이니 하는 것은 역시 과장이 아니었다.

[인간의 육체가 지닌 가능성은 무한합니다. 최희연의 깨달음이 깊어졌습니다. 검문최가의 검형에서 벗어난 예측 불가능한 움직임을 지닌 새로운 검술을 떠올렸습니다.]

[A]황룡비상검

검술의 형태에서 벗어난 자유로운 움직임을 지니고 있다. 작은 틈이라도 있다면 어디든 공격할 수 있다.

최희연은 간신히 고개를 돌렸다. 그녀는 매일 일기를 썼는데, 그날을 회상하며 마치 황룡을 보는 것 같았다고 적었다.

[금호오방진이 완성되었습니다.]

[A+]금호오방진

미궁의 애완동물이 금호의 동서남북에, M룡회가 금호 내부에 자리 잡아 완성된 방어진. 제갈미현이 관리하며, 침입자에게 특별한 환각을 보여준다.

A+랭크 이하의 존재는 환각에서 절대 벗어날 수 없다.

금호의 동서남북은 애완동물들이 지키고, 중앙에는 M룡회가 위치하니 그야말로 무적의 방어진이었다.

"도, 도, 돌아가죠."

"음……."

최희연의 말에 진우는 고개를 끄덕였다.

진우는 그날 인간의 무한한 가능성을 볼 수 있었다. 무언가 깜빡한 게 있는 것 같았는데, 지금은 그걸 생각할 정신이 없었다.

엄청난 사건이 일어난 것치고 금호는 조용했다. 신수가 산다는 소문이 나기는 했지만, 큰 소동으로 번지지는 않았다.

M룡회는 숲에 쓰러져 있는 혈풍대원들을 하나하나 수집해 모두 데려갔다. 미궁이 애완동물들에게 인간을 죽이지 말라고 한 덕분에 그들은 모두 살아 있었는데, 차라리 죽는 편이 나았을지도 몰랐다.

M룡회의 수법은 마교의 세뇌보다 강력했다. 제갈미현이 고안한 특별한 시간이 끝나고 나니 혈풍대는 자연스럽게 M룡회로 흡수가 되었다.

혈풍대는 자신들이 익히고 있는 마공을 M룡회에게 아낌없이 전해주었다. 마공은 굉장한 부작용을 가진 무공이었다. 그러나 M룡회는 무력을 위해 마공을 익히는 것이 아니었다. 그 부작용을 즐기기 위해 마공을 익혔다.

"오, 오오! 오장육부가 꼬이는 것 같은 이 감각!"

"역시 마공이군. 전신혈맥이 터질 것 같은 느낌이야. 실제로 터졌으면 더 좋을 텐데……."

"정파 소속이면서 마공을 익히는 이 배덕감……. 이보다 더 짜릿할 수가 없군."

이제 정파에 속한 이들이라 부르기에는 아득히 먼 곳으로 가버리고 말았다. 그들의 무공수위는 무림인들이 입신의 경지라 말하는 화경을 넘어서고 있었다. 애석하게도 그들은 무림맹의 자랑이자 백도무림의 희망이었다.

♦ **Chapter4** ♦
반송

　머리가 반쯤 박살 난 채 누워 있는 시체가 있었다. 특이하게도 팔, 다리가 완벽하게 일자로 뻗어 있었고, 피부가 파란색이었다. 누가 보더라도 객사한 시체로 보였다.

　꿈틀!

　손가락이 꿈틀거리더니 벌떡하고 몸을 일으켰다.

　그것은 평범한 시체가 아니었다. 검마였던 것.

　마교의 2인자이자 생사경의 고수 검마였다. 검마의 돌아간 목이 다시 제자리를 찾았다. 뇌가 있어야 할 부근에는 진흙만 가득할 뿐이었다. 이성이 아닌 본능으로 행동을 하는 괴물이 되어 있었다. 검마의 신체는 조금씩 회복되고 있었지만 그 속도가 더뎠다. 마기가 필요했다.

　검마는 강렬하게 마기를 원했다. 배가 고팠다.

　강렬한 허기가 검마의 본능을 잠식했다. 그의 모든 감각이 마기를 쫓기 시작했다.

그르르르!

그의 고개가 옆으로 돌아갔다. 금호가 있는 방향이었다. 그러나 흠칫하고는 다시 옆으로 고개를 돌렸다.

아! 저긴 좀…….

금호에 마기를 지닌 이들이 많았지만 필사적으로 외면했다. 그르르 거리던 울음소리조차 조심스럽게 내면서 반대쪽으로 이동하기 시작했다. 대단한 본능이었다.

통통!

검마의 육체는 미궁 덕분에 훨씬 강해져 있었다. 생전의 무공을 본능적으로 쓸 수 있어 움직임은 굉장히 빨랐다. 오히려 생각하지 않고 쓰니 더 자연스러웠다. 움직임은 마치 궁신탄영을 연상케 했다. 미궁이 만들어준 육체는 인간의 육체와는 달리 지치지 않았다. 최고 속도로 계속 달려 하남성에 도착했다.

하남성! 백도무림의 정신적 지주라고 할 수 있는 소림사가 있는 곳이었다. 그리고 하남성의 개봉에는 무림맹이 위치해 있었다. 검마는 마기의 냄새를 따라 밤낮없이 이동해서 숭산까지 도달했다.

숭산으로 오는 길에는 소림사를 방문하러 온 무림인들도 많았다. 파괴본능이 꿈틀거렸지만 검마는 그들을 습격하지 않았다. 그가 그러지 않은 이유가 있었다.

"이것이 최근 무림맹에서 유행하는…….”

"그렇습니다. 대협. 얼마 전 무림맹에서 청룡회가 소개한 것인데…… 그 맛이 워낙 일품이라서 말이지요. 허허, 악운세가는 물론이고 그 남궁세가가 대대적으로 투자를 할 정도입니다."

"그 정도요?"

"네, 제갈세가가 무림맹에 가맹점을 세우지 않았습니까? 화산파의 제자들도 자주 오더군요."

검마는 무림인들을 바라보다가 흠칫하며 물러났다. 그와 극상성인 자연의 기운이 느껴졌기 때문이다. 가까이 가는 것만으로도 몸이 녹아버리는 것 같았다. 그들은 치킨의 가호를 받고 있었다.

검마가 그렇게 숭산에 도착했다. 숭산에서는 그 자연의 기운이 느껴지지 않았다. 오히려 강한 마기가 느껴졌다. 안타깝게도 소림의 중들은 육식을 하지 않았다.

그르르!

달콤한 마기가 느껴졌다. 검마가 침을 흘리며 숭산을 올랐다. 이제 막 아침 해가 밝아오는 시점이었다. 산문을 청소하고 있던 소림사의 제자들이 미친 듯이 뛰어오는 검마를 발견했다.

"허억?!"

대응하지도 못했다. 엄청난 속도로 뛰어오더니 산문에 그대로 부딪혔다. 소림사라고 새겨져 있는 현판이 바닥에 떨어지며 박살 났다. 단지 몸에 부딪힌 것에 불과했는데, 어마어마한 마기에 의해 터져 버린 것이다.

소림사의 제자들은 접근조차 하지 못하며 강력한 반탄지기에 의해 사방으로 날아가 바닥을 뒹굴었다.

모두 내상을 입어 피를 토했다.

"울컥!"

"크윽, 가, 강시?! 이 기운은 마기다!"

"저, 저 모습은 설마…… 천마강시?!"

소림사의 제자들은 검마의 정체를 그렇게 추측했다. 마기에 휩싸여 통통 튀어가는 모습은 고서에 적혀 있는 천마강시와 똑같았다. 온몸에 강기를 뛰어넘는 마기를 두르고 보이는 모든 것을 파괴하는 악귀. 그것이 바로 천마강시였다.

검마는 마기를 쫓아 소림사 내부로 들어왔다. 눈앞에 보이는 건 모조리 박살 내면서 진격했다. 불상과 석탑이 무너져 내렸지만 일반 제자들은 검마에게 접근조차 할 수 없었다.

"멈춰라!"

"천마강시……! 마교가 기어이 일을 벌였구나!"

"소림의 나한들은 백팔나한진을 펼쳐라!"

나한전의 나한들이 검마를 중심으로 퍼지며 백팔나한진을 펼쳤다. 과거, 천마지존의 움직임을 잠시나마 봉인했다고 알려진 진법이었다.

소림의 나한들 중에서 강한 마기를 숨긴 이들이 있었다. 어린 시절에 마교의 세뇌를 받아 소림사에 잠입한 이들이었다. 그들은 당황스러운 속내를 감추지 못했다. 본교에서 어떠한 연락도 받지 못했기 때문이다.

검마의 몸이 흐릿해지더니 나한들 뒤에 나타났다.

백팔나한진 따위로는 검마를 막을 수 없었다.

"이, 이형환휘?"

"커헉!"

마공을 숨기고 있던 첩자가 검마의 손에 붙잡혔다. 검마는
그대로 첩자의 목덜미를 물었다.

"크아아악!"

"우, 운현!"

운현이라 불린 마교의 첩자가 털썩하고 쓰러졌다. 소림의 나
한으로서 인품이 훌륭한 촉망받는 인재이기도 했다. 첩자의
본분에 맞게 착한 척을 하며 인맥을 잘 다져놓았기 때문이다.
그런 운현이 바짝 말라 비틀어져서 바닥에 쓰러졌다. 그 순간
백팔나한진이 깨져 버렸다.

"흐, 흡성대법?"

"가, 강시가 그런 저주받은 마공을 쓰다니……!"

검마의 몸에 스며들어 있던 미궁의 기운이 운현의 몸에 스
며 들어갔다. 말라비틀어진 몸에 진흙이 붙더니 검마와 비슷
한 모습으로 변했다.

"운현이 강시가 되었다!"

"허억! 그럴 수가!"

검마는 빠르게 움직이며 첩자들의 마기를 흡수했다. 소림의
나한 여럿이 운현과 똑같이 변해 버렸다.

소림의 최고 전력이라 부를 수 있는 팔대호원과 사대금강이
소림사 방장과 함께 등장했다. 소림사 방장은 나한들을 뒤로

물러나게 했다. 저 사악한 천마강시를 막아서기에는 나한들로는 역부족이었다.

"마교가 기어코 역천의 힘을 깨우쳤구나!"

방장이 탄식하며 말했다.

8대호원을 이끌고 있는 진덕대사는 당황했지만, 애써 태연한 표정을 유지했다. 그는 방장에게 가장 신임을 받는 인물이었고, 무림인들이 살아 있는 부처라고 부를 정도로 완벽한 승려였다.

하지만 그것은 철저하게 만들어진 가면에 불과했다. 그의 진정한 목적은 소림사에서 혈마단을 키우는 것이었다. 방장을 포함해 모두가 감염된 상태였다.

"으음……."

"커헉!"

검마가 내뿜는 마기 때문에 혈마단이 활성화되었다. 8대호원과 4대금강, 그리고 방장이 비틀거리며 주저앉았다.

"독?! 어떻게……?"

방장의 눈동자가 크게 떠졌다. 유일하게 멀쩡한 것은 진덕대사였다. 검마와 강시들의 관심은 십계십승이나 소림사 방장이 아니었다. 극심한 허기를 채울 수 있는 건 마기밖에 없었다.

검마와 강시들이 동시에 진덕대사를 바라보았다. 소림의 승려들이 보기에는 진덕대사가 홀로 강시를 상대하는 것처럼 보였다.

그르르!

검마가 진덕대사에게 달려들었다. 진덕대사는 무공을 펼치려 했으나 검마는 그 틈을 주지 않았다. 진덕대사의 몸에 검마의 손톱이 꽂혔다.

소림의 모두가 경악했다. 진덕대사가 말라비틀어지더니 순식간에 강시가 되어버렸기 때문이다.

방장과 함께 소림을 지탱하던 진덕대사마저 당해 버렸다!

검마와 강시들이 소림사를 헤집으며 마기를 지닌 이들을 모조리 색출해 내기 시작했다.

"피하셔야 합니다!"

"허, 허어……. 방장이 되어서 어찌 소림을 떠날 수 있단 말이냐. 소림의 승려가 어찌 소림을 버릴 수 있단 말이냐!"

"부처님은 항상 우리 마음에 있다고 하시지 않으셨습니까? 소림의 승려가 있는 곳이 곧 소림입니다. 진덕대사께서도……방장께서 무사하시길 바라실 겁니다."

"……네 말이 맞다."

방장은 고개를 끄덕였다. 강시는 악랄했다. 소림에서 가장 인정을 받는 승려만을 죽여 강시로 만드는 것 같았다.

악랄한 수법이었다.

'황십자성…….'

황십자성은 마교와 강시를 뜻하는 것이 틀림없었다.

이 모든 것을 계획한 마교의 사악함에 치가 떨렸다.

구파일방의 소림이 백 년 만에 다시 위기를 맞이했다. 그 소식은 무림으로 빠르게 퍼져 나갔다.

"크, 크악!"

"어, 어째서……."

방장은 가장 뛰어난 인재만을 골라 죽이는 강시를 바라보다가 눈을 질끈 감았다.

마교는 무림을 훤히 꿰뚫고 있었다. 수백 년에 걸쳐 심어놓은 첩자들은 주도면밀해서 들킬 수 없었다. 분명 그랬다.

천마지존은 황당함을 감출 수 없었다.

"……혈풍대와의 연락이 끊겼다고?"

"네, 그, 그렇습니다. 그리고……."

천마지존의 눈썹이 꿈틀거렸다. 막대한 마기가 뿜어져 나와 수하의 온몸을 짓눌렀다. 그는 간신히 마기를 억누르며 수하를 바라보았다.

"계속 보고하라."

수하는 식은땀을 흘리며 보고를 하기 시작했다.

"혀, 혈풍대주로 보이는 가, 강시가…… 소림, 화산, 무당에 심어놓은 첩자들을 강시로 만들고 있다고 합니다."

"잠깐."

천마지존은 자신이 잘못 들은 건지 자신의 두 귀를 의심했다. 검마가 강시가 되더니, 첩자들을 골라서 강시로 만들어낸다고 한다. 그게 말이 되는가?

"나를 놀리는 것이냐. 강시는 본교에서조차 금기이거늘!"

"제가 감히 어찌 천마지존께 거짓을 고하겠나이까."

"으, 으음……."

천마지존은 치밀어 오르는 두통을 느낄 수 있었다.

혈풍대의 실종, 그리고 강시. 혈마단도 무력화되어 가고 있는 상황에, 믿을 수 없는 악재가 겹치고 말았다.

'황십자성!'

신음이 깊어져 갔다. 절대자답지 않은 모습이었다.

무림맹주는 흐뭇한 눈빛으로 자신이 작성한 글을 바라보고 있었다.

'무림맹을 떠나며 후배들에게 당부하는 말.'

그러한 제목이었다.

내일 있을 은퇴식에서 말할 내용을 작성한 것이었다. 드디어 이 지긋지긋한 무림맹에서 벗어날 수 있게 되었다. 황십자성이 걱정되기는 했지만, 유능한 후배들이 있으니 믿고 맡길 수 있었다.

무슨 일이 터지기 전에 은퇴하고 싶은 게 솔직한 심정이었다. 공식적인 마지막 업무를 마친 무림맹주는 실실 웃으면서 옷을 갈아입었다. 침상 밑에 몰래 숨겨놓은 서적을 꺼내 펼쳤다.

'허어! 언제봐도 예술이군. 작가는 성별을 초월한 자연체의 심정으로 자극적인 내용을 담담하게 서술하고 있다. 다소 과한 내용이지만 자연스럽게 받아들일 수 있는 이유가 여기에 있었군!'

'은밀한 무림'이라는 서적이었는데, 삽화도 있었다.

'라면 먹고 갈래? 이 대사는 정말 대단해. 얼마나 많은 의미가 함축되어 있단 말인가. 소면도 아니고 하필 왜 라면인가?'

은밀한 무림은 무림인들 사이에서 은밀하게 유행하고 있는 서적이었다. 맛집 탐방기의 인기를 가볍게 누를 정도였다. 작가는 '애룡현미'라는 필명을 쓰고 있었는데, 자세한 신상정보는 알 수 없었다. 다만, 어디에서 작품활동을 하고 있는지는 무림맹의 정보통을 통해 밝혀졌다.

'금호에 있다고 했던가?'

금호에서 발행된 '무협지'라는 것도 선풍적인 인기였지만 '은밀한 무림'을 따라올 수는 없었다. 적나라한 묘사와 자극적인 삽화는 무림맹주의 마음을 울렸다. 이것이야말로 진정한 내공이 담긴 예술이라 할 수 있었다.

'굉장한 필력!'

무림맹주는 은퇴 후 작가가 되고 싶었다. 내일 은퇴식을 하자마자 금호로 떠날 것이다.

'은밀한 무림 4권, 사매의 유혹.'

너무나 기대가 되었다.

침상에 누워 은밀한 무림으로 떠나려는 순간이었다.

"매, 맹주님! 큰일입니다!"

흠칫!

무림맹주는 내공을 전력으로 끌어올려 빠르게 서적을 숨겼다. 허공섭물과 이형환휘의 수법까지 사용했다. 빠르게 침상 위에서 가부좌를 틀었다. 누가 보더라도 취침 전에 명상을 하는 것으로 보였다.

"흐음, 총군사께서 야밤에 무슨 일이오?"

"소림이 당했습니다."

무림맹주는 눈을 깜빡였다.

"당하다니……?"

"마, 마교의 강시들에게 당했다고 합니다. 진덕대사께서 가, 강시가 되셨고, 나한들 또한…… 손쓸 틈도 없이 화산과 무당에도 피해가……!"

"그, 그렇군. 그런 중요한 사안이 있으면 후대 무림맹주에게도 연락을 해야 하는 것 아니오?"

"후대는…… 무당파에 있었는데…… 그 또한 강시에게 당했다고 합니다."

"허억?"

후대 무림맹주는 무당파 소속으로 만인에게 존경을 받는 인물이었다. 무림맹주는 구파일방이 만장일치로 찬성해야 정해졌는데, 무려 10년이 걸렸다. 후대가 없다면 은퇴를 할 수 없다. 은퇴를 하루 앞두고 임기가 무기한으로 늘어나 버렸다.

"울컥!"

무림맹주는 피를 토했다.

"맹주님! 충격이 크시겠지요! 하지만 정신을 차리셔야 합니다! 백도무림의 힘을 하나로 모아 대항해야 합니다! 정마대전! 정마대전입니다!"

무림맹주의 눈빛이 흐려졌다.

"마, 말년에…… 강시라니……. 말년에…… 정마대전이라니……."

무림맹주는 주화입마에 빠졌다.

"말년에……."

황십자성이라니! 그것은 악몽이었다.

남궁세가는 적극적으로 진우를 도와주었다. 남궁현은 치킨이 무림 전역으로 퍼져 나가기를 원했다. 혈마단을 없앨 수 있는 해독제였기 때문이다. 악운세가도 이에 동조했다.

합비에 치킨 전문점이 들어섰고, 안휘성 구석구석에까지 퍼져 나갔다. 산동성의 악운세가가 합세하니 안휘성과 산동을 아우르는 치킨로드가 형성되었다. 청룡회가 적극적으로 홍보했기에 무림맹이 있는 하남에까지 퍼져 나갔다.

제갈미현은 무림인의 특성을 아주 잘 이해하고 있었다. 무림인들은 호승심이 강해 틈만 나면 싸워댔다. 직접 싸우지는 않더라도 기세 싸움은 거의 필수였다.

제갈세가와 악운세가, 그리고 금호가 힘을 합쳐 그런 무림인들의 호승심을 자극하는 것을 발명했다.

'제갈지옥악운불닭'이었다.

제갈세가는 독을 잘 다뤘는데, 악운비의 촉수에서 추출한 성분을 키워 소스를 만들었다. 현재 무림인들 사이에서 선풍적인 인기를 끌고 있었다.

'제갈지옥악운불닭 한 마리를 완벽하게 먹어야 절정고수라 할 수 있다.'

'청룡회가 회식을 하는데, 물 한 모금 먹지 않고 앉은 자리에서 한 마리를 다 비우더라. 백도무림의 미래가 참으로 밝다.'

'인내심을 시험하는 데 그만한 것이 없다.'

'백운신룡이 오성급 제갈지옥악운불닭에 도전해 성공했다. 무당파의 기세가 하늘을 찌를 듯하다.'

현재 각 차원으로 역수출되고 있었다. 뉴월드 : 미궁에서도 시험 삼아 판매를 해보는 중이었는데, 반응이 꽤 좋았다. 오성급 매운맛을 먹고 죽어버려 아바타가 초기화된 이들도 있었다.

그렇게 인기를 끌고 있었지만 진우는 쳐다보지도 않았다. 혈풍대를 농락하던 그 광경이 지워지지 않아서였다.

"평화롭구만."

진우는 엘론티에서 평화를 즐기는 중이었다. 금호에는 총지배인이 있고, 방어진도 설치가 되어 있으니 크게 신경을 쓸 필요가 없었다.

"삼촌?"

"삼촌, 삼촌!"

엘룬과 엘리가 제일 먼저 한 말은 아빠나 엄마도 아니고 삼촌이었다. 엘라와 이민우 둘 다 굉장한 충격에 휩싸여 한동안 회복되지 못했다.

엘룬과 엘리는 굉장한 장난꾸러기들이었는데, 몸을 가누기 시작하면서 엘론티에는 바람 잘 날이 없었다. 엘프들은 이리저리 돌아다니는 엘룬과 엘리를 찾기 위해 늘 비상사태였다. 진우가 엘론티에 방문했을 때가 엘론티의 유일한 휴가였다.

진우는 엘룬과 엘리를 잡고 하늘을 바라보았다.

콰아아!

힘껏 던지니 하늘 위로 빠르게 치솟았다. 기겁할 만한 장면이었지만 이렇게 놀아주지 않으면 얌전해지지 않았다. 엘룬과 엘리는 음속을 돌파한 속도로 던져 줘야 겨우 만족했다.

한바탕 놀아주고 나니 바로 잠들었다. 당분간 일어나지 않을 것이다. 대군주는 애도 잘 봤다.

엘프들은 존경의 눈빛으로 진우를 바라보았다.

"도련님. 바쁘십니까?"

"음?"

유나가 진우를 찾아왔다.

"마교가 움직였습니다. 무림맹 쪽은 비상이더군요. 소림과 무당파, 화산파가 당했다고 합니다. 그리고 다른 정파들도 피해를 입고 있습니다."

"응?"

진우는 유나의 보고에 의아함을 감출 수 없었다. 혈풍대는 마교 최고의 전력이었다. 그런 혈풍대가 완벽하게 괴멸되었으니 마교는 좀처럼 움직일 수 없을 거라 예상했다. 어떻게 이렇게 빨리 화산파와 무당파, 그리고 소림이 당할 수가 있을까?

"역시 군주의 짓일까요?"

"그 정도 스케일이면 아마도 그렇겠지. 가봐야겠군."

진우는 무림 세계를 비극에서 구하고 싶었다. 그래서 바로 무협 세계로 이동했다. 금호로 이동하니 M룡회와 남궁 남매들은 비상소집령을 받고 무림맹으로 갔다고 한다. 이미 무림 전역에 포탈석이 설치되어 있어, 어디든지 이동이 가능했다.

진우는 하남성의 정주로 이동했다. 정주에는 무림맹이 자리 잡고 있었다.

"복잡하구만."

정주는 무림인들로 북적였다. 구파일방의 무림인들뿐만 아니라, 중소방파의 무림인들도 모두 몰려와 있었다. 모두 다 심각한 표정이었다.

진우는 무림맹으로 가보았다. 무림맹 앞에 무림인들이 바글바글했다.

제갈미현이 M룡회의 인물들과 함께 무림맹으로 들어가고 있었다. 그러다가 진우를 발견했다.

제갈미현이 진우에게 다가와 예를 갖춰 인사를 하자 주변에 있던 무림인들이 모두 놀랐다.

"안으로 드시지요."

"음……."

진우는 일단 제갈미현을 따라 안으로 들어갔다. 남궁휘와 남궁소연도 미리 와 있었다. 그들도 청룡회 소속이니 당연히 소집령에 응해야 했다.

"무슨 일이지?"

"마교의 강시가 나타났다고 합니다."

"응?"

"역시 마교더군요. 존경받는 고수들을 강시로 만들어 백도 무림의 기세를 초장부터 꺾어버렸습니다. 일이 여기까지 진행되었는데, 예측하지 못한 제 패배입니다. 금호의 습격은…… 아마도 연막이었겠지요."

"강시라고?"

"네. 천마강시라고 추측하고 있습니다. 하, 하악……."

진우가 묻자 제갈미현이 고개를 끄덕이며 대답했다. 그녀는 천마강시를 떠올리며 거친 숨을 내쉬었다.

"아!"

진우는 그제야 잊고 있던 것이 생각났다. 반쯤 박살 내놓고 미궁에게 회수를 하라고 말하려던 것을 깜빡했다. 워낙 충격적인 광경을 봤기 때문에 기억 속에서 잠시…….

'군주 때문이군.'

강시를 만든 건 미궁. 유나 말대로 군주 때문이었다.

지금 이 난리가 난 건 전부 진우와 미궁 때문이었다.

검마는 현재 -S랭크이니 무림 세계에서 천마지존을 제외하고는 당해낼 상대가 없었다. 게다가 미궁의 권능도 깃들어 있었기 때문에 굉장히 까다로운 상대였다.

예기치 않은 사태였지만, 진우는 당황하지 않았다. 이 정도 일로 당황하기에는 그가 겪은 일들이 너무나 많았다.

이제 거의 부처 정도의 멘탈을 가지게 된 진우였다.

"사상자 명단을 볼 수 있을까?"

"네, 바로 준비해 드리겠습니다."

가장 신경 쓰이는 것은 역시 애꿎은 피해자였다. 아무런 잘못도 없는 이들이 죽어 나가는 건 역시 찜찜했다. 화산파, 무당파, 소림사가 당했으니 피해자가 상당히 많을 것으로 예상되었다.

제갈미현이 지금까지 보고된 사상자 명단을 작성해서 가지고 왔다. 신기하게도 죽은 사람은 없었고, 강시가 된 이들과 부상자들만이 적혀 있을 뿐이었다.

진우는 명단을 자세하게 바라보았다. 눈에 이채가 서렸다.

'진덕대사, 창천지검, 하남일룡, 무당신검……'

상당히 많은 숫자였다. 별호들이 눈에 띄었는데, 대부분 진우가 기억하고 있는 이들이었다. 마교의 첩자로 스승을 죽이고 대사형을 불구로 만들고, 사매를 겁탈하고 제자를 학살한 이들이었다.

남궁휘와 남궁소연이 다가왔다. 표정은 일그러져 있었다.

"그들은 백도무림의…… 정신적 지주이자 희망이었습니다.

그런데 그렇게 무참하게……."

"시체조차 이용하다니 너무 사악해요. 정말…… 마교는 인간임을 포기한 집단이군요."

남궁소연도 분노했다.

'음…….'

남궁 남매가 분노할 만했다. 진덕대사만 하더라도 초반에 아주 인자한 고승으로 나왔기 때문이다. 인망도 있고, 선한 일도 많이 행해 소림 방장과 더불어 명성이 상당히 높았다.

그런데, 그런 그가 결정적인 순간에 방장을 죽이고 소림을 거의 멸문시키다시피 했다. 소림사의 승려들에게 심어놓은 혈마단을 채취해, 공손하게 천마지존에게 바치는 짜증 나는 장면을 보여주기도 했다.

무당신검 같은 경우도 통수를 쳤다. 주인공을 형제처럼 대해주다가 독에 중독시켜 내공을 잃게 만들었다.

'대부분 발암 캐릭들이군.'

모르는 게 약이었다. 무림 세계의 비극을 몰아내는 것이 진우의 목표이니, 저들 모두 무림 영웅으로서 죽어간 것으로 해두도록 하자. 어차피 마교 탓으로 돌리면 되었다.

첩자들의 피나는 노력으로 한 이미지 메이킹이 마교를 향한 분노로 돌아갈 줄은 누가 예상했으랴.

아무튼, 진우가 일일이 찾아가서 죽이기에는 너무 많았는데, 신기하게도 강시가 되어버렸다. 자세히 알아봐야 했지만, 아무래도 검마가 마기에 반응을 하는 것 같았다.

'만약 그렇다면…… 딱 좋은데?'

혈마단은 치킨의 은총으로 어떻게든 해결했지만 첩자들은 아니었다. 진우는 제갈미현을 바라보았다.

"현재 상황은?"

"정보에 의하면 강시들이 무림맹 쪽으로 몰려오고 있다고 합니다."

"그럼 정파의 고수들이 모두 모였겠군."

"네, 그렇습니다."

진우와 제갈미현이 서로를 바라보며 부드럽게 웃었다. 남들이 보면 아름다운 그림으로 보였지만 속은 검었다.

진우는 이참에 강시를 이용해서 정파에 스며든 첩자들을 모조리 없앨 생각이었다. 제갈미현과 M룡회는 강시의 손톱에 맞을 생각으로 가득했다. 누구보다도 적극적으로 나서고 있었는데, 주변에서는 역시 청룡회라며 감탄하고 있었다.

진우는 M룡회와 함께 무림맹을 둘러보았다.

진우에 대한 소문은 M룡회를 통해 이미 나 있었다. 제갈미현이 온갖 미사여구를 붙여 찬양하다시피 해놓았기 때문에 무림맹의 인물들은 진우에게 호의적이었다.

소림사, 무당파, 화산파의 건물들이 대부분 불탔다고 한다. 강시들이 이리저리 헤집으면서 다닌 덕분이라고 하는데, 진우는 막대한 돈을 그들에게 기부했다.

양심에 찔려 내놓은 보상금에 불과했지만 무림인들은 감동할 수밖에 없었다.

누가 저리 큰돈을 성큼 내놓을 수 있단 말인가?

진우의 위상이 더욱 높아졌다. 심지어 청룡회조차 들어가지 못하는 백도대전에 들어가 무림맹주와 무림맹의 주요인물들까지 볼 수 있었다.

무림맹주가 두 팔을 벌려 진우를 환대했다.

"어서 오시게. 진 소협."

"반갑습니다."

"백도무림을 위해 큰일을 해주었네. 무림맹은 자네의 공을 잊지 않을 것이네."

"과찬이십니다. 그저 해야 할 일을 했을 뿐입니다. 무림맹에도 피해가 있다고 들었습니다. 제가 도울 수 있는 일은 뭐든 돕겠습니다. 물론, 금전적으로도 말이지요."

무림맹주는 진우의 손을 꼭 붙잡았다.

무림맹주는 사람이 나쁘지는 않았으나 무능했다. 마교의 첩자를 전적으로 믿고 후대를 양보했다가 암살당했다.

"허허허! 금호에 꼭 가보고 싶군. 사실 은퇴를 하고 금호로 가려고 했었다네. 설마 상황이 이렇게 될 줄이야……."

"일이 해결되면 놀러 오시지요."

가볍게 몇 마디 해주니 맹주는 진우에게 완전히 넘어가 버렸다.

백도대전에는 각 문파의 고수들이 자리해 있었다.

'차라리 무능한 맹주가 낫군.'

정보의 마안으로 보니 삼할 이상이 마교의 첩자였다. 정마대전이 시작도 전에 이미 진 것과 다름없었다.

"흠, 돈으로 환심을 사려는 모양인데, 그러지 않는 게 좋을 것이네."

그런 말을 한 사람은 점창의 일점천검 곽대운 장로였다. 무림십천에 든 현경의 고수였고, 겸허한 태도로 많은 무림인들의 지지를 받고 있었다. 그러나 실제로는 색공을 익힌 마인이었다.

곽대운은 진우에게 점잖게 충고를 해주었다. 진우는 제일 먼저 처리해야겠다고 생각했다.

백도대전에서 나온 진우는 무림맹을 둘러보며 첩자들을 확인했다. 마교에 연락을 하기 위해 분주하게 움직이고 있었다. 어떻게 된 건지 알아보려고 하고 있었는데, 마교도 모르는 일이니 알 길이 없었다.

'그럼 대충 사이즈가 나왔으니……'

이제 움직여 보도록 하자.

작전이라고 할 것도 없었지만 작전명은 이미 정했다. '반송'이었다. 오랫동안 백도무림 쪽에 맡겨놓았던 것들을 잘 포장해서 반송시켜 줄 것이다.

무림맹의 고수들이 신밀에서 정주로 이어지는 부근에 자리를 잡고 진법을 설치했다. 평생 한 번이라도 만나기 힘든 고수들이 한 곳에 모여 장관을 이루고 있었다.

각 문파를 나타내는 깃발들이 사방에 꽂혀 있었고 중앙에는 무림맹을 나타내는 커다란 깃발이 자리 잡고 있었다. 백도

무림 전체의 위기라고도 볼 수 있었으니 첩자들조차 거의 대부분 자리했다. 진우는 릴리스와 함께 뒤에 빠져 있었다.

'저기 오는군.'

멀리서 강시들이 모습을 드러냈다. 강시는 무협지에 자주 나오는 소재였는데, 이런 식으로 보게 되니 기묘한 기분이 들었다. 숫자는 굉장히 많았다. 정보의 마안으로 확인해 보니 모두 마교의 첩자였던 인물들이었다.

'역시 마기 때문이로군.'

진우의 예상이 맞았다. 검마와 강시들이 무림맹 쪽으로 미친 듯이 진격하는 것도 이해가 되었다. 이곳에 마기를 지닌 첩자들이 대부분 모여 있었기 때문이다.

검마는 미궁의 것이었다. 강시들은 검마에 의해 변한 이들이니 강시 또한 미궁의 것이었다. 미궁의 물건은 곧 진우의 것이니 진우가 영향력을 마음껏 행사할 수 있었다.

[황금의 대군주가 검마와 강시들에게 축복을 내려줍니다.]
[강시들의 랭크가 한 단계 상승합니다.]

검마와 강시들이 첩자들을 향해 미친 듯이 달려왔다. 문파별로 첩자들이 있으니 무차별적으로 공격하는 걸로 보였다.

"백도무림의 힘을 보여주자!"

"막아라!"

"정주에 들어가게 해서는 안 된다!"

진우는 릴리스의 준비가 끝날 때까지 뒤에서 감상했다.

'멋지군.'

무림인들이 진을 치며 달려드는 모습은 굉장했다. 영화 트레일러로 써도 손색이 없을 정도였다. 뉴월드 : 미궁에도 무림 테마를 만들고 있었는데, 이걸 홍보 영상으로 쓰면 좋을 것 같았다. 강시도 몬스터로 딱 좋았다.

'구도 좋고!'

검마가 움직일 때마다 무림인들이 사방으로 튕겨 나갔다. 화산파 장문인마저 검마의 반탄지기에 피를 울컥 토했다. 생사경의 고수가 강시가 되어서 한 단계 랭크업을 했고, 진우의 축복을 받아 또 랭크업을 했다. 상대가 될 리 없었다.

화산파의 장문인을 보호하며 막아서는 이들이 있었다. 제갈미현과 M룡회였다.

"흐읏! 여, 역시 강시!"

"오, 오오!"

최전선에서 몸으로 강시를 막아서는 모습은 영웅 그 자체였다. 신음 소리가 이상했지만 무림인들은 그런 걸 신경 쓸 수 없었다.

"끄아악!"

구파일방의 젊은 첩자들이 강시들에게 물리기 시작했다. 비교적 명성이 높고 연배가 있는 이들은 싸우는 척만 하며 뒤에 물러나 있을 뿐이었다. 점창의 일점천검 곽대운 장로도 마찬가지였다.

"주인님, 준비가 되었습니다."

릴리스의 말에 진우가 고개를 끄덕이자 그녀가 권능을 사용했다. 환각이 발현되었다. 진우의 모습이 흐릿해지더니 투명해졌다. 기척조차 사라졌다. 이 일대에서 진우를 볼 수 있는 자는 릴리스뿐이었다.

릴리스는 진우와 무림인들의 환각 또한 만들어냈다. 열심히 강시와 싸우는 모습을 연출했다.

'시작해 볼까?'

투명인간이 된다면 무엇을 할까?

진우는 무림인들을 보며 씨익 웃었다. 일단 첫 시작은 곽대운이었다. 곽대운은 무림맹주 쪽으로 빠져 있었다. 첩자들과 같이 있었는데, 상황을 파악하려 노력하고 있었다.

진우는 곽대운의 뒤로 다가갔다. 누구도 진우가 근처에 있는 것을 느낄 수 없었다. 릴리스보다 랭크가 높지 않은 이상 눈치챌 수 없었다.

진우는 곽대운을 바라보다가 손가락으로 그의 몸을 찔러보았다.

"윽?!"

"무, 무슨 일이오?"

"아무것도 아니오. 갑자기 오한이……."

역시 완벽했다. 진우는 다른 첩자의 손을 붙잡았다. 청섬파의 고수 건곤일검이었다. 검곤일검의 손을 잡고 곽대운의 엉덩이에 가져다 대었다.

"으, 응? 무, 무슨 짓이오?"

"어? 왜, 왜 이러지? 내, 내가 아니오!"

검곤일검은 손을 빼려 했지만 진우의 힘을 이길 수 없었다. 검곤일검의 다른 손을 잡고 곽대운의 가슴을 쓰다듬게 했다. 곽대운이 기겁하며 물러났다.

곽대운의 엉덩이를 쓰다듬은 검곤일검의 손이 자신의 얼굴을 향해 다가갔다.

"스, 습하! 습! 흐읍!"

검곤일검이 숨이 막혀 숨을 몰아쉬자 곽대운의 안색이 새파랗게 질렸다. 검곤일검이 주변의 시선을 받을 때였다. 진우는 바닥에 있는 검집을 들고 곽대운의 엉덩이를 찔렀다.

"크엇?!"

곽대운의 허리가 활처럼 휘며 앞으로 튕겨 나갔다.

"점창의 일점천검이다!"

"궁신탄영?!"

"대단한 신법이다!"

"역시 곽 대협이군! 더욱 경지가 깊어졌어."

무림맹주도 감탄하며 고개를 끄덕였다.

곽대운의 인품 상 더 이상 무림인들의 희생을 두고 볼 수 없었을 것이다. 무림맹주는 그렇게 생각했다.

곽대운이 허공을 가르며 검마와 강시들이 있는 곳으로 뻗어 갔다. 그래도 고수는 고수인지라 착지를 하기는 했다.

검마와 강시들이 일제히 곽대운을 바라보았다.

곽대운은 식은땀을 흘렸다. 본능적으로 자신이 상대가 안된다는 것을 알았기 때문이다. 특히 저 침을 흘리고 있는 검마가 너무나도 무서웠다.

"나도…… 가, 같은 편…… 끄아아악!"

검마가 곽대운을 붙잡고 그대로 마기를 빨아 마셨다. 일점천검 곽대운의 허망한 최후였다.

곽대운이 당하자 첩자들은 당황하기 시작했다. 그래도 자신들은 마교로 돌아가면 자리가 보장된 고급인력이었다. 그런데 무참하게 당해 버리니 어찌할 바 몰라했다.

마교의 계획인가 싶어 일단 방관했는데, 자신들마저 목숨이 위험해 보였다. 어떻게 해야 할지 고민이 되었다.

그러나 그들은 굳이 고민할 필요가 없었다. 진우가 모든 것을 해결해 주었기 때문이다.

'이번엔 3명.'

무림맹주 주변에서 주춤거리던 첩자들에게 다가갔다. 강한 힘을 담아 그들의 엉덩이를 연타했다.

휙! 휙! 휘익!

그들의 몸이 빠르게 앞으로 쏘아져 나가며 자동으로 참전했다. 그 모습은 위풍당당한 무림 고수였다. 당황해서 허공에 발을 젓는 폼이 꼭 허공답보를 시전하는 것 같았다.

진우는 돌아다니면서 첩자들을 모조리 강시 쪽으로 던져 버렸다. 검마와 강시들은 먹이들이 날아오니 무림인들을 해치지 않고 얌전히 먹이를 받아먹었다.

'잘 날라가네.'

진우는 자신이 야구에 재능이 있는 것 같다고 생각했다. 공중을 수놓으며 날아가는 고수들의 모습은 꽤 아름다웠다. 무림인들의 귀감이 될 만했다. 비록 결과가 안 좋기는 하지만 말이다.

진우는 꼼꼼히 확인하며 첩자들을 모두 색출했다. 모두 깔끔하게 강시가 되어버렸다. 바람직한 결과였다.

'슬슬 끝내야겠군.'

진우는 릴리스의 환각을 이용해 무림인들의 눈을 속이고 검마와 강시를 아공간에 넣었다. 모두 잘 수납했으니 이제 반송을 할 차례였다. 장소는 당연히 마교였다.

강시와의 전투는 백도무림의 승리로 끝났다.

많은 희생이 있었다. 많은 고수들과 후기지수들이 목숨을 잃었다. 무림맹은 그들의 빈자리와 입은 피해를 수습하기 바빴다. 무림맹주는 임기 중에 제일 바쁜 나날을 보내고 있었다. 밤을 새워 처리해도 줄어들지 않는 일 때문에 몇번이나 각혈을 했다고 한다. 그의 은퇴는 10년 뒤로 미루어졌다는 것이 전문가들의 의견이었다.

진우는 발이 가장 빠른 마족에게 검마와 강시가 든 아공간을 건네주었다. 깔끔하게 '반송'하기 위함이었다. 마교의 위치는 혈풍대원들이 모두 말해줘서 알고 있었다.

진우의 명령을 받은 배달원은 포탈을 넘고 직접 발로 뛰며 십만대산에 도착했다. 마교의 일원만이 길로 진입해 무난히 마교의 정문에 도착할 수 있었다.

마교는 수백 년 동안 단 한 번도 침입을 받은 적이 없었고, 애초부터 마교인이 아니고서는 복잡한 기관진식을 통과할 수 없었다. 그래서인지 정문은 조금 허술한 편이었다.

배달원은 마계에서 제일 발이 빠른 사나이였다. 기관진식으로는 배달원의 발걸음을 막을 수 없었다. 정문에 문지기가 있었는데, 배달원은 문지기에게 다가갔다.

문지기가 갑자기 나타난 배달원을 보더니 흠칫 놀랐다. 아무리 봐도 마교인은 아니었기 때문이다.

"웬 놈이냐!"

"침입자인가!"

문지기는 격한 반응을 보였지만 배달원은 태연하게 그들에게 다가갔다. 너무나 태연해서 문지기의 경계가 풀어질 정도였다.

"여기 마교 맞죠?"

"맞다! 네놈은……."

"아! 잘 찾아왔네요."

배달원은 사람 좋은 미소를 그렸다. 그러고는 품에서 무언가를 꺼냈다. 종이였다. 마계 택배라고 쓰여 있었다.

"천마지존에게 다시 반송된 택배입니다. 택배를 잘못 부치

셨더라구요. 앞으로는 확인 잘하시고 보내세요."

"택배?"

"네, 대리인이 받으셔도 됩니다. 여기 서명해 주세요."

문지기는 경계를 하려고 했지만 어째서인지 배달원의 말에 말려드는 것 같았다.

"아! 천마지존께 온 공물일수도…… 저번처럼 연락 못 받은 거 아니야?"

"하긴, 어느 누가 마교에 침입하겠어? 저번에도 괜히 나섰다가 엄청 깨졌었지."

서로 눈치를 보다가 일단 배달원이 내민 붓을 잡고 서명을 했다. 배달원은 서명을 확인하고 고개를 끄덕이다가 다시 그들을 바라보았다.

"아! 반송료를 주셔야 합니다."

"으, 음……."

문지기가 서로를 바라보았다. 그러다가 서로 어깨를 치며 떠넘겼다. 결국 품에서 몇 푼을 꺼내 배달원에게 건네주었다.

"감사합니다."

배달원은 뒤로 물러났다. 마침 정문 앞에 넓은 공터가 있었다. 여기라면 모두 꺼낼 수 있을 것 같았다.

"그럼 여기에 놓고 가겠습니다."

배달원이 문지기를 바라보며 말하자 문지기는 고개를 갸웃하다가 고개를 끄덕였다. 배달원은 아공간을 열어 택배를 모두 꺼냈다.

"어?"

"저, 저건……?"

문지기는 깜짝 놀랐다. 갑자기 공간이 일그러지더니 사람들이 나왔기 때문이다. 마치 얼어붙은 것처럼 가만히 서 있었는데 모두 파란 피부였다.

게다가 머리와 턱을 붉은 끈이 휘감고 있었는데, 머리 위에 꽃 모양의 리본이 장식되어 있었다.

"그럼 즐거운 하루 되세요!"

배달원이 그런 말을 남기고 사라졌다.

문지기는 상황이 이해가 되지 않았다. 일단 천천히 가만히 서 있는 이들에게 다가갔다. 손을 뻗어 그들의 얼굴 앞에 휘저어봤다. 하지만 반응이 없었다. 피부를 만져보니 얼음장처럼 차갑고 딱딱했다. 시체를 만지는 것 같았다.

"가, 갑자기 이게 어떻게 나온 거지?"

문지기가 그렇게 말하며 뒤를 돌 때였다. 동료 문지기의 눈이 크게 떠졌다.

"저, 저……."

"어?"

강시가 모두 눈을 떴다. 손이 일자로 뻗어 나가며 문지기의 가슴을 꿰뚫었다. 동료 문지기도 순식간에 강시의 밥이 되었다.

크르르!

검마와 강시들은 정문 너머로 느껴지는 무수한 마기에 침을 흘렀다.

콰앙!

수백 년을 버텨온 정문이 무너졌다.

곱게 포장되어 반송된 강시들이 정문으로 밀어닥쳤다.

마교의 즐거운 하루는 이제 시작이었다.

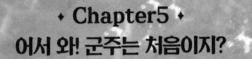

⬩ Chapter5 ⬩
어서 와! 군주는 처음이지?

마교는 늘 조용했고 평화로웠다. 수백 년 동안 단 한 번도 침략을 받은 적이 없었고, 그 누구도 감히 마교에 쳐들어올 생각을 하지 못했다. 무림 도처에 깔려 있는 첩자들의 꾸준한 활약으로 그런 시도 자체를 못 하게 만들었다.

게다가 천마지존이 직접 고안한 기관진법은 무림의 최고 두뇌인 제갈세가가 온다고 하더라도 백 년은 헤매야 할 정도로 복잡했다. 그러나 현재 마교는 혼란 그 자체였다.

덜덜덜!

마교에서 손꼽히는 고수인 마혈검수는 두려움에 질려 몸을 덜덜 떨었다. 상당한 경지에 오르면서 두려움을 떨쳐냈다고 생각했건만 그건 오만한 생각이었다. 그 광경을 보고 어찌 두려움에 빠지지 않을 수 있을까?

갑자기 들이닥친 강시들이 무차별적으로 마교인들을 습격

했다. 처음에는 잘 막아내는 듯 보였다. 그러나 마교인들이 물린 순간부터 이변이 시작되었다.

통통!

강시에게 물린 마교인들은 모두 말라비틀어지더니, 푸른 피부로 바뀌었다. 그러고는 통통 뛰어다니며 마교인을 습격했다. 속수무책이었다. 강시가 된 마교인은 더욱 강력해져 있었다. 강시들의 숫자가 급격하게 불어나자 마교인들은 파도에 휩쓸리는 것처럼 모조리 쓰러졌다.

마혈검수는 도망쳤다. 마교 밖으로 도망칠 수는 없었다.

마교는 폐쇄적이었다. 마교인들은 허락을 받아야 기관진식을 통과할 수 있었다. 마교 밖으로 도망치는 건 천마지존의 허락이 있어야 가능한 일이었다. 그랬기에 피해가 눈덩이처럼 불어났다.

'여, 여기까지는 안 오겠지.'

마혈검수는 뒷간으로 달려갔다. 그는 마교에서 손꼽히는 살수이기도 했다. 숨을 오랫동안 참을 수 있을 뿐만 아니라 심장 박동까지 조절이 가능했다. 구파일방의 장문이라고 하더라도 그를 찾아낼 수 없을 것이다. 그러나 강시들은 달랐다.

마치 자신의 위치를 훤히 알고 있는 것 같았다. 뒷간에 도착하니 선객이 있었다. 다른 마교인들이 구석에서 숨을 죽이고 있었다.

"으, 은월대주! 사, 살아계셨구려."

"크흑, 주 형 아니시오?"

마혈검수는 은월대주의 두 손을 붙잡으며 반가움을 나눴다. 지독한 냄새가 가득한 뒷간이었지만 둘의 우정은 빛나고 있었다. 은월대원들도 마혈검수를 보자 눈시울을 붉혔다. 그렇게 반가움을 나누고 있을 때였다.

통통!

밖에서 통통거리는 소리가 들렸다. 뒷간에 있는 모두의 몸이 굳었다. 뒷간은 마교의 구석에 있어서 안전하리라 여겼건만 아니었다. 모두가 숨을 멈추고 심장박동까지 조절했다.

통, 통! 통통통통통통통!

통통거리는 소리가 더욱 많아졌다. 명백하게 뒷간으로 오고 있었다. 마혈검수와 은월대주가 서로를 바라보았다.

'은월대주, 어찌하오?'

'아무래도 특수한 방법으로 대상을 추적하는 것 같소.'

'아무리 기척을 죽여도 귀신같이 알아내는 걸 보니 그런 것 같소.'

'그렇다면 냄새에 극도로 민감한 것이 아닐까 하오.'

마혈검수와 은월대주는 마교의 특수한 수화법으로 이야기를 나눴다. 암행에 나갈 때는 냄새를 지우는 특수한 가루를 몸에 발랐지만 지금은 아니었다.

둘은 자연스럽게 아래를 바라보았다. 냄새를 감추기 위한 최고의 재료가 그들의 시선에 보였다.

'은월대주, 그래도 이건 좀…….'

'우리는 살수요. 이 정도는 아무것도 아니지 않소?'

'그렇긴 한데…….'

'안 장로님은 백 년 전, 측간에 보름간 숨어 있다가 무당파 장문인을 암살했소.'

'하, 하지만 그 후 독이 올라 사망하시지 않았소?'

'……그래도 1년은 사셨다고 하오.'

쾅, 콰가가가가!

밖에서 무언가가 무너지는 소리가 들려왔다. 통통거리는 소리가 바로 앞에서 들렸다. 망설이고 있을 시간이 없었다.

은월대주와 은월대원들이 먼저 마치 심연처럼 보이는 깊숙한 곳으로 들어갔다. 마혈검수도 결국 그럴 수밖에 없었다.

'으윽!'

이게 무슨 수난이란 말인가!

그러나 개똥밭에 굴러도 이승이 나은 법이다. 강시가 되고 싶지는 않았다.

콰앙!

문이 박살 나고 강시들이 밀어닥쳤다. 강시들이 들이닥치는 순간 모두가 깊게 잠수를 했다.

강시들은 얼마 전까지만 해도 살아 있었던 마교의 최고수들이었다. 냄새를 지운다고 해도 마기를 느끼고 찾아낼 수 있었다. 마기가 있는 자라면 그들에게서 피하는 건 불가능했다. 강시들이 뒷간을 뛰어다니다가 변기들을 바라보았다. 그쪽으로 다가가 아래를 내려다보았다.

숨을 참지 못하고 은월대원 하나가 머리를 들었다.

눈이 마주쳤다. 은월대원은 죽음을 직감했지만 강시는 흠 칫하더니 슬쩍 눈을 피했다. 필사적으로 못 본 척했다.

통통! 통통통통!

강시들이 뒷간을 빠져나갔다.

마혈검수는 고개를 내밀고 안도의 한숨을 내쉬었다. 역시 은월대주의 말대로 냄새로 쫓는 것이 분명했다. 하지만 쉽게 밖으로 나갈 수가 없었다. 일단 조용해질 때까지 버티기로 했 다. 그렇게 시간이 흐를 때였다.

콰앙!

무언가 폭발음이 들리더니 뒷간이 모조리 날아갔다. 마혈 검수는 화들짝 놀라며 고개를 내밀어 소리의 진원지를 바라보 았다.

"교, 교주님!"

"허억!"

마교의 교주, 천마지존의 모습이 보였다. 천마지존은 수많 은 강시를 쳐내고 있었다. 인간이라고는 도저히 믿기지 않는 무위였다. 가히 무공의 신이라 불러도 손색이 없었다.

그러나 강시들은 너무나 많았고, 강력했다. 특히, 검마로 보 이는 강시는 천마지존을 압박하고 있었다. 검마를 상대하며 다른 강시들 마저 신경 쓰려고 하니 제아무리 천마지존이라 하여도 밀릴 수밖에 없었다.

철푸덕!

마혈검수와 은월대주, 그리고 은월대원들이 마기에 휩쓸려 튕겨 나왔다. 강시들에게 강기를 쏘아 보내고 있던 천마지존은 그들의 모습을 보고 흠칫했다.

천마지존은 검마에게 강기다발을 쏘아 보냈다. 검마와 강시들이 크게 뒤로 튕겨 나가며 벽에 처박혔다. 천마지존은 내공을 뿜어내며 강기로 이루어진 보호막을 펼쳤다.

"처, 천마지존이시여!"

"……음."

"천마지존을 뵙습니다!"

모두 결연한 표정으로 무릎을 꿇었지만 천마지존은 뒤로 한걸음 물러났다. 도저히 봐줄 만한 모습이 아니었고 무엇보다 냄새가 지독했다.

"저들은 냄새를 통해 대상을 추적하는 걸로 보입니다! 처, 천마지존께서도……."

천마지존은 그들을 외면하며 보호막 밖을 바라보았다. 그의 내공은 굉장히 깊었으나 무한은 아니었다.

'검마를 저렇게 만든 존재…….'

검마는 꽃장식을 달고 있었다. 마치 선물처럼 말이다.

천마지존은 검마에게 붙어 있는 종이를 볼 수 있었다. 자신에게 보내는 편지였다. 칼 같은 문체가 인상적이었는데, 간단한 내용이었다.

선물에 보답하여 반송함. 피해 보상 청구하러 찾아갈 테니 기다려라.

호승심이 끓어올랐다. 그를 쓰러뜨리면 마교의 사태도 자연스럽게 해결될 것 같았다.

금호를 없애려고 했건만 마교가 없어지게 생겼다.

천마지존은 오히려 웃었다. 자신과 비등한 강자가 있다고 생각하니 깨달음을 얻은 기분이었다.

'천마동에 들어야겠군.'

천마동! 마교의 온갖 비급과 영약이 들어 있는 곳이었다.

천년마교를 세운 초대 천마지존이 남긴 유산이었고, 마교의 위기가 찾아오지 않는다면 열지 말라고 하였다. 때가 되지 않았을 때 천마동으로 들어가게 된다면 모든 것을 잃을 수 있다 하였다. 어쩌면 모든 것이 예정된 안배가 아닐까?

천마지존은 그 자리에서 사라졌다. 그리고 천마지존이 펼친 보호막도 사라졌다. 마혈검수와 은월대주, 그리고 은월대원들은 다시 깊숙이 잠수를 할 수밖에 없었다.

백도무림에 숨어 있던 첩자들이 모조리 사라지니 무림맹은 활발하게 돌아갔다. 무림맹은 그들의 장례를 극진하게 치러주며 영웅으로 추대해 주었다.

허공을 가르며 강시들을 상대하다 죽어간 영웅적인 모습은 많은 무림인들에게 감동을 주었다. 강시 무림맹 습격사건 이후로 달라진 점이 있다면 M룡회의 위상이 엄청나게 올라갔다는 것이다.

빛룡회. 몸을 아끼지 않고 강시들을 막아서는 모습은 백도 무림의 희망을 넘어 빛이 되었다. 그리고 다소 폐쇄적이었던 청룡회 가입 심사를 전면적으로 개방하면서 젊은 무림인들이 많이 몰려왔다.

"청룡뇌봉 제갈미현!"

"오…… 제갈 회주께서 직접 심사를 하시다니……. 게다가 운룡쾌검 유 소협도 계시는군."

"크흑, 감동적이다."

제갈미현이 지원자들을 직접 만나보며 평가했다.

무림오봉이라 불리는 제갈미현이었다. 그런 그녀를 보는 것만으로도 안계가 넓어진다는 평이 있었다. 제갈미현은 본래도 아름다웠지만 지금은 그야말로 절정이었다. 사내의 마음을 울리는 묘한 분위기가 존재했다.

무림맹에서 주최하는 회의에 참여한 진우는 M룡회의 심사를 볼 수 있었다. 무림맹 간부들 역시 관심 있게 지켜봤다.

잘 쳐줘 봐야 삼류인 무인 하나가 제갈미현의 앞에서 심사를 받고 있었다. 익히고 있는 무공을 보여줬는데, 육합권법이었다. 육합권법조차 제대로 소화하지 못했다.

"음…… 산동에서 온 자라더니 무식하기 이를 데 없군."

"쯧쯧."

주변에서는 혀를 찼지만 제갈미현의 눈에는 이채가 서렸다.

유소운도 마찬가지였다.

"훌륭하군요. 어떻습니까? 유 소협."

"네, 회주님 말씀대로 훌륭합니다. 오랫동안 맞아서 형성된 근골입니다. 더할 나위 없이 좋군요. 게다가 머리도 완벽하게 비어 있습니다."

제갈미현은 빙긋 웃으며 특상이라는 평가를 매겼다. 무림인들이 모두 놀랐는데, 무공수위보다는 인품이 먼저라는 소문이 퍼져 나가기 시작했다. 젊은 무림인들에게 있어서 그야말로 빛룡회였다.

다만, 그 속을 아는 진우만이 애도를 표할 뿐이었다.

무림맹과 구파일방은 마교의 습격에 대비하고 있었다. 마교가 어떻게 되었는지 아는 이들은 없었다.

"맹주님! 무당파 장문인께서 요청하신 건 어찌할까요?"

"맹주님! 운현대사께서 찾아오셨습니다. 소림사 복구 건에 대해서 하실 말씀이 있다고……."

"맹주님! 이번……."

무림맹주가 피를 토했다. 진우는 그를 가엽게 여겨 무협만화를 선물해 주었다.

'피해보상은 되었고……'

진우는 무림맹에 잠시 머물면서 이번 사태에 대한 보상을 확실하게 해주었다. 강시를 반송한 지 꽤 시간이 지났다.

천마지존이 아마 굉장히 마음에 들어 하지 않았을까?

'그럼 가볼까?'

진우는 빚은 몇 배로 갚아주는 성격이었다. 검마와 강시들을 반송한 것은 갚아줘야 할 빚의 일부분에 지나지 않았다. 아주 작은 성의에 불과했다.

소림사와 화산파, 무당파가 불탄 것도 어찌 보면 마교 때문이었다. 진우가 대신 피해보상을 해줬으니 마교에 청구하는 것이 타당했다. 물론 몇 배, 아니, 몇십 배로 청구할 생각이었다. 그래도 못 갚으면 몸으로라도 갚아야 했다.

진우는 씨익 웃고는 포탈을 열었다. 배달원이 마교에 포탈석을 심어놓았기 때문에 빠르게 이동할 수 있었다. 마교의 정문에 도착하니 반쯤 부서진 정문이 보였다.

진우는 느긋하게 안으로 걸어갔다.

"바글바글하네."

마교인들이 모조리 강시가 되었다. 우글거리고 있는 강시를 보니 얼마 전 보았던 영화가 떠올랐다. 좀비 영화였다. 좀비보다 훨씬 강력했다. 생전의 무공 수위보다 한 단계 높은 무력을 지니게 되기 때문이다.

'일단 회수해야겠군.'

진우가 아공간을 열고 손짓하자 강시들이 모두 아공간 안으로 들어갔다. 마기 부분만 해결한다면 일꾼으로도 쓸 만할 것 같았다. 일단 마계로 보낼 생각이었다.

"그럼……."

진우는 여유롭게 마교를 돌아다니면서 값이 나가 보이는 건 모조리 넣었다. 마교의 중심에 천마대전이 있었다. 안에는 수만 권에 달하는 무공비급들이 보관되어 있었다. 마공서뿐만 아니라, 정파, 사파의 무공까지 다양했다.

보기 힘든 영약 또한 산처럼 쌓여 있었다. 그동안 무림을 암중에 지배해 오며 모은 것들이었다.

'게임 이벤트로 쓰면 되겠는걸?'

안 그래도 무협 기술을 요구하는 유저들이 많아지고 있었다. 순조로운 미궁 공략을 위해서 미궁 내에 비급을 푸는 것도 괜찮을 것 같았다. 진우는 천마대전을 통째로 아공간에 넣었다.

진우는 천마지존이 있는 쪽으로 이동했다. 천마지존도 군주였기 때문에 진우는 그의 기운을 느낄 수 있었다. 마교와 조금 떨어진 곳에 협곡이 보였다. 그곳으로 가니 거대한 동굴이 있었다. 거대한 동굴 앞에는 만년한철로 이루어진 문이 있었는데, 반쯤 열려 있었다.

[S+]천마동
'하늘 위에 하늘이 있음을 기억하라!'
초대 천마지존의 모든 것이 잠들어 있는 곳.
천마신공의 진정한 오의가 적혀 있다. 천마신공을 대성하면 또 다른 세계가 열리게 될 것이다.

진우는 고개를 끄덕였다. 역시 마교하면 천마신공이었다. 천마신공과 비슷한 게 진우의 아공간에 있기는 하지만 진정한 천마신공은 가지고 있지 않았다.

천마동 앞으로 다가갔다. 일단 만년한철로 만들어진 문을 뜯어 아공간에 담았다. 알뜰살뜰하게 챙겨가고 있었다.

'역시 천마동이야.'

호화로웠다. 초대 천마지존이 남긴 보물들은 대단했다. A랭크의 검부터 시작해서 교주들만 익힐 수 있는 비급, 천년에 한 번 나온다는 영약까지 다양했다. 진우는 당연히 모조리 쓸어 담았다.

그래도 아직 부족한 감이 있었다. 천마동 끝으로 가니 방하나가 나왔다. 벽에는 천마신공의 모든 것이 적혀 있었고, 천마지존이 중앙에 가부좌를 틀고 깨달음에 잠겨 있었다.

진우가 다가오자 천마지존이 눈을 떴다.

콰아아아!

안광이 폭사되며 막대한 기운이 뿜어져 나왔다.

꽤 봐줄 만한 모습이었다.

Lv.92

[S+]단우천

칭호: [S+]천마지존

나이: 739세

보유기술: [S]마공, [S]무극지체, [S]마강기

특수기술:

[S+]천마신공

마공의 정점. 인간의 한계를 넘게 만들어주는 최고의 무공이다. 무극지체를 타고난 자만이 제대로 익힐 수 있다고 알려져 있다. 천마지존 단우천이 강시 마교 습격사건 이후 깨달음을 얻어 천마신공을 완벽하게 대성하였다.

천마지존 단우천이 가부좌를 풀고 자리에서 일어났다.

그의 얼굴에는 깨달음에 따른 성취감이 가득했고, 누구도 자신을 상대할 수 없다는 오만함이 묻어났다. 그러나 진우를 본 순간 흠칫할 수밖에 없었다. 진우에게서 느껴지는 것은 마기보다도 더욱 어두운 무언가였다.

그러나 그는 침착하게 자세를 잡았다.

"말은 필요 없겠지."

천마지존이 그렇게 말하면서 마기를 끌어 올렸다. 진우는 그를 바라보다가 주변에 있는 벽화로 시선을 옮겼다. 천마신공의 묘리가 모두 적혀 있었는데, 꽤 신기했기 때문이다.

타앗!

천마지존이 진우를 향해 쏘아져 갔다. 천마군림보를 펼치자 가공할 만한 마기가 휘몰아쳤다. 발을 내디딜 때마다 마기가 파도처럼 밀려왔다. 어떤 존재도 천마군림보 앞에서 멀쩡히 서 있을 수 없었다. 물론, 무림 세계의 인물들에 한정한 이야기였다.

진우가 살짝 손을 휘저으니 마기가 모조리 사라졌다.

휘익!

천마지존이 천마멸천권을 펼치며 진우를 공격했다. 하나하나가 작은 언덕을 초토화시킬 만한 위력이었다. 진우는 감탄하면서 주먹을 피하다가, 엄청난 공세에 결국 손을 들었다.

천마지존의 주먹이 진우의 손에 잡혔다.

콰아아아!

충격파가 불어닥치며 천마동을 뒤흔들었다.

천마지존은 잡힌 자신의 주먹을 보며 놀란 표정이 되었다. 이토록 쉽게 천마멸천권이 파훼될 줄은 몰랐기 때문이다.

진우는 주변을 바라보았다. 먼지가 아주 깔끔하게 소멸되어 버려 천마동이 반짝반짝 빛났다.

"허영이 좋아하겠군."

진우는 천마지존을 바라보며 씨익 웃었다. 천마지존이 흠칫하면서 뒤로 물러났다.

"천마신공 꽤 쓸 만하겠는데?"

"무슨 뜻이오?"

"익혀보려고."

천마지존이 진우를 노려보았다. 눈앞에 있는 사내는 수백 년 만에 찾아온 최고의 숙적이었다.

강시를 만들어내고 마혈단을 무효화하고 마교를 박살 낸 지략은 경악할 만했다. 게다가 일신의 무공 또한 자신에게 전혀 밀리지 않았다. 그러나 천마신공은 오로지 천마지존에게만 허락된 무공이었다.

"그대가 나와 비등한 존재인 것은 이해하고 있소. 그러나 천마신공은 아무나 익힐 수 있는 게 아니오."

무극지체를 타고난 천마지존조차 마교에 닥친 위기를 느끼고 겨우 깨달음을 얻어 완성한 무공이었다. 진우는 정보의 마안으로 벽화를 바라보고는 바로 천마신공을 익혔다.

진우에게는 덧셈, 뺄셈만큼이나 쉬운 일이었다.

[SS]대군주신공

황금의 대군주가 천마신공을 완벽하게 이해하여 새롭게 창안한 신공. 천마지존의 모든 묘리가 황금의 대군주, 악의 화신에 맞게 재구성되었다.

아름답고 멋지고 위엄이 있다. 위력은 말할 것도 없다.

진우는 천마지존을 향해 대군주군림보를 펼쳤다. 천마지존의 것과는 비교도 되지 않는 기운이 몰아치며 천마지존을 뒤로 날려 버렸다.

콰가가가!

천마신공의 묘리가 적혀 있는 벽화가 터져 나가며 먼지가 되었다. 겨우 중심을 잡으며 진우를 바라보았다. 그의 눈빛에는 경악이 가득했다.

"천마…… 신공……."

아니, 그것보다 훨씬 더 고차원적인 무공이었다. 그가 상상할 수도 없는, 인지 능력 밖의 무공이었다. 천년 동안 수련을 한다고 해도 닿을 수 없을 것 같았다.

"쉽군."

진우에게는 너무나 쉬웠다. 그러고 보니 허영이 설거지가 힘들다고 징징거렸던 것이 기억났다. 허영의 매니저도 허영의 기운에 버티지 못하고 계속해서 교체가 되었다.

딱 알맞은 인재가 눈앞에 있었다.

"너 설거지 잘하냐?"

진우가 부드럽게 웃으며 천마지존을 바라보았다.

천마지존 단우천의 얼굴이 분노로 물들었다.

그 누구도 자신을 이렇게 무시한 적이 없었다. 태어날 때부터 천하의 주인이었고, 천마신공을 대성하여 신을 넘어서는 무력을 손에 넣을 수 있었다. 그런 자신을 마치 어린애처럼 바라보고 있었다. 그러나 저자는 자격이 있었다.

'천마신공조차⋯⋯'

지금에 이르러 겨우 깨달은 천마신공조차 한 번 바라보는 것만으로 익혔다. 아니, 익히는 것을 넘어서 더욱 발전시켰다. 도대체 저 사내는 어떤 존재란 말인가?

주화입마가 올 것 같았다. 모욕적인 말을 들었음에도 쉽사리 덤비지 못하고 있었다.

반면, 진우는 여유로웠다. 원작에서 천마지존은 압도적인 존재감을 내뿜었다. 주인공도 몇 번이고 죽을 뻔한 데다가, 그의 손짓 한 번에 수많은 목숨이 사라졌다. 주인공이 천마지존 단우천이 아니냐 하는 말까지 나올 정도였다. 그런 무협 세계 최강의 존재였지만 진우에게는 턱없이 약해 보였다.

'적당히 쓸 만하겠군.'

어디 가서 맞고 다니지 않을 수준에 불과했다.

그의 휘하에 있는 군주 중 최약체였다. 아마 마법소녀로 변한 군주들보다도 약할 것이다. 그래도 인간의 힘으로 군주에 올랐으니 알맞게 써먹기로 정했다.

휘이이!

단우천이 모든 내력을 끌어올리며 신중하게 자세를 잡았다. 전력을 다하기 위함이었다. 내뿜는 마기는 대단했다. 다만, 허영처럼 처음부터 군주였던 것이 아니었기 때문에 마기의 질은 조금 떨어졌다. 검은색이 아닌 짙은 회색이었다.

휘익!

단우천의 신형이 흐릿해지더니 진우의 앞에 도달했다. 순간이동으로 보일 만큼 빨랐다. 주먹이 마치 해일처럼 휘몰아쳤다. 휘두를 때마다 땅이 파였고, 벽들이 터져 나갔다.

'음…….'

진우는 그런 공세를 피하거나 막으면서 잠시 생각에 빠졌다. 지금까지 군주를 상대하면서 단 한 번도 전력을 다한 적이 없었다. 부하들을 이용하거나 함정에 빠뜨려 처리했다.

단우천의 전력을 다한 공세에도 지치기는커녕 그냥 숨을 쉬는 것처럼 여유로울 뿐이었다.

"흐읍!"

단우천이 뒤로 물러나더니 마기를 압축시켰다. 천마대강탄이라 불리는 천마신공의 기술이었다. 단우천이 손을 뻗자 진우에게 거대한 공 모양의 강탄이 뻗어왔다.

'꽤 멋진데?'

진우는 살짝 감탄했다. 소년 만화의 기술을 보는 것 같아 제법 신기했기 때문이다. 진우는 강탄이 다가오자 귀찮은 파리라도 쳐내는 것처럼 손등으로 강탄을 쳐냈다.

콰앙!

강탄이 천마동의 벽에 부딪히더니 천마동의 일부가 완벽하게 소멸되었다. 단우천은 눈을 부릅뜨면서 진우를 바라보았다. 혼신의 힘을 담은 천마대강탄은 진우의 옷깃조차 스칠 수 없었다. 천마신공은 단우천보다 진우가 더 잘 알고 있었다. 파훼법 따위는 눈 감고도 펼칠 수 있었다.

"으아!"

단우천은 이를 악물고 달려들었다. 알고 있는 모든 초식과 기술을 마구잡이로 퍼부었다. 도도하고 거만한 모습은 사라지고 없었다. 그저 미친 듯이 날뛰는 패배자만이 남아 있을 뿐이었다. 그러나 단우천의 공격은 진우의 옷깃조차 스칠 수 없었다.

"하아, 하아……."

단우천의 공격이 멈추었다. 내력이 바닥을 드러냈기 때문이다. 단우천은 머리가 산발이 되었고 옷이 여기저기 터져 있었다. 땀범벅이었다.

"어째서……."

"음?"

단우천이 거친 숨을 몰아쉬다가 입을 열었다.

다른 곳을 보고 있던 진우는 고개를 돌려 그를 바라보았다. 그의 눈빛은 절망으로 가득 차 있었다.

"어째서 한 번도 공격하지 않는 것이오?"

"멀쩡히 데려가려고. 써먹기 전에 망가지면 곤란하잖아."

그냥 막무가내로 패는 것도 좋았지만, M룡회 사건이 재연될까 걱정이 되었다. 진우는 단우천을 가급적이면 정상적인 상태에서 데려가고 싶었다. 진우의 손을 거쳐 간 군주 중에서 본래 모습을 한 이는 아르카나뿐이었다.

단우천은 진우의 말에 주먹을 불끈 쥐었다.

"나 단우천! 천마지존으로서 누구에게도 굴복하지 않을 것이오!"

"음, 그래. 그게 무림이지."

무인으로 죽겠다. 단우천은 그렇게 말하고 있었다.

진우는 고개를 끄덕였다.

'힘 좀 써볼까?'

전력까지는 아니더라도 공격다운 공격을 해보고 싶었다. 대군주의 힘이 어느 정도인지 궁금했다. 아직 제대로 시험을 해본 적이 없었기 때문이다. 정확히 알아야 나중에 힘을 쓸 일이 생기면 힘 조절을 할 수 있을 것 같았다.

진우는 마교로 와 처음으로 주먹을 쥐었다. 모처럼 진지한 표정이 되었다. 부드러운 분위기가 순식간에 사라졌고 위압감이 주변을 내리눌렀다. 대군주의 위압감은 허약한 군주가 감당할 만한 것이 아니었다. 단우천이 뒤로 주춤거리며 물러났다.

잠들어 있던 진우의 마력이 일어났다. 지금까지 이렇게 많이 끌어올린 적은 거의 없었다. 천마동, 아니, 십만대산 전체가 흔들렸다.

단우천은 사고가 정지되었다. 천마신공을 대성하게 되면 또 다른 하늘을 바라볼 수 있게 된다고 한다. 저자는 그 경지에 있는 자라고 생각했다.

하지만 그 생각은 틀렸다. 그는 또 다른 하늘이 아니라, 우주 그 자체였다.

털썩!

다리에 힘이 풀린 단우천이 주저앉는 순간이었다. 막대한 마력을 담은 진우의 주먹이 앞으로 뻗어 나갔다.

빛이 번쩍였다. 처음에는 소리조차 없었다. 그저 황금빛이 천지를 삼켜버리며 화려하게 빛날 뿐이었다. 천마동을 집어삼키고 마교를 지나 십만대산을 휩쓸었다. 단우천이 넋을 잃고 볼 만큼 아름다웠다.

그러나 거기서 끝이 아니었다. 황금빛 속에서 검은 기운이 일렁이더니 빛이 폭발했다.

콰가가가가!

충격파가 휘몰아쳤다. 하늘 위에 가득했던 먹구름이 순식간에 지워지며 푸른 하늘이 드러났다.

"크윽!"

주저앉아 있던 천마가 충격파에 휩쓸리며 튕겨 나갔다. 천마동은 사라진 지 오래였고, 마교가 있던 거대한 부지는 십만대산의 일부와 함께 깔끔하게 소멸되었다.

진우의 머리카락과 옷자락이 마구 휘날렸다. 후끈한 열기가 느껴졌는데 마치 사우나 속에 들어온 것 같았다.

"오……."

진우는 감탄했다. 정면이 깔끔하게 사라져서 따사로운 햇살이 그를 비추고 있었다. 마교의 본거지인 십만대산은 수많은 봉우리가 있다고 하여 그렇게 이름 붙여진 곳이었다. 그러나 이제는 십만대산이라 부를 만한 처지가 되지 못했다.

잔해 속에서 간신히 일어난 천마가 멍하니 그 광경을 바라보다가 자리에 주저앉았다.

"……하, 하하……."

너무 어이가 없어 웃음이 나올 지경이었다.

단 한 수였다. 준비 동작 없이 펼친 단순한 주먹질에 십만대산의 일부와 함께 마교가 사라졌다. 천재지변을 가볍게 뛰어넘는 위력이었다. 지금까지 한 모든 일들이 너무나 허무하게 느껴졌다.

진우는 고개를 끄덕였다.

'해보길 잘했군.'

어느 정도까지 가능한지 감이 잡혔다. 대군주가 된 영향 때문인지 전체적으로 모든 위력이 올라간 것 같았다. 진우는 단우천에게 시선을 돌렸다.

주저앉은 것이 다행이었다. 그렇지 않았다면 십만대산과 함께 별이 되었을 것이다.

"아……."

단우천은 깊은 생각에 빠졌다. 깨달음이 올 것 같았지만 이내 고개를 저었다. 수천 번 깨달음이 온다고 해도 눈앞에 있는 사내에게는 닿을 수 없었다.

죽음에 대해 초연하다고 생각했지만 아니었다. 결국 아무것도 이루지 못했다는 아쉬움, 죽음에 대한 두려움, 그리고 무에 대한 집착이 그를 옭아매었다.

"그럼……."

진우가 제대로 끝내주기 위해 다시 주먹을 들 때였다.

"그……."

"음?"

"저 설거지 잘합니다."

단우천의 말에 진우가 피식 웃고는 주먹을 내렸다.

역시 평화롭게 끝나는 게 제일 좋았다.

[단우천이 황금의 대군주에게 복종합니다. 천마지존은 마교 그 자체입니다. 마교를 점령하였습니다.]

[M룡회가 구파일방과 무림맹에 특별한 사상을 퍼뜨려 막대한 영향력을 행사하고 있습니다.]

'제갈회주! 이, 이게 무언가?'

'은밀한 사매 최신권입니다. 아주 어렵게 입수하였습니다.

맹주께서 처음 읽으시는 겁니다.'

'오, 오오! 과연! 표지조차 예사롭지 않군.'

'맹주님, 요즘 과로 때문에 괴로워하신다고 들었습니다.'

'허, 허허…… 워낙 일이 많아서…….'

'사실 저는 괴로움을 즐거움으로 바꾸는, 아주 좋은 말씀을 전하러 왔습니다.'

'음? 괴로움을 즐거움으로……?'

[무림맹주가 M룡회의 특별한 사상에 빠져 득도하였습니다. 제갈미현이 무림맹주를 뒤에서 조종하기 시작합니다. 그녀는 백도 무림의 흑막으로 거듭났습니다!]

[소림사에서 금강불괴신공이 탄생하였습니다!]

[외공의 고수들이 출현하기 시작합니다.]

[황십자성의 빛이 더욱 강해졌습니다.]

[위대한 업적에 대군주의 랭크가 상승합니다.]

진우는 SS+ 랭크가 되었다. 그리고 많은 정보가 떠올랐다. 무림을 주무를 생각은 전혀 없었지만, 어쨌든 일이 이렇게 되고 말았다. 어쨌든, 모두가 행복하니 그걸로 충분하지 않을까?

"교, 교주님?"

"허억!"

마혈검수와 은월대주, 그리고 은월대원들이 단우천을 찾아왔다. 그들은 깊숙한 곳에 잠수하고 있어 폭발에 휘말리지 않을 수 있었다.

단우천은 머리가 맹렬하게 돌아갔다. 그는 무극지체를 타고나서 오성이 뛰어났다. 당연히 눈치도 빨랐다. 앞으로 노예처럼 부려질 것이 뻔했다. 그렇다면 부하가 있는 것이 편했다.

"저, 저들도 데리고 가면 도움이 될 겁니다."

"음, 좀 씻겨."

"네?"

진우는 그냥 흘리듯 가볍게 말했지만 한 번 진우에게 굴복한 이상 벗어날 길은 없었다. 진우의 명령은 절대적이었다.

결국 단우천은 그들을 모두 씻겨줘야 했다.

처음 노예가 되어서 한 일은 인간 설거지였다. 단우천은 지옥이 열렸음을 직감했다.

그는 천마지존이었다. 그의 직감은 예언에 가까워 절대 틀리지 않았다.

단우천을 데리고 성소로 돌아왔다. 진우의 밑에 있는 군주들이 신입이 들어왔다고 하니 모두 모였다. 허영, 미궁, 아르카나, 아로롱과 하루링, 그리고 총지배인이 있었다. 총지배인도 인간을 벗어나 군주에 이르렀으니 자리하고 있었다.

모두가 단우천을 바라보았다. 막내인 하루링이 단우천 앞으로 다가왔다.

단우천은 작은 인형이 움직이길래 무언가 싶었지만, 하루링의 본질을 알아보고 식은땀을 흘렸다. 바라보고 있으면 마치 심한 악몽을 꾸는 것처럼 두려움이 밀려왔다.

"야, 너 뭐냐."

"네?"

"네? 네에? 네에에?"

하루링이 어이없다는 듯 그를 노려보자 단우천이 자연스럽게 차렷 자세가 되었다.

"다, 단우천입니다."

"밖에서 뭐 하다 왔어?"

"그…… 마, 마교라고…… 거기에서……."

"뭐? 목소리 봐라."

하루링이 인상을 찡그리며 단우천을 바라보았다. 단우천은 한때 패기가 넘쳤지만 이곳에서는 극도로 소심해졌다.

"마, 마교의 교주였습니다!"

"마교? 풉! 선배님, 얘 교주랍니다."

"뭐? 교주? 푸훕!"

하루링의 말에 옆에 있던 아로룽이 단우천을 비웃었다.

단우천이 어색한 미소를 그리자 아로룽이 웃음을 뚝 멈추고는 그를 바라보았다.

"웃어? 하, 선배가 우습지?"

"아닙니다! 죄송합니다!"

"죄송하면 군주 생활 끝나냐? 앙?"

단우천이 식은땀을 줄줄 흘렸다. 분명 어제는 따듯한 천마대전에 누워 맛있는 음식을 즐겼다. 부하들의 존경을 받으면서 무림을 내려다보고 있었다. 그러나 지금은 그저 신입일 뿐이었다. 이곳에서는 과거의 영광은 아무짝에도 쓸모없었다.

군주들 중에 과거를 가지고 있지 않은 이는 없었다. 모두 차원의 지배자였거나 그에 필적한 존재였다.

아로롱이 하루링을 바라보았다.

"이거 신입 교육 되겠나?"

"죄송합니다! 제가 잘 교육시키겠습니다!"

"네가 맞선임이니까 잘하라고. 알겠어?"

"네! 알겠습니다!"

하루링이 단우천의 맞선임이 되었다.

허영은 두툼한 점퍼를 입은 채 구석에 앉아 있었다. 긴 하품을 하고 있었는데, 총지배인이 바라보자 슬쩍 자세를 고쳐잡았다. 미궁은 바닥에 누워서 굴러다녔고 아르카나는 총지배인 뒤에 서 있을 뿐이었다.

하루링은 두 손을 비비며 허영에게 다가갔다.

"허영 선배님, 저희가 교육을 잘 시킬 테니 신경 쓰지 않으셔도 됩니다. 요즘 굉장히 바쁘신데, 제가 모두 전담하겠습니다."

"뭐, 그러던가."

"네!"

허영이 심드렁하게 말하자 하루링은 환하게 웃으며 고개를 숙였다. 미궁이 굴러가다가 하루링과 부딪혔다. 하루링이 튕겨 나갔지만 벌떡 일어나 미궁을 보며 고개를 숙였다.

"앗! 죄송합니다! 미궁 선배님! 이쪽으로 지나가시면 됩니다!"

"음, 수고!"

"네!"

군주끼리 모이니 평소와는 다른 양상이 되었다.

'음…….'

진우는 왠지 군대 내무반을 보는 것 같은 느낌을 받았다. 미궁은 생각 없는 말년 병장 같았고, 허영은 꺾인 상병 같았다. 아로롱과 하루링은 일병 라인이었고, 총지배인은 행정보급관, 아르카나는 그 밑에 중사를 보는 듯했다.

"음."

진우가 말을 시작하자 모두 하던 행동을 멈추고 진우를 바라보았다.

"이번에 무협 세계에서 온 녀석이야. 따듯하게 대해줘라. 허영, 너 매니저가 필요하다고 했지?"

"네, 그렇습니다."

"잘 가르치면 쓸 만할걸? 움직임이 꽤 빠르더라."

"배려해 주셔서 감사합니다."

허영이 진우를 향해 공손히 고개를 숙였다. 허영은 고개를 들며 단우천을 바라보았다. 허영의 입가에는 사악한 미소가 그려져 있었다.

그걸 본 단우천의 안색이 새파랗게 질렸다. 단우천은 눈치가 빨랐다. 아주 빠르게 서열을 파악할 수 있었다.

총지배인은 단우천을 바라보았다. 단우천은 총지배인의 기세를 만으로도 그가 얼마나 강한지 파악할 수 있었다.

총지배인이 진우를 바라보았다.

"주인님, 일이 없을 때 제가 빌려 가도 됩니까? 주방에 일손이 부족한데……."

"그래, 안 그래도 설거지를 잘한다고 하더라."

"오! 그렇습니까?"

진우의 말에 총지배인이 반색하며 단우천을 바라보았다.

아로롱과 하루링은 못마땅한 표정이었다. 갓 들어온 신입이 총지배인의 관심을 받는 게 마음에 들지 않았다.

"선배님, 신입이 그렇게 설거지를 잘한답니다."

"참나, 말은 누구라도 하지. 정말 잘하는지 궁금한걸?"

"그러게 말입니다. 설거지도 군주급이어야 하는데 말입니다. 저보다 못하면 잘하는 게 아니지 말입니다."

뚝뚝!

단우천이 흘린 땀이 바닥에 고여 있었다. 거의 울 것 같았다. 신입 예절 교육은 마법소녀들이 맡기로 했다. 교화를 거치고 나서 본격적으로 노동에 투입이 될 것이다. 지구에서도 활동해야 하니 알아야 할 지식들이 많았다.

쿵!

단우천 앞에 두꺼운 책들이 떨어졌다. 하루링이 마법으로 가져온 책이었다. 지구의 역사책부터 상식에 이르기까지 종류가 다양했다.

"외워."

하루링의 말에 단우천은 황당함을 감출 수 없었다.

"그…… 저…… 무, 무슨 글자인지, 모르는데……."

"말대답하냐? 근성으로 해결하면 될 거 아냐? 군주가 그것도 못 해?"

"죄송합니다! 외우겠습니다!"

"한 시간 뒤에 시험 본다."

"네!"

단우천은 손을 덜덜 떨며 책을 집어 들었다. 주변에 있는 시계를 보고 한 시간이 어떤 단위인지 눈치껏 파악할 수 있었다.

그는 오성이 매우 뛰어났지만 한 시간 안에 이 많은 책들을 외울 수는 없었다. 언어의 권능 따위는 가지고 있지 않았다. 바닥을 굴러다니던 미궁이 그를 바라보다가 그에게 다가왔다. 아공간에서 책 하나를 꺼내 주었다.

"이거 보면 글자 알게 됨."

"가, 감사합니다! 크흐흑……."

단우천은 결국 흐느꼈다. 미궁의 배려에 감동한 것이다. 미궁은 흐느끼는 단우천의 등을 토닥여 주고는 사라졌다.

진우는 뒷짐을 지며 그 광경을 바라보다가 고개를 끄덕였다. 가족 같은 분위기가 마음에 들었다.

"평화롭군."

황금의 성소는 무림 세계처럼 평화로웠다.

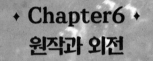

✦ Chapter6 ✦
원작과 외전

마교가 사라진 무협 세계는 평화로웠다. 군주에 오른 단우천이 사라졌으니, 설령 다시 무슨 일이 생기더라도 무림 스스로 충분히 해결할 수 있을 것이다.

진우는 제갈미현에게 마교가 사라졌다고 알려주었다. 무림맹을 중심으로 마교에 대항하기 위해 전력을 다하고 있었는데, 마교가 없어졌으니 자중시킬 필요가 있었기 때문이다.

진우의 의도대로 제갈미현은 현명하게 대처해서 백도무림을 휩쓸고 있는 정마대전 분위기를 많이 희석시켰다. 강시들이 마교의 주요 전력이었고, 주요 전력을 잃은 마교는 당분간 백도무림을 침범할 여유가 없다고 발표했다.

거기까지는 진우의 뜻대로 되었다. 그러나 그것도 잠시뿐. 무협 세계는 이상한 방향으로 변하기 시작했다.

일본에서 김영훈이 귀환했다. 진우가 신경을 쓰지 않고 있었는데, 총지배인이 일손이 부족하다는 이유로 김영훈과 다른 이들을 소집했다. 물론, 사전에 진우의 허락을 구했다.

금호는 마을 규모에서 도시 규모로 커져 있었고 밀려드는 인파 덕분에 항상 바빴다. 총지배인의 모든 교육을 받은 김영훈과 2기들이라면 아주 큰 도움이 될 것이다.

진우는 김영훈을 용서한 지 오래였다. 공헌도 있었고, 일본에서 벌어들인 수익도 굉장했다. 그는 죗값을 갚기 위해 일본을 거의 통째로 떼어다가 진우에게 바치다시피 했다.

'봉헌'이라는 이름으로 말이다.

진우는 성소에서 가볍게 환영 파티를 해주기로 했다.

"주님을 뵙습니다."

김영훈이 진우를 보자마자 무릎을 꿇더니 그렇게 말했다. 다른 2기생들도 마찬가지였다. 특이하게도 그들은 진우를 주인님이나 군주님이라고 부르는 것이 아닌 주님이라 불렀다. 2기생들은 진우를 보자마자 감동의 눈물을 펑펑 흘렸다.

모두 깔끔한 검은 복장이었는데, 일반적이지 않고 종교적인 느낌이 났다.

'……괜찮겠지.'

진우는 고민하지 않고 가볍게 생각하기로 했다. 어차피 군주님이나 주인님이나 주님이나 거기서 거기였다.

진우는 김영훈을 바라보았다. 김영훈은 시선을 느끼자 감동에 몸을 부르르 떨었다. 그에게 있어서 진우의 시선은 은총이나 마찬가지였다. 몸과 마음에 은총이 충만하여 밥을 온종일 굶었음에도 배가 저절로 불렀다.

"주님께서 교주님을 3.14159초 동안 바라보셨다."

"오, 오오, 그것은 완벽한 원! 영원히 끝나지 않을 은총! 진정한 해답을 주셨군."

2기생들은 난리도 아니었다.

청출어람이라 하였다. 총지배인이 무척이나 흡족한 표정으로 그들을 바라보고 있었다. 마치 집 나간 아들이 대성해서 귀향한 걸 보는 듯한 시선이었다.

진우의 눈에는 2기생들이 오히려 고위심문관이나 메이드들보다 위험해 보였다.

'강해졌군.'

김영훈은 그동안 무슨 짓을 했는지 굉장히 강해져 있었다.

Lv.85

[A+]김영훈

칭호: [A+]대군주신봉자, [A+]대군주복음교의 교주, [C]발암의 주인, [D+]사이다 브레이커

대군주복음교를 창시한 교주. 대군주복음교는 일본의 모든 종교계를 통일할 정도로 막대한 영향을 끼치고 있다. 대군주를 향한 열정적인 믿음이 그를 완성시켰다. 알 수 없는 보정들이 모두 그의 신앙심으로 대체된 상태.

보유기술: [A]JW게이트식 전투기술

특수기술:

[S]불타는 신앙심

오로지 신앙만을 위한 삶을 산다.

어떠한 유혹에도 흔들리지 않으며, 그를 둘러싼 기이한 보정들이 그를 강하게 만들어준다. 그는 그것을 모두 대군주의 은총이라 여기며 깊은 감동을 받을 뿐이다.

[S]한계돌파, [S]신성마력

[S]복음전파

5분 들으면 가입을 하고, 10분 들으면 포로가 된다. 그리고 한 시간을 들으면 광신도가 된다. 진리를 깨달아 차원 언어에 통달했고, 성경, 성화, 성물 작성 능력을 가지고 있다.

[S]성경작성, [A]성가작곡, [A]의식진행, [A]성물제작

기술 역시 놀라웠다. 주인공이 이렇게 될 거라고 그 누가 상상이나 했을까?

진우는 일단 김영훈에게 일어나라고 하고 세연에게 보냈다. 정보를 본 진우는 세연에게 미안해졌다. 하나뿐인 동생이 저렇게 변해 버렸으니 마음이 불편할지도 몰랐다.

김영훈이 세연과 포옹을 하는 것이 보였다. 어찌 되었든 가족 상봉이니 감동적인 순간이었다.

"누님, 이것을……."

"이건?"

"대군주에디션."

"정말 대견하네."

김영훈이 직접 제작한 것들이었다. 성가집, 성경, 성화, 조각 상까지 다양했다. 무려 C랭크에 이르는 성물이었다. 세연은 김 영훈에게 그동안 수집한 진우의 최신 사진집을 건네주었다. 서로 아주 만족할 만한 교환이었다.

둘의 입가에 미소가 가득했다. 누가 보더라도 가족이었다. 진우는 전혀 의미 없는 걱정을 하고 있었다.

'휴가를 줄 필요는 없겠지.'

진우는 김영훈과 2기생들을 총지배인 밑으로 보냈다. 총지 배인은 금호에 있으니 그들도 자연스럽게 금호로 가게 되었다. 예상하지 못했던 일은 바로 김영훈과 제갈미현의 만남이었다. 황금반점에서 처음 만나게 되었는데, 서로 눈이 마주치자 자 연스럽게 합석을 하게 되었다.

광신도와 변태의 만남. 그것은 우연이 아닌 운명이었다.

"저는 좋은 말씀을 전하러 왔습니다. 제갈 소저께서는 진리 에 대해 아십니까?"

"진리…… 고통 속에 있는 행복, 그것이 진리입니다."

"비슷하지만 부족하군요. 결정적인 것이 빠져 있습니다."

제갈미현은 인상을 찌푸렸다. 김영훈은 그런 그녀의 표정을 보며 부드럽게 웃었다. 제갈미현은 자존심이 상하는 걸 느꼈 다.

"그렇다면 소협께서는 진리가 무엇인지 알고 계십니까?"

"이곳에 모든 것이 담겨 있습니다."

그렇게 말하며 책 하나를 꺼내 제갈미현에게 건네주었다.

"이건……?"

제갈미현은 책을 바라보다가 손으로 만져보았다. 맨들맨들 하고 반짝이는 것이 굉장히 고급스러워 보였다.

제갈소현이 보기에 이것은 보통 책이 아니었다.

'대군주복음교.'

성스럽게 느껴지는 글자가 새겨져 있었다.

제갈미현은 김영훈을 한 번 힐끔 하고 바라보다가 책을 펼 쳤다. 처음에는 시큰둥했지만 그녀의 눈이 점점 커졌다.

그곳에 놀라운 진리가 담겨 있었기 때문이다.

"제가 선택받은 이유를 알 것 같군요."

"진리의 복음입니다."

제갈미현은 드디어 자신이 선택을 받은 이유를 알 수 있었 다. 그녀는 자신의 사상이 부족했음을 인정했다. 그리고 주인 님의 의도가 완벽하게 이해되었다.

마교를 지운 이유는 그 자리에 대군주복음교를 세우기 위함 이었다. 그리고 '복음을 전하는 자'를 보내 자신의 어리석음을 깨닫게 만들어주었다.

"제갈 소저, 저는 이 세계의 모든 이들이 행복을 얻었으면 합니다."

"동의합니다. 무림맹주와의 만남을 주선해 드리겠습니다."

"좋습니다."

제갈미현은 김영훈을 바라보았다.

그녀의 입가에는 부드러운 미소가 걸려 있었다. 김영훈은 술병을 들었다.

"자매님, 성스러운 날입니다. 자, 한 잔 받으시지요."

"감사합니다. 교주님."

무림맹주는 본래부터 제갈미현이 조종하고 있었지만, 김영훈과의 만남 이후 완벽한 하수인이 되었다.

제갈미현과 M룡회, 그리고 김영훈과 2기생들은 함께 마교가 있던 곳을 찾아냈고, 그곳에 '대군주복음교'를 세웠다. 백도 무림의 가르침에서 완벽히 벗어나 오로지 새로운 진리만을 추구하는 새로운 종교집단이었다.

천마지존도 교주라 불렸으니, 어찌 보면 무협 세계와 잘 맞을지도 몰랐다. 그렇게 무협 세계는 진우의 의도와는 다른 방향으로 나아갔다. 당연히 진우는 모르고 있었다.

무협 세계는 총지배인에게 완전히 맡기고 진우는 모처럼 저택으로 돌아왔다. 무협 세계도 좋았지만 역시 제일 좋은 건 집이었다. 현대문명이 주는 안락함은 지금까지 다녀온 그 어떤 차원도 흉내 내지 못했다.

진우는 느긋하게 쉬면서 여유를 즐겼다. 세연이 추천해 준 드라마와 애니메이션을 정주행했다.

세연은 이쪽 분야에 대단한 전문가였다. 진우의 취향에 맞춰서 명작 리스트까지 뽑아주었다.

'좋구만.'

이게 바로 행복이었다.

그렇게 한동안 안락한 생활을 즐기고 있을 때였다. 언제나처럼 유나가 등장했다. 진우는 유나를 자세히 바라보았다.

"왜 그러십니까?"

"음……."

다행이었다. 유나의 표정을 보니 큰일이 벌어지지 않은 것 같았다. 진우는 유나가 보고를 하러 올 때마다 조마조마했다. 매번 사건 사고가 일어났기 때문이다.

그것도 진우가 직접 나서야 할 정도로 늘 스케일이 컸다.

'그래, 아무 일 없을 때도 되었지.'

맨날 사건 사고가 일어난다면 개연성이 없었다.

진우는 그렇게 생각하며 유나를 바라보았다.

"단우천은 어때?"

"네, 세 번 정도 기절했지만 현재 무난하게 매니저 일을 하고 있습니다. 단우천이 데려온 이들도 교육 후 매니저팀에 보냈습니다. 파파라치를 제거하기에 알맞은 실력을 지니고 있더군요."

"잘됐네."

단우천과 마교인들은 지구에 와서 적성을 찾은 것 같았다. 마교인들은 협박과 고문에도 능했는데, 덕분에 허영의 스트레스 지수가 크게 하락하였다.

방송가를 장악하고 있던 유명 PD나 방송사 사장, 방송인들이 실종되었다가 다시 나타났는데, 완전히 새사람이 되었다고 한다. 아무튼, 역시 데려온 보람이 있었다.

유나는 본격적으로 보고하기 시작했다.

"뉴월드 : 미궁의 무협 테마가 생각보다 반응이 좋습니다. 무협 세계의 모습을 그대로 가지고 왔기 때문에 현장감이 대단하다고 합니다."

"잘됐네."

"무공 비급도 효과가 상당히 좋아 순조롭게 미궁을 공략해 나가고 있습니다. 이제 미궁의 건강에 대해서는 신경 쓰지 않으셔도 될 것 같습니다."

미궁이 다시 변비에 걸릴 걱정은 하지 않아도 된다고 한다. 김군주도 활발하게 활동해서 TV에도 출연하고 있었다.

모두 좋은 소식들이었다. 잔잔한 소식들이라 진우는 자연스럽게 마음을 놓게 되었다. 유나도 편안한 표정을 짓고 있었다.

'오늘 하루도 평화롭게 지나가는군.'

진우는 커피잔을 들고 입에 가져다 댔다.

"그리고 G&P 로봇공학연구소가 폭발했습니다."

"으읍!?"

유나의 말에 진우는 커피를 뿜을 뻔했다.

"다행히 인명피해는 없었습니다. 연구소가 망가지기는 했지만 복구 작업을 하고 있으니 금방 다시 연구를 할 수 있을 겁니다."

"로봇공학연구소? 그런 곳도 있었나?"

"도련님께서 관심 있어 하시지 않았습니까?"

진우는 잠시 생각에 빠졌다. 자신의 지시로 세운 것 같은데, 기억이 잘 나지 않아서였다. 그러다가 세연이 추천해 준 리스트가 눈에 들어왔다. 명작 1위는 '우주전사Z'였다.

세연이 1순위로 찍은 명작답게 대단히 재미있었다. 작화도 훌륭했지만 무엇보다 피가 끓어 오르게 만드는 연출이 죽여줬다. 진우가 한동안 푹 빠져 있을 정도였다.

"아, 그랬었지."

진우는 문득 저거 한번 만들어보면 어떻겠냐고 말했던 것이 떠올랐다. 유나가 장난으로 받아들인 줄 알았는데, G&P에서 논의 후 바로 연구소를 세웠다고 한다. 그러나 아무리 G&P라고 하여도 기반 기술이 없는 상태에서 만들어내는 건 불가능했다.

무려 우주를 날아다니는 인간형 로봇이었다. 그런 게 몇 개월 만에 뚝딱 나오겠는가.

"어느 정도 성과가 있었습니다만, 엔진 테스트 때 폭발했다고 합니다. 미항공우주국뿐만 아니라 다른 국가의 연구진들도 대단히 관심 있어 하고 있습니다. 연구에 참여하고 싶다고 하더군요."

"그래?"

유명한 과학 잡지에까지 실렸는데, '미래기술을 선도하는 G&P'라는 문구가 적혀 있었다. 돈은 어차피 남아돌아서 걱정이니 문제 될 건 없었다.

"연구 개발을 지시하신 것은 다른 군주에 대비하기 위함이 아니었습니까?"

"아닌데."

"굉장한 병기를 만드시는 것 같아서 그런 줄만 알았습니다. 표정도 굉장히 심각하셨는데……"

"그때 마침 스토리가 반전되어서 그랬던 것 같아."

"그렇군요."

"뭐, 있어서 나쁠 건 없지. 지원 꽉꽉 해줘."

"알겠습니다."

유나의 보고는 거기서 끝이었다. 다행히도 특별한 사건은 일어나지 않았다. 진우는 다시 TV를 보다가 생각에 빠졌다.

'그러고 보니……'

이제 12군주 중 8군주를 처리했다. 원작이 워낙 길어진 탓에 12군주를 전부 볼 수는 없었다. 무협 세계도 무려 6권 분량이었다. 아무튼, 기생이나 악몽처럼 원작에 나오지 않은 군주도 있었다. 외전에 나온 군주 역시 그에 속할 것이다.

외전이 나온 이유는 인기가 있어서 나온 게 아니었다. 보통 완결을 하고 외전을 써야 했지만 원작 작가는 연재 도중 외전을 연재했다. 유료 조회수가 바닥이 나자 무료 외전편을 만든 것이다.

'무협 이야기가 끝날 때 유료 조회수가 2였지.'

진우는 조회수 2중에 1을 담당했다. 댓글도 없었다. 가끔 진우가 '건필하세요.'라고 단 것이 전부였다. 그런 댓글을 달면 원작 작가가 1분도 되지 않아 바로 대댓글을 달았다.

진: 건필하세요.
└한방인생역전(작가): 진 님, 댓글을 남겨주셔서 감사합니다. 언제나 늘 감사하고 있습니다. 이번 편은 하늘을 바라보면서 구상한 글입니다. 오늘 제가 하늘을 바라보고 있는데…….

진우의 닉네임은 진이었고, 작가의 필명은 한방인생역전이었다. 한방인생역전 작가가 단 대댓글은 늘 장문이었다.

진우는 왠지 자신이 결제를 하지 않으면 무서운 일이 일어날 것 같은 예감이 들어 꼬박꼬박 결제하며 꾸역꾸역 읽었다. 그래도 읽다 보니 정이 들어 나름대로 팬이라고 부를 수도 있었다. 글이 약간이나마 발전하는 게 보여서 흐뭇했던 적도 있었다.

'그런데 외전편은…….'

무료 외전편에 들어가니 그래도 조회수가 100정도는 나왔다. 댓글도 달리기 시작하자 외전편이 또 상당히 길어졌다. 원작 전체 분량의 반에 필적할 정도였다. 의리로 볼 필요도 없어져 진우는 읽지 않은 부분도 상당히 많았다.

"음……."

무료 외전편도 원작과 합쳐진 이 세계에 구현되었을까?

원작 작가가 원작과는 상관없는 번외편이라고 쓰긴 했다.

그러나 12군주를 모두 흡수하거나 지배해야 하는 퀘스트가 있는 걸 보면 없다고 보기에도 애매했다.

'지구가 안전하다면 아무래도 상관없지만……'

진우가 여유 있는 이유이기도 했다. 그래도 일단 알아볼 필요를 느꼈다. 살짝만 알아보도록 하자.

진우는 게으름을 피우다가 중앙통제실로 찾아갔다. 세연은 무협 세계 사건을 계기로 다른 차원의 위치를 파악하는 장치를 만들어냈는데, 그걸 응용하면 멀리 떨어진 곳에 있는 군주의 위치도 파악할 수 있을 것 같았기 때문이다.

다른 군주들의 위치를 파악할 수 없으면 안심하고 백수 라이프를 즐길 생각이었다. 자신의 길고 길었던 여정도 마무리되는 것이다! 진우는 간절히 그것을 바라고 있었다.

"조금 어렵겠지만 가능할 것 같아요."

세연은 늘 가능하다는 대답을 했다. 제법 오랫동안 연구에 매달린 끝에 아티팩트를 만들어냈다. 몇 번 기동해 봤는데, 벽에 막힌 것처럼 진행되지 않았다.

진우는 반색하며 그만두려 했다. 충분히 시도를 해봤으니 이만하면 될 것 같아서였다.

"막대한 에너지로 돌파하면 어떨까요?"

세연이 그런 의견을 내자 진우는 잠시 고민하다가 직접 도와주기로 했다. 몸에 여러 기기들을 부착하고 마력을 일으켰다. 그러자 스크린에 있던 게이지가 차오르기 시작했다.

게이지가 100%를 가볍게 돌파하여 붉게 물든 순간이었다.

"성공했어요!"

세연이 그렇게 외치며 황급히 버튼을 조작했다. 여러 파장이 뒤얽힌 화면이 나타났다. 군주와 가까운 곳에 있는 차원에서 뿜어져 나오는 파장이 분명했다.

유나, 최희연, 미궁, 루나, 그리고 다른 이들까지 중앙통제실에 있었는데, 모두 궁금한 표정으로 화면을 바라보았다.

세연이 파장을 분석하고는 진우를 바라보았다.

"파장을 이미지로 전환할게요!"

세연이 파장을 이미지로 분석하기 시작했다. 로딩에 조금 시간이 걸렸다. 잠시 기다리자 로딩이 완료되었다.

진우는 화면을 바라보았다. 어떤 차원이 나올지 궁금했기 때문이다.

"음? 저건……."

화면에 나타난 건 의외의 이미지였다. 진우뿐만 아니라 여기 있는 모두가 다 아는 곳이었다.

"지구?"

이미지는 지구였다. 지구가 확실했다.

그저 닮은 행성이라고 하기에는 모든 게 똑같았다. 태양도 있었고 달도 있었고 다른 행성도 있었다. 공전주기, 자전주기도 완벽히 일치했다.

또 다른 지구의 등장에 세연은 강렬한 흥미를 보였다.

"지구라니 정말 신기하네요. 평행세계일까요? 연구할 가치가 충분합니다!"

"다른 차원이 지구일 줄은 예상하지 못했습니다."

유나도 신기한 모양인지 스크린에서 시선을 떼지 못했다.

진우도 스크린에 떠오른 지구를 바라보았다. 이미지가 그렇게 선명하지는 않았지만 교과서에 나오는 지구의 모습과 똑같았다. 아무런 것도 찾지 못하길 바랐는데, 생뚱맞게 지구가 튀어나와 버렸다.

'궁금하긴 하군.'

오랜만에 호기심이 생겼다. 저렇게 또 다른 지구가 있는데, 무시할 수는 없는 노릇이다. 게다가 군주를 해결하려면 어쨌든 저곳으로 가보긴 해야 했다.

"저곳으로 갈 수 있을까?"

"좌표를 알아냈으니 가능할 거예요. 다만, 이동장치를 새로 만들어야 해요."

무협 세계와는 비교도 되지 않을 만큼 먼 곳에 있었으니, 이동장치를 따로 만들어야 했다. 진우가 부탁하자 세연은 바로 제작에 착수했다. 제작에는 그리 오랜 시간이 걸리지 않았다. 얼마 지나지 않아서 완성품을 볼 수 있었다. 무협 세계로 갔을 때와 비슷한 아티팩트인 줄 알았는데, 의외의 형태를 하고 있었다.

"시계?"

"저 지구가 어떤 곳인지 모르니 이것저것 넣어봤어요. 활동을 하려면 신분이나 계좌가 필요하잖아요? 여기를 이렇게 터치하면……."

시계 중앙 부분을 터치하자 홀로그램이 떠올랐다. 여러 메뉴가 있었는데, 포탈 생성, 좌표 추출, 정보 해킹, 정보 조작까지 다양했다. 복잡한 절차 없이 그냥 누르기만 하면 기능이 작동했다. 세연의 배려였다.

저 지구가 어떤 곳인지는 알 수 없었으나, 전자기기를 사용한다는 가정을 하고 넣은 기능들이었다. 만약 지구와 비슷하다면, 아티팩트 방식이기 때문에 들킬 염려는 전혀 없다고 한다. 좌표를 입력하기만 하면 바로 포탈을 설치할 수 있었다. 포탈석을 이용하는 것보다 훨씬 간편했다.

"좋은데?"

이런 많은 기능이 담겨 있었음에도 평상시에는 고급 시계처럼 보였다. 오로지 진우의 마력에만 반응할 수 있도록 사용자 설정까지 마쳤다. 다른 이들도 같이 가고 싶어 했지만 진우는 일단 혼자 이동하기로 했다. 위험했기 때문이다.

워낙 먼 곳에 있고, 첫 이동이었기에 오차가 있었다. 설정한 목적지에 도착하지 않고 크게 벗어날 우려가 있었다.

'많이 챙겨 가야겠군.'

진우는 아공간에 이것저것 다 챙겼다. 백화점을 넘어 아예 상점가가 통째로 들어 있다고 해도 과언이 아니었다.

준비를 마친 후 이동을 위해 성소의 중심으로 향했다.

언제나 그렇듯 모두가 마중을 나와 있었다. 단우천도 있었는데, 눈빛이 죽어 있었다. 반면 허영은 표정이 굉장히 좋았다. 스트레스가 전혀 없어 보였다.

두드드드!

세연이 이동장치를 조작하자 진동이 일더니 거대한 포탈이 생겼다. 푸른빛이었는데, 지금까지 보았던 포탈 중에서 제일 컸다.

"그럼 갔다 올게."

진우는 망설임 없이 포탈 안으로 들어갔다. 들어가자마자 진우의 몸이 아래로 떨어져 내려갔다.

포탈은 굉장히 길었다. 무협 세계의 몇 배는 되는 듯했다.

'다른 군주가 넘어올 위험은 없겠지.'

너무 멀어서 군주라고 할지라도 넘어올 수 없을 것 같았다. 그렇게 한참을 기다리니 드디어 출구가 보였다.

진우는 지구의 공중이나 바다 쪽에 도착할 것이라고 예상했는데, 결과는 전혀 달랐다. 빠져나오자 너무나도 척박한 환경이 진우를 맞이했다. 그 어떤 생명체도 살아갈 수 없는 곳이었다. 마계도 이곳에 비하면 천국과 다름없었다.

'음······.'

주변은 온통 검었다. 공기가 전혀 없었다.

도착한 곳은 우주 공간이었다. 진우는 우주 공간에 둥둥 떠다니고 있었다. 보통 생명체라면 죽었겠지만 진우는 군주, 그것도 대군주였다.

'조금 불편하긴 하네.'

조금의 불편함만을 느낄 뿐이었다.

마치 한쪽 코가 막힌 것 같은 그런 느낌이었다. 그래도 완전히 목적지에서 벗어나지는 않은 모양이었다. 저 멀리 지구가 보였고, 다행히 근처에 무언가 있었다. 달이었다.

진우는 마력을 분출하며 달로 향했다. 우주를 유영하는 것은 하늘을 나는 것과는 전혀 다른 기분이었다. 몸이 마치 운석처럼 달의 표면에 떨어졌다. 마력 분출을 강하게 한 덕분에 달의 표면에는 커다란 구멍이 생겨 버렸다.

진우는 주변을 바라보았다. 아무것도 없는 달의 대지가 진우를 환영해 주었다. 너무나도 고요해 독서를 하기에 딱 좋은 환경이었다.

'달에 오는 건 또 처음이군.'

많은 차원을 경험해 봤지만 설마 달에 올 줄은 꿈에도 생각하지 못한 진우였다. 일단 이곳의 좌표를 시계에 입력했다. 거슬리는 존재가 있으면 달로 보내버리는 것도 나쁘지 않을 것 같아서였다. 시계는 세연이 만든 작품답게 극한의 환경에서도 멀쩡하게 작동했다.

'오……'

진우는 달 표면에 서서 지구를 바라보았다. 이렇게 달에서 지구를 보니 굉장히 멋졌다. 과거, 달에 도착한 우주인들의 심정을 느낄 수 있었다. 영화 속 외계인들이 탐낼 만했다.

'흔적을 남겨볼까?'

진우가 달에 온 표시로 기념사진을 찍고 바닥에 살짝 낙서를 한 순간이었다.

[달을 정복하였습니다. 달이 황금의 성소에 귀속됩니다.]
　[차원상점이 연결되었습니다! 차원금화를 소모해 언제든 달을 개조할 수 있습니다.]

　'오…….'
　달이 진우의 것이 되었다. 얼떨결에 달을 정복하고 말았다. 어쨌든, 공짜로 얻었으니 기분이 좋기는 했다.
　'일단 지구로 가야겠군.'
　달에서 느긋하게 있는 것도 꽤 괜찮았지만 지구로 가야 했다. 진우는 잠시 자신의 오른손을 바라보았다. 마력을 분출해서 가는 것보다 좀 더 편한 방법이 있었다.
　진우가 마력을 분출하자 거대한 흑염룡이 나타났다. 흑염룡을 소환하는 것은 꽤 오랜만이었다.
　'우주선은 없지만 이게 더 편할지도 모르겠군.'
　진우는 흑염룡 위에 올라탔다.
　흑염룡이 고개를 치켜들더니 거대한 날개를 펼쳤다. 검은 불꽃에 휩싸이며 치솟기 시작했다.
　흑염룡은 진우의 마력을 펑펑 썼다. 가속도가 붙더니 순식간에 달과 멀어졌다.
　'누가 보면 기겁하겠네.'

UFO. 흑염룡은 거대한 검은 불꽃에 휩싸여 있는 미확인 비행물체였다.

흑염룡은 막대한 마력을 분출하며 속도를 높였다. 한계 속도에 이른 순간 주변 공간이 일그러졌다. 막대한 마력으로 공간을 접으며 이동하기 시작한 것이다. 그 결과 어마어마한 속도를 낼 수 있었다. 그렇게 날아가다 보니 어느덧 지구가 눈앞에 있었다.

흑염룡이 커다란 날개를 펄럭이며 속도를 늦췄다. 그 순간 마력이 분출되며 막대한 검은 불꽃이 사방으로 뿜어져 나갔다. 그 기세가 워낙 강렬해서 마치 거대한 빔이 나가는 것처럼 보일 지경이었다.

콰아아아!

주변에 있던 무언가가 흑염에 의해 그대로 타버렸다.

'인공위성?'

지구에서 쏘아 올린 인공위성처럼 보였다.

사소한 일이니 신경 쓰지 말도록 하자.

바로 대기권으로 진입했다. 막대한 열이 주변을 휘감고 있었지만 진우에게 피해를 줄 수 없었다. 애초부터 흑염이 훨씬 뜨거웠다.

"이제 좀 편한데?"

공기가 느껴지니 코감기가 회복된 것처럼 상쾌했다. 진우는 공기가 얼마나 중요한지 새롭게 깨달을 수 있었다.

휘이이익!

흑염룡이 마치 혜성처럼 긴 꼬리를 달며 지구를 향해 떨어져 내렸다. 구름을 지나자 푸른 바다와 대지가 보였다.

진우가 있던 지구의 풍경과 다르지 않았다. 삭막한 달에 있다 와서인지 반가운 기분이 들었다.

"속도를 줄여."

휘이이이!

흑염룡이 날개를 펼치며 다시 한 차례 속도를 줄였다. 이대로 바다와 부딪히면 거대한 재해가 펼쳐질 수도 있었기 때문이다.

충격파가 뿜어져 나오며 하늘 위에 떠다니던 구름을 모조리 지워버렸다. 검은 불꽃으로 이루어진 화염폭풍이 주변을 휩쓸어 버렸다. 세상의 종말이 오는 것 같은 광경이었다.

흑염룡은 그렇게 속도를 줄이며 바닷속으로 들어갔다.

풍덩!

흑염에 의해 주변에서 기포가 부글부글 끓었다. 바닷속 깊은 곳까지 들어갔다가 빠르게 위로 치솟았다.

푸웅!

큰 파도를 만들어내며 해수면으로 올라온 순간이었다.

"으억!"

"꺄악!"

파도에 뒤집힐 듯 휘청거리는 요트가 보였다.

백인 남녀가 요트 위에서 넘어졌다. 간신히 바닥에서 일어난 두 사람이 흑염룡과 진우를 보며 그대로 굳어졌다.

흑염룡을 역소환한 진우는 가볍게 뛰어올라 요트 위에 올라섰다. 마력을 회수했지만 대기 중에 마력의 잔재가 남아 있어 진우의 주변에서는 아직도 흑염이 타오르고 있었다. 진우가 발을 디딘 곳이 녹아내리고 있었다.

"아, 아, 악마……."

중년의 백인 남성이 부들부들 떨면서 진우를 바라보았다. 여자는 그대로 기절했다. 백인 남성이 무릎을 꿇더니 눈을 감고는 기도문을 외우기 시작했다. 다시 눈을 뜨더니 비명을 지르고는 두 손으로 십자가를 만들었다.

하지만 진우에게 먹힐 리 없었다.

'이거 미안한데…….'

진우가 손을 휘젓자 흑염이 모두 사라지며 평소의 모습으로 돌아왔다.

"아, 아아……."

남자는 눈을 부릅뜨고 그 광경을 바라보았다. 진우는 무슨 말을 해야 할지 잠시 고민하다가 두 손을 살짝 들었다.

"미안합니다. 해치지 않습니다. 안심하세요."

"허억! 하, 하느님 맙소사……."

남자의 얼굴은 창백했다.

겁에 잔뜩 질려 있었다. 진우의 말을 제대로 들을 수 있는 상태가 아니었다. 이성을 반쯤 놓은 상태였다.

"저, 저를 지옥에 데, 데려가지 마, 마세요! 뇌, 뇌물을 조금 받기는 했으나 돌려줬습니다! 바, 바람을 핀 건 어쩌다가 실수로…… 이, 이제는……."

남자가 숨을 헐떡이며 그렇게 말했다. 진우는 정보의 마안으로 주변을 바라보았다. 이곳은 미국 마이애미 쪽 바다였다. 진우는 고개를 끄덕이고 기절한 여인을 바라보았다.

부부 사이로 보였는데, 여자 쪽은 상당히 젊었다. 기절하며 바닥에 이마를 찧었는지 피가 흐르고 있었다.

남자도 정상은 아니었다.

"흐, 흐억, 허억!"

남자가 심장을 부여잡으며 무릎을 꿇었다. 정보의 마안으로 확인해 보니 숨이 넘어가기 직전이었다.

본래 심각한 병에 걸려 있었는데, 진우 덕분에 사망 직전까지 이르렀다.

진우는 아공간에서 포션을 꺼냈다. 자신 때문에 죽는다면 굉장히 찜찜할 것 같았기 때문이다. 또 다른 지구에 온 첫날부터 시체를 치우기는 싫었다.

"크, 크헉!"

남자는 숨이 넘어가는 와중에 영롱하게 빛나는 포션을 바라보았다. 마치 유혹하는 것처럼 일렁였다. 진우가 포션 마개를 따는 순간이었다. 오랜만에 악의 화신이 고개를 들었다.

[악의 화신이 그에게 속삭입니다. 세상에 공짜는 없습니다. 영혼을 바치면 살려줄지도 모른다고 속삭입니다.]

"계약하…… 습……."

유혹의 속삭임이 들렸다. 남자는 죽을 힘을 다해 그렇게 대답했다. 하지만 진우에게는 옹알이처럼 들려 알아들을 수 없었다. 진우는 남자의 입가에 포션을 가져다 대었다.

남자가 간신히 포션을 삼키자 변화가 일어났다!

'허억?'

남자는 황홀감에 휩싸였다. 천국 같은 황홀감이었다.

불끈!

그는 온몸에 힘이 넘치는 것을 느꼈다. 굽어 있던 허리가 곱게 펴졌고, 긴 세월 동안 그를 괴롭혀왔던 통증이 전혀 느껴지지 않았다. 마비되었던 오른손이 너무나도 자유롭게 움직였다. 그는 허겁지겁 거울을 바라보았다. 병색이 완연했던 모습은 없었고, 마치 20년은 젊어진 것 같은 자신의 모습이 보였다. 아니, 20년 전보다 훨씬 건강했다.

이제 도수가 높은 안경도 필요가 없었다.

[악의 화신이 바라봅니다. 무릎을 꿇어 경배하십시오.]

"겨, 경배합니다!"

이것은 기적이었다!

그는 두려움과 경이로움을 담아 진우를 바라보았다.

[악의 화신이 리처드의 영혼을 소유하였습니다.]

[리처드가 대군주를 따릅니다.]

[칭호를 획득하였습니다.]

[C+]대악마

"음?"

진우는 그의 아내에게 포션을 뿌려주다가 갑작스러운 정보에 그를 바라보았다.

그의 이름은 리처드 페인. 죽음을 직감하여 인생의 마지막 여행을 떠났던 미국 상원의원이었다.

인공위성의 증발, 그리고 갑작스럽게 해상으로 떨어진 미확인 비행물체 때문에 미 전역에 비상이 걸렸다. 마이애미 해변으로 군인들이 출동했고, 전투기마저 떴다.

진우가 본 인공위성뿐만 아니라, 다른 인공위성들까지 추락했다고 한다. 우주정거장에는 피해를 끼치지 않은 것이 다행이라면 다행이었다.

양심에 찔리기는 했으나 신경 쓰지 않기로 했다. 그런 것까지 신경 쓴다면 대군주를 때려쳐야 했다. 그래도 마계에 처음 갔을 때에 비하면 그나마 양호했다.

리처드는 진우를 극진하게 모셨다.

그에게 있어 진우는 지옥을 지배하는 대악마였다. 악의 화신이 속삭인 덕분이었다. 리처드는 진우의 마음에 들기 위해 최선을 다하고 있었다.

"그럼 물러가겠습니다."

"음."

"필요하신 것이 있다면 언제든지 연락을 주시길 바랍니다. 바로 달려오겠습니다."

리처드가 직접 마이애미에 있는 초호화 호텔까지 예약해 주었다. 탁 트인 해변이 보였다. 본래 지구에서도 미국에 가본 적이 없던 진우였다. 또 다른 지구에서 미국을 구경하게 될 줄은 생각지도 못했다.

[제한 구역입니다! 모두 물러나십시오!]

[통제에 따라주십시오!]

물론, 해변은 전쟁터를 방불케 했다. 군인들이 잔뜩 보였고, 거대한 검역소도 설치되었다. 영화에서나 볼 법한 방독면으로 무장한 이들이 기계를 들고 해변을 조사했다. 마치 외계인이라도 침공한 것 같은 분위기였다.

진우는 조용히 커튼을 쳤다.

'일단 분위기는 평범한 것 같은데……'

진우는 호텔에서 쉬며 또 다른 지구에 대해서 제대로 알아보기로 했다. 아공간에서 노트북을 꺼내 인터넷에 접속했다. 인터넷도 멀쩡하게 되었고, 포털 사이트인 다이버도 존재했다. 다른 점이 있다면.

'능력자가 아예 없네.'

용병, 리그 길드, 기사, 그리고 게이트. 모두 존재하지 않았다. 당연히 몬스터나 마법도 없었다. 일선 그룹 역시 존재하지 않는, 너무나 평범한 세계였다. 마치 진우가 본래 살고 있던 세상 같았다.

정말 그런 걸까?

'정말 그렇다면……'

이곳이 원래 자신이 살던 세계가 맞는지 알아볼 수 있는 가장 좋은 방법이 있었다. 원작 소설을 찾아보는 것이었다.

진우는 다이버로 접속해 검색창에 소설 사이트를 검색했다. 다이버 웹소설, 문넷 등에 전부 접속했다. 검색창에 '한방인생역전'이라고 쳐보았다.

"와, 미친……"

검색 결과를 보는 순간 욕이 절로 나왔다.

제목: SSS급 절대능력자(완결)

평점 1.2/10

게이트, 그리고 능력자들이 존재하는 세계!

F랭크 능력자 김영훈은 어느 날 초희귀유니크 능력인 정보의 마안을 각성하게 된다!

세상아 게 섰거라!

초특급능력자 김영훈이 나가신다!

-한줄 리뷰

0.5/10 그야말로 미친 소설.

0.1/10 대한민국 최고의 마공서!

1.0/10 이거 읽고 7급 공무원 합격했습니다. 공부가 더 재미있어져요.

1.0/10 성지순례 왔다 갑니다. 9급 공무원 붙었습니다.

1.0/10 저 대학 붙었어요. 여러분!

1.0/10 이곳이 한방인생역전 작가가 독자 인생역전 시켜준다는 곳입니까?

원작이 존재했다. 한방인생역전 작가의 'SSS급 절대능력자'였다. 원래 세계로 와버렸다. 진우가 이진우가 되기 전과 다른 게 전혀 없었다.

온갖 차원을 드나들며 어떤 상황에서도 놀라지 않는 강철 멘탈을 지니게 되었지만 이번에는 진짜 놀랄 수밖에 없었다.

'세계가 합쳐진 게 아니라 따로 분리된 건가?'

정확히는 모르지만 그는 여전히 대군주였다. 대군주의 권능을 이용해 차원 금화도 이용할 수 있었다.

일단 복잡한 생각은 접어두기로 했다.

'어쨌든, 군주가 존재하는 건 확실하니……'

그리고 다른 군주도 분명히 존재했다. 세연이 이곳을 발견할 수 있었던 이유는 지구와 가까운 차원, 또는 공간에 군주가 존재했기 때문이었다. 진우는 외전을 읽어보지 않았기 때문에 오히려 다행인지도 몰랐다.

진우는 외전을 보기 위해 'SSS급 절대능력자'를 클릭했다.

'음?'

무료 외전편이 사라지고 없었다. 공지를 보니 완결 이후, 다른 플랫폼에 연재가 시작되면서 무료 부분을 삭제했다고 나와 있었다. 댓글은 남아 있었는데, 편수는 삭제되었다.

군주에 대한 정보, 스토리가 적혀 있는 원작 소설은 치트키나 다름없었다. 상대 군주가 얼마나 강한지, 어떤 존재인지를 알지 못한다면 행동이 조심스러워지고 시간이 질질 끌릴 수밖에 없었다. 원작 설정이 워낙 괴랄하니 어쩔 수 없는 일이었다.

'외전을 얻어야겠군.'

원작 작가가 존재하는 곳이었다. 그를 찾아낸다면 외전을 얻을 수 있을 것이다.

'그리고……'

자신이 있는지도 궁금했다. 포탈 사이트에 로그인을 해보니 계정이 존재했다. 본래 쓰던 계좌도 살아 있었다.

날짜를 확인해 보니 이진우가 된 지 얼마 지나지 않은 시점이었다. 진우가 이진우가 된 이후부터 체크카드의 결제가 이루어지지 않고 있었다. 아무래도 진짜 제대로 돌아온 것 같았다.

계좌를 확인해 보니 전 재산이 100만 원도 되지 않았다. 이렇게 0의 숫자가 적은 걸 보니 무언가 그립다는 생각이 들기까지 했다.

진우는 시계를 조작했다. 비밀 계좌를 만들고 차원 금화를 환전해 그럭저럭 쓸 만큼 돈을 넣어놓았다. 일반인들이 평생 펑펑 써도 못 쓸 액수였지만 진우에게는 그저 용돈으로 쓸 만한 정도였다. 만드는 김에 미국에서 쓸 수 있는 다른 신분도 만들었다. 전자상의 모든 서류가 완벽하게 조작되었다.

'간단하네.'

진우가 쓰는 노트북은 G&P의 최신 기술이 들어간 미공개 제품이었고, 세연이 개인적으로 커스텀해 준 것이었다. 아로롱을 모델로 한 AI도 달려 있었다. 거기에 시계까지 더해지니 상당히 편리했다. 오프라인으로 해결해야 할 부분은 리처드에게 맡기면 될 것 같았다. 리처드는 미국의 상원의원이었고, 정치계의 거물이라고 한다.

"음……."

TV를 보니 마이애미에서 일어난 일이 뉴스에 나오고 있었다. UFO니 뭐니 떠들어대고 있었는데, 미국 정부 측 인물이 나와서 운석폭발로 인한 사고라고 공식 발표했다. 대기권을 돌파한 운석이 공중에서 터지면서 발생한 일이니 안심해도 된다고 말했다.

달에 이상 현상도 관측되었는데, 그것은 태양의 비정상적인 활동에 의한 착시효과라고 설명했다. 꽤 그럴듯한 설명이었다.

미튜브에 올라왔던 동영상들도 하나둘씩 내려가더니 자취를 감췄다. 미국 정부에서 정보를 완전히 통제하고 있었다.

역시 평범한 세계이다 보니 미국 정부 측에서는 계속해서 심각하게 회의를 하고 있는 모양이다.

"일단 자고……."

생각해 보니 모처럼 혼자였다.

"며칠 쉬다가 관광이나 해볼까?"

또 언제 이렇게 느긋하게 미국에 오겠는가. 마이애미, 그리고 초호화 호텔에 왔으니 일단 즐겨보도록 하자.

리처드 페인. 플로리다에서 태어난 그는 하버드대학에서 학위를 받았고 육군에 복무했다. 복무 기간 동안 다수의 표창을 받기도 했다. 부상을 당해 제대를 한 후, 본격적으로 정치계에 입문했다.

그는 인기가 많은 상원의원이었다. 나이가 들어 더 중후한 멋이 풍기는 외모, 뛰어난 유머 감각과 정치 센스 덕에 인지도가 상당히 높은 편이었고.

대선 후보로까지 거론된 적이 있었다. 그러나 현대 의학으로는 치료할 수 없는 희귀 질병이 발목을 잡았다. 그런 그의 기적적인 완치 소식이 하룻밤 사이에 빠르게 퍼져 나갔다.

그의 완치 소식은 꽤나 충격적이었다. 희귀 질병이 아주 말끔하게 나았을 뿐만 아니라, 육군 복무 당시 얻은 지병 역시 깨끗하게 나았기 때문이다.

"신께서 나를 도구로 쓰시겠다 하셨다. 내 여생을 다 바쳐 신을 위해, 그리고 미국을 위해 봉사하겠다."

그가 기자회견 당시 처음으로 한 말이었다.

그 이후 기적에 대해 자세한 언급은 하지 않았지만 리처드 페인의 지인들이 증언한 내용이 꽤 화제가 되었다.

"그의 눈빛이 무척이나 빛나 보였어요. 그래서 전 그에게 물었죠. 무슨 일이야? 괜찮은 거야? 그러자 그가 말하더군요. '모든 것이 완벽해, 존. 나는 오늘 구함을 받았다.' 오! 하느님 맙소사! 삼 일 전의 그와 너무나 다른 모습이었어요. 머리카락이 빛나고 피부에 광택이 흘러 무척이나 신성해 보였지요."

그와 같은 동네에 사는 지인의 증언이었다.

"하늘에서 거대한 검은 불이 떨어졌다고 해요. 너무나 신성해 무릎을 꿇을 수밖에 없다고 했지요. 실제로 그의 요트는 망가져 있었어요. 그리고 무언가에 그을린 자국을 확인할 수 있었어요. 정부에서는 그저 운석이라고 말했지만……. 저는 리처드가 기적을 체험했다고 믿습니다."

그가 자주 가던 상점의 주인이 기자에게 그렇게 말했다.

죽음에서 돌아온 자! 리처드 페인!

미국을 위해 죽음에서 돌아온 상원의원으로 대단한 화재가 되었다. 헬스장에서 찍힌 그의 모습은 20년은 더 젊어진 모습이었고, 몸매는 날렵했다. 그의 아들과 형제라고 해도 믿을 만한 모습이었다.

무교였던 그의 부인 역시 신앙심이 아주 깊어졌다고 한다. 어떤 종교인지는 그 누구에게도 밝히지 않았지만 말이다.

거물급 정치인이라고 부를 수 있는 그는 보좌관과 함께 이야기를 나누고 있었다. 보좌관은 정계에서 오랫동안 그와 함께 활동한 인물이라 믿을 수 있었다.

"이쪽에 정말 그…… 신이 존재한다는 말씀이십니까?"

"음, 그렇다네."

"제가 오랫동안 의원님과 함께했지만…… 솔직히 믿을 수 없습니다. 21세기에 신이라니……."

보좌관은 솔직히 리처드의 상태를 걱정했다. 그가 아는 리처드는 철저히 계획적인 사람이었다. 선량하고 정이 많은 이미지는 말 그대로 이미지일 뿐이었다. 누구보다도 정치에 잘 어울리는 야심가였다.

보좌관은 깊게 한숨을 내쉰 뒤에 표정을 관리했다.

이런 곳에 그가 말했던 신이 존재할 수 있을까?

'그럴 리가. 사람이 화성에 갈까 말까 하는 시대인데.'

리처드는 최근 인공위성 추락사건, 달의 이상 현상을 신이라는 존재와 연관 지어서 설명했다. 보좌관 샘이 보기에는 사이비에 빠진 걸로 보였다. 아무리 위에서 쉬쉬하고 있다고 하지만 나가도 너무 나갔다.

그의 병이 나은 건 기적이라고밖에 설명할 수 없었다. 하지만 그런 기적적인 사례는 충분히 많았다. 말기 암이 말끔하게 나은 환자도 가끔씩 등장했으니 말이다.

'의원님이 어쩌다가……'

리처드의 이미지는 굉장히 좋았다. 그걸 보호하고 정치적으로 이용할 방안을 찾는 것이 보좌관진의 임무일 것이다. 보좌관은 사이비 종교로부터 리처드를 지키기로 굳은 마음을 먹었다.

휴대폰이 울렸다. 리처드는 휴대폰을 확인하자마자 잔뜩 긴장했다. 보좌관에게 조용히 하라는 제스처를 취했다.

"편히 쉬셨습니까? 부, 불편하신 곳이 있으시다면 언제든지 말씀해 주세요."

보좌관은 얼굴을 찌푸렸다.

"과, 관광 말씀이십니까? 걱정하지 마십시오! 제가 풀코스로 모시겠습니다. 네, 네! 그럼 편히 쉬고 계십시오! 모시러 가겠습니다."

언제나 당당했던 리처드 페인이 굽신거리면서 통화를 하고 있었기 때문이다.

"오늘 일정은 취소해야겠군."

"네? 하지만……."

"관광을 하시고 싶다 하시네. 빨리 준비하도록 하게. 최고의 관광코스를 준비해야 해!"

리처드 페인은 긴장했다. 그는 국방부와도 연줄이 있었다. 그곳에서 흘러나온 이야기로는 대기권에서 엄청난 규모의 폭발을 감지했다고 한다.

만약 지상에서 그 정도 폭발이 일어난다면 도시 하나는 가볍게 사라질 것이라는 이야기도 조심스럽게 나오고 있었다. 그러니 백악관은 현재 비상사태였다. 상원의원인 그도 간단하게 조사를 받았다.

'즐겁게 해드려야 한다!'

자신을 위해서라도, 그리고 미국을 위해서라도 최고로 즐겁게 해드려야 했다.

"자네도 같이 가도록 하지."

"알겠습니다."

보좌관은 리처드의 저런 모습은 처음 보았다. 그는 심하게 긴장하고 있었다. 보좌관은 갸웃하면서도 리처드를 걱정했다.

진우는 충분히 쉬었으니 본격적으로 관광을 할 생각이었다. 관광은 현지인에게 부탁하는 게 제일 좋았다.

리처드에게 연락하니 바로 온다고 한다. 그는 정말 친절하고 착한 사람이었다. 과정이야 어쨌든 자신의 밑으로 들어왔으니 잘 챙겨줄 생각이었다.

진우가 아공간에서 옷을 꺼내고 있을 때였다. 밖에서 노크소리가 들려 문을 열어주었다. 리처드가 땀을 흘리며 서 있었는데, 그 옆에 처음 보는 사내가 보였다. 조금 깐깐하게 생긴 흑인 남성이었다.

"그쪽은?"

"제 보좌관인 존 매티스입니다. 믿을 만한 인물이니 편하게 대하셔도 됩니다."

"그렇군."

"이 친구가 관광 코스를 아주 빠삭하게 알고 있습니다."

리처드의 보좌관 존은 다소 못마땅한 표정이었다. 그가 보기에는 진우는 그저 잘생긴 동양인에 지나지 않았다. 무언가

범접할 수 없는 분위기가 있는 것 같기는 한데, 신으로는 보이지 않았다.

존은 턱을 치켜들며 진우를 바라보았다. 그는 체격이 상당했다. 190㎝를 넘어서고 있었고, 운동을 했는지 근육이 제법 발달해 있었다.

"앞으로 잘 부탁해."

존은 진우를 바라보다가 고개를 돌릴 뿐이었다. 리처드가 존을 나무라며 허둥거렸다.

진우는 그런 둘을 보며 피식 웃었다.

"들어와서 기다리고 있어."

진우가 그렇게 말하자 둘이 호텔 방 안으로 들어왔다.

진우는 아공간에서 다시 옷을 꺼내기 시작했다. 그것을 본 존의 눈이 동그랗게 떠졌다.

"너무 많이 넣었나. 물건들이 섞였군."

대충 마구 쑤셔 넣은 덕분에 옷과 여러 아이템들이 엉켜있었다. 하긴, 한계 이상으로 넣기는 했다. 냉기를 내뿜고 있는 거대한 검, 다크나이트의 갑옷, 그리고 여러 아티팩트들이 나왔다.

"허억!"

존은 경악했다. 공간이 열리며 물건들이 나오는 것도 경악스러운데 나온 물건을 보니 몸이 절로 떨렸다. 검은 연기를 뿜어내고 있는 갑옷이나 화염에 휩싸여 있는 보석은 결코 지구의 것이라고는 생각할 수 없었다.

새파란 얼굴을 지닌 시체도 나왔다. 시체가 눈을 뜨더니 통통 뛰어다니기 시작했다.

"아, 이게 여기 있었네."

진우가 시체의 목덜미를 붙잡고 다시 아공간에 넣자, 존이 바닥에 주저앉았다. 흑염룡을 직접 목도한 리처드는 그나마 충격이 덜했다.

"관광하기 전에 정리 좀 해야겠군. 존이라고 했나?"

"그, 그, 그렇습니다! 조, 존 매티스입니다."

존은 아직도 얼떨떨한 표정이었다.

진우는 아공간을 정리하면서 기강을 확실하게 잡기로 했다. 달로 가는 포탈을 열었다. 차원금화를 사용해 포탈이 열린 부분에 거대한 실드를 쳤다. 공기도 주입해 일반인도 충분히 견딜 수 있는 수준이 되었다.

리처드와 존이 포탈을 멍하니 바라보았다.

"내가 먼저 관광시켜 줄게. 따라와."

진우는 리처드와 존을 데리고 포탈 안으로 들어갔다. 리처드와 존은 눈을 꼭 감고 포탈을 통과했다.

"허억!"

둘은 너무나 놀라 바닥에 주저앉고 말았다. 하늘은 검었고, 저 멀리 지구가 보였다.

"마, 맙소사!"

"다, 다, 다, 달?"

리처드와 존은 두려움에 몸을 덜덜 떨었다. 달은 인간이 살

수 없는 환경이었기 때문이다. 그러나 숨도 정상적으로 쉬어지고, 온도도 약간 춥기는 했으나 견딜 만했다. 주변에 투명하게 쳐져 있는 보호막 덕분인 것 같았다.

"경치 좋지?"

진우는 그런 둘을 바라보며 부드럽게 웃었다. 둘은 굳어서 대답하지 못했다. 진우는 그런 둘을 바라보다가 달에 아공간에 있는 필요 없는 것들을 쏟아냈다. 달은 최고의 창고였다.

"의, 의원님. 우, 우리가 달에 있습니다. 하, 하하……. 이, 이게 말이 됩니까?"

"이제 믿겠나? 저분은 지옥을 지배하는 대악마이시네."

"허, 허억! 아, 악마!?"

존은 겁을 먹을 수밖에 없었다. 어째서 리처드가 그렇게 굽신거렸는지 이해가 되었다. 자신이 저지른 무례가 떠올라 어찌할 바를 몰라 했다.

진우는 아공간 청소를 마치고 둘을 바라보았다.

'음…….'

조금 놀려주고 싶어졌다. 진우는 악의 화신이기도 했다.

"잘 있어."

진우가 포탈을 열고 사라지자 리처드와 존은 화들짝 놀랐다. 존이 두려움에 눈시울을 붉힐 때였다.

다시 포탈이 열리며 진우가 나타났다.

"농담이야."

진우가 나타나자 리처드는 겨우 안도의 한숨을 쉬었고 존

은 흐느꼈다. 리처드가 그런 존의 등을 토닥여 주었다. 둘의
우정은 깊어졌다.

존과 리처드는 전력을 다하여 진우를 안내해 주었다. 역시
유능한 인재답게 관광 코스도 잘 짰다. 쾌적한 환경에서 주요
관광지를 모두 돌아보고 기념품까지 챙길 수 있었다.

'뭔가 해줘야겠군.'

진우는 나름대로 밀당을 잘했다. 아티팩트라도 하나 챙겨
주는 게 좋을 것 같았다. 물론, 지구에 큰 영향을 주는 건 제
외하는 게 좋았다. 낮은 랭크의 아티팩트를 고르다가 마침 적
당한 게 있었다.

[F+]진실의 반지

진실을 간파할 수 있는 능력을 지닌 반지. 상대의 생각을 어느
정도 읽을 수 있고, 거짓말을 알아차릴 수 있다. 마력이 있는 사람
에게는 통하지 않는다.

[F+]활력의 반지

힘, 체력뿐만 아니라 암기력, 집중력이 상승한다.

체력 회복 효과도 부여되어 있다.

리처드와 존에게 나눠주었다. 딱 봐도 엄청 고급스러워 보
이는 반지였다. 리처드는 진실의 반지를 착용했다. 반지를 끼

는 순간 새로운 세계가 펼쳐졌다. 단번에 반지의 능력을 알아차렸다.

'기적이야! 이것이 악마의 능력!'

진실을 간파하는 능력. 정치인에게는 엄청난 무기였다.

존 역시 반지를 끼는 순간 머릿속이 상쾌해지는 느낌을 받았다. 어떤 복잡한 업무라도 빠르게 수행할 수 있을 것 같았다. 둘은 이제 진우에게서 벗어날 수 없었다.

관광도 끝냈으니 슬슬 한국에 가야 했다. 직접 날아가는 것보다는 비행기를 타고 가는 게 좋을 것 같았다.

"한국행 비행기 티켓이 필요한데……."

"당장 준비해 드리겠습니다!"

존이 그렇게 말하며 어디론가 급히 연락을 했다. 바로 한국행 비행기 티켓이 대령되었다. 당연히 일등석이었다. 리처드와 존은 공항까지 진우를 바래다주었다.

진우가 탄 비행기가 한국으로 떠나자 겨우 안도의 한숨을 내쉬었다. 정말 가슴을 졸였던 시간들이었다.

"어, 어째서 지상에 오셨을까요?"

"우리가 어찌 알 수 있겠나. 다만……."

"네?"

"우리는 우리가 해야 할 일을 해야겠지. 정치가 험난해 봤자 지옥만 하겠는가. 지옥에 많은 이들이 있겠지. 저분을 잘 따르면 지옥에 떨어지더라도 편하게 지낼 수 있을 것이네."

존은 고개를 끄덕였다.

"그렇죠. 이제 두려울 게 없습니다. 달까지 갔다 오지 않았습니까?"

"자, 가세! 우리의 앞날은 밝다네!"

패배를 모르는 콤비. 악마의 정치인 리처드 페인, 그리고 악마의 보좌관 존 매티스가 이곳에서 탄생했다. 미국 정치계에 엄청난 지각변동이 일어난 계기가 되었다.

진우는 비행기에 타기 전 공항에 있는 퍼스트 클래스 라운지에서 노트북을 펼쳤다. 시계와 G&P 노트북으로 원작 작가에 대해 조사를 해보았다. 작가의 위치, 행적을 추적하는 일은 간단했다.

'평범한데?'

조사해 보니 지극히 평범한 사람이었다. 특별한 흔적을 찾을 수 없었다. 작가의 집으로 찾아가 아예 컴퓨터를 뽑아오는 것도 괜찮은 방법이었다.

'역시 만나보고 싶긴 하네.'

그러나 일단 유료 연재를 모두 읽은 한 명의 독자로서 만나보고 싶었다. 어떤 사람인지도 굉장히 궁금했다. 강제로 빼앗는 것은 진우의 성격에도 맞지 않았다.

개인적으로 메일과 쪽지를 보냈는데, 답장이 없었다. 진우는 잠시 생각하다가 만나서 이야기를 나눌 구실을 만들어 보기로 했다. 연재 사이트에 접속해서 다시 쪽지를 적었다.

제목: 안녕하십니까? JW북스입니다.

안녕하십니까? 한방인생역전 작가님. 늦었지만 전작인 'SSS급 절대능력자' 완결을 축하드립니다. 매우 감명 깊게 보았습니다. 마신과 12군주를 적으로 둔 김영훈의 이야기는 저에게는 특별한 의미로 다가왔습니다.

차기작 활동이 없으셔서 안부 차 쪽지를 보냅니다.

이야기를 나눠보고 싶습니다. 연락 주시길 바랍니다.

-JW북스 편집팀장 이진우-

다행히 다른 차원과는 달리 이름은 그대로 쓸 수 있었다. 그렇게 쪽지를 보내고 그럴듯한 미끼 사이트도 만들어냈다.

답장이 없다면 할 수 없이 과격한 수단을 쓸 수밖에 없었다. 진우가 쪽지를 보내고 노트북을 접으려고 할 때 바로 답장이 왔다.

진우는 작가의 답변을 확인해 보았다.

제목: 안녕하세요? 한방인생역전입니다.

안녕하세요! 쪽지 보내주셔서 감사합니다.

전작 완결 이후 차기작은 쓰고 있지 않습니다.

전작을 낸 출판사도 망해 버리는 바람에…… 워낙 힘들어서…….

꼭 이야기를 나눠보고 싶습니다. 현재 사정상 휴대폰을 사용할 수 없어 이번 주 금요일 오후 4시쯤에 연락드릴게요.

꼭 연락드릴게요! 이진우 편집팀장님. 정말 감사합니다.

-한방인생역전 작가 올림-

쪽지 내용은 짧았지만, 절실함이 느껴졌다. 평소에 작가 욕을 엄청 많이 하긴 했지만, 이렇게 나오니 기분이 묘했다. 진우는 쪽지에 답변을 하고 노트북을 덮었다. 꽤 재미있는 만남이 될 것 같은 예감이 들었다.

한국에 도착한 진우는 본래 살고 있던 원룸을 찾아가 보았다. 굉장히 허름했지만 그럭저럭 편하게 지내기는 했다. 오랜만에 원룸으로 들어가니 정겨운 풍경이 진우를 반겼다.

각종 고지서가 쌓여 있는 게 보였다.

'조금 그렇군.'

역시 추억은 추억일 뿐이었다. 이제 이런 곳에서 지낼 수 없는 연약한 몸이 되어버렸다.

진우는 쓸 만한 물건들을 아공간에 넣고 나머지는 모두 버렸다. 원룸과 달을 포탈로 연결했다. 굳이 집을 살 필요 없이 달에 이것저것 설치해 놓는 편이 훨씬 좋았다.

"음……."

진우는 모처럼 차원 상점을 열었다. 다른 차원들을 직접 들를 수 있게 되면서 차원 상점을 잘 이용하지 않았다. 하지만 차원 상점은 여전히 활발하게 거래가 이루어지고 있었다.

마계나 천계는 서로를 싫어했지만 서로 필요한 물품을 가지고 있었기 때문에, 차원 상점을 통해 거래를 했다. 엘론티도 다른 차원에 직접 가는 것보다는 차원 상점을 이용하고 있었다.

진우는 차원 상점에서 작은 건물 하나를 구입했다. 드워프들이 만든 집이었다. 집을 구입하고 나서 조금 오래 기다리자 집이 소환되었다.

"좋구만."

창밖으로 지구가 보였다. 한강이 보이는 집도 좋았지만, 달이 보이는 집에 비할 수는 없었다.

도심의 어떤 소음도 없어 굉장히 쾌적했다. 유나에게 보여주면 어떤 반응을 할지 궁금해지기도 했다.

목요일이 되었다.

약속한 시간이 되자 한방인생역전 작가에게 연락이 왔다. 통화를 해보니 역시 평범한 남성의 목소리였다. 한방인생역전 작가의 프로필은 이미 알고 있었다. 올해 30대가 된 남성이었다. 전업 작가이니 직장을 다니고 있지 않았다.

진우는 바로 약속을 잡고 밖으로 나갔다. 약속 장소는 생각보다 가까웠다. 포탈을 설치한 원룸에서 30분 정도 전철을 타고 가면 약속 장소가 나왔다.

'이쪽이 지름길이었지.'

지하철로 가는 지름길을 알고 있었다. 예전에 출근을 할 때

자주 이용하던 지름길이었다. 현재 다니던 회사에 몇 주 째 출근하지 않아 해고 처리된 상황이었다. 아무튼, 주변에 있는 학생들이 자주 이용하는 길이기도 했다.

진우에게로 시선이 몰렸다. 진우가 있던 지구는 원작과 합쳐진 덕분에 선남선녀가 꽤 많았다. 실력이 좋은 능력자나 기사들을 보면 현실 같지 않은 외모를 지니고 있었다.

진우는 그중에서도 정점이었다. 원래의 지구는 지극히 현실적이었다. 원작과 합쳐진 지구에서도 시선을 끄는 편이었지만 이쪽에서는 더욱 심했다. 그래도 이런 시선에는 익숙한 편이라 그다지 거슬리지는 않았다.

'저기로군.'

만나기로 한 장소는 카페 앞이었다. 한방인생역전 작가로 보이는 남자가 주위를 두리번거리며 서 있었다. 후줄근한 후드티를 입고 안경을 쓴 평범한 남성이었다.

그가 한방인생역전 작가임을 단번에 알아볼 수 있었던 이유가 있었다.

'음?'

그를 보자마자 누군가 떠올랐다.

금호에서 열심히 일하고 있는 김영훈과 똑같이 생겼다. 상당히 마른 체격에, 조금 나이 들어 보이는 것만 제외하면 김영훈 본인이라고 해도 믿을 정도였다.

진우는 그를 정보의 마안으로 살펴보았다.

Lv.0

[-]이영훈(한방인생역전)

나이: 30

직업: 작가

대표작: SSS급 절대능력자

상태: 가난, 위축, 우울.

보유 기술: [-F]저주받은 필력, [-F]끈기

그는 특별한 존재가 아니었다. 평범한 작가에 불과했다. 진우는 영훈에게 다가갔다.

"한방인생역전 작가님이시죠?"

"네? 아……."

진우를 멍하니 바라보다가 영훈이 고개를 끄덕였다.

진우는 그래도 원작 작가를 만나기 위해 깔끔한 정장까지 입은 상태였다. 예전에 영업하던 때로 돌아온 것 같아 조금 힘을 주기는 했다.

"반갑습니다. 이진우입니다."

"아! 네! 이영훈입니다."

"SSS급 절대능력자에서 제 이름이 나와 깜짝 놀랐습니다."

"하, 하하. 그, 그래요?"

영훈은 어색한 미소를 지었다.

"일단 들어가서 이야기 나누시죠."

"네!"

진우를 따라 허둥지둥 안으로 들어갔다.

진우는 음료를 주문하고 자리에 앉았다. 영훈은 진우와 눈을 잘 마주치지 못했다. 어깨가 축 처져 있었다. 약간 우울함이 느껴졌고 자신감이 없어 보였다.

고생을 하게 하긴 했지만 그래도 자신에게 많은 것을 준 원작 작가였다. 그의 소설로 인해 벌어진 사태였으나 그 소설 때문에 지구를 지킬 수 있기도 했다.

저런 모습을 보니 안쓰럽게 느껴졌다.

"차기작은 준비 중이신가요?"

"아······. 구상은 해봤는데······ 자신이 없네요."

"음······."

그의 어깨가 더욱 움츠러들었다. 진우는 그런 모습이 마음에 들지 않았다. 마구 욕하기는 했어도 차라리 뻔뻔하기를 바랐다. 그 빌어먹을 소설처럼.

"무슨 문제라도 있나요?"

"······출판사가 망하는 바람에 정산도 제대로 안 되고 있고요. 그것 때문에 법적으로 알아보고 있는데······ 잘 해결이 되지 않네요."

출판사에서 작품을 내리지 않고 있었다. 정산은 계속되고 있었는데, 영훈에게 들어오는 돈은 없었다. 요즘은 글보다는 아르바이트를 하면서 지내고 있다고 한다.

"차기작을 연재해 보긴 했는데······ 악플이 너무······."

악플 때문에 정신적으로 힘들어 정신병원에까지 갔다고 하는데, 그 부분은 이해가 되었다. 한방인생역전 작가를 검색하면 심한 욕들이 마구 나왔다. 자연스럽게 차기작에까지 영향을 미쳤다.

진우가 차분하게 분위기를 풀어주자 영훈은 속에 있는 이야기를 꺼내기 시작했다.

"부모님을 볼 면목이 없네요. 글 쓴다고 학교도 때려치우고 골방에 틀어박혀 있는데…… 첫 작품 나왔을 때 그렇게 좋아해 주셨는데……."

그런 와중에서도 그런 초장편을 꾸준하게 쓴 게 놀라웠다. 진우가 물어보니 의외의 대답이 나왔다.

"한 분이 봐주시더라고요. 꾸준하게 봐주시니까 계속 썼어요."

"아……."

"요즘에는 장난식으로 결제하는 사람이 있긴 한데, 연재할 때는 딱 한 분만 봤거든요. 조회수가 2였는데 하나는 제가 결제했어요."

오히려 손해를 보고 연재하고 있었다. 진우는 이런 걸 감동이라고 해야 할지 성가시다고 해야 할지 갈피를 잡을 수 없었다. 진우는 일단 외전부터 챙기기로 했다.

"작가님, 무료로 연재한 외전 말인데 혹시 볼 수 있을까요?"

"네! 메일로 보내 드릴게요."

단지 자신의 작품 이야기를 하는 게 좋아서일까?

영훈은 시원하게 대답했다. 오늘 밀린 휴대폰 요금을 내서 휴대폰 정지가 풀렸다고 한다. 핸드폰에 있던 외전 연재분을 그 자리에서 바로 진우에게 보내주었다.

진우는 그의 이야기를 들어주었다. 그냥 형식상 이야기를 나누다가 커피만 마시고 헤어지려 했다. 자리에서 일어나려고 하니, 영훈의 눈물을 흘리는 고양이 같은 눈망울이 진우의 마음에 걸렸다.

"소고기 좋아하세요?"

"네! 조, 좋아합니다."

"가죠."

진우는 결국 영훈을 데리고 이 근방에서 가장 유명하고 비싼 한우집으로 들어갔다. 진우가 직접 고기를 구워주었다. 여러 차원을 지배하고 있는 대군주가 굽는 고기는 당연히 엄청 맛있었다.

우걱우걱!

영훈이 허겁지겁 고기를 먹었다. 진우는 그 모습을 보니 마음이 짠해졌다. 이제 욕하고 싶은 마음은 완전히 사라져 버렸다. 소설은 엉망이었지만, 영훈은 예의가 발랐다.

다소 어리숙한 모습이 있었지만, 인성은 괜찮았다.

"근데, 작가님 이진우에게 왜 그러셨어요? 제가 이진우라서 하는 말입니다만."

"그러게요. 이진우가 만약 현실세계로 오면 절 죽이겠죠?"

"글쎄요. 고민할지도 모르겠네요."

"하핫!"

진우는 원작에서 궁금한 것들을 물어보았다. 직접 경험했기에 내용은 굉장히 디테일했다. 영훈이 질문을 받고 눈시울을 붉힐 정도였다.

"유나는 초기 캐릭터이니만큼 가장 디테일하게 설정했는데요. 어느 정도냐면 점의 갯수까지 설정할 정도였습니다. 그리고 취향도 꽤 자세하게 작성했죠!"

"그건 좀 궁금하군요."

"설정집이 있는데 보내 드릴까요?"

"네."

유익한 정보도 얻을 수 있었다.

기왕 늦은 김에 진우는 그와 술까지 한잔했다.

"크흐, 팀장님처럼 좋으신 분이 찾아와주셔서 정말 다행입니다. 연락 오는 데가 하나도 없거든요. 흑흑."

"뭐, 그럴 때도 있는 거죠. 힘내세요."

"형님이라 불러도 될까요?"

"공식적으로는 제 나이가 더 어린데요."

원작에 대해 이야기를 하다 보니 꽤 재미있었다. 그렇게 술자리가 이어져 자정이 넘어갔다. 슬슬 헤어질 때가 되었다. 목적을 이뤘으니 돌아가도록 하자.

"잠시만요!"

영훈이 휴대폰을 확인했다. 톡이 온 모양이었다. 영훈은 톡을 확인하고 잠시 구슬픈 미소를 그렸다. 진우는 궁금해서 슬쩍 휴대폰 화면을 바라보았다.

[엄마: 요즘 연락이 없네? 아들, 언제나 믿고 있단다.]

영훈은 좀처럼 답장을 하지 못했다. 그저 긴 한숨만 내쉴 뿐이었다. 진우는 그 모습을 바라보다가 고개를 설레 저었다.

'나도 참⋯⋯.'

그는 이런 것에 약했다. 목적을 이뤘으니 깔끔하게 헤어지려고 했는데, 그게 잘 안 되었다. 유나가 이 광경을 봤다면 아마 평소처럼 웃었겠지.

"작가님."

"네? 아, 죄송해요. 연락이 와서."

"다른데 계약할 곳 없죠?"

"네, 저 같은 작가를 누가 써주겠어요. 팔리지도 않고 악플만 가득한데⋯⋯."

진우는 고개를 끄덕였다.

"저희 JW북스는 신생 출판사입니다. 그래도 저희와 작품을 함께하실 의향이 있으신가요?"

"저, 정말 같이해도 될까요? 민폐가 될 텐데⋯⋯."

"처음부터 잘하는 사람이 어디 있겠습니까?"

[악의 화신이 계약서를 작성합니다.]

진우는 계약서를 내밀었다. 영훈은 계약서를 보고 술기운이 확 달아났다. 계약서를 천천히 읽기 시작했다.

"어? 팀장님, 이 부분이 조금 잘못된 것 같은데요."

8:2 계약, 선인세 오천만 원, 권당 보장 천만 원이었다. 잘 팔릴 경우 9:1까지 올려준다는 내용도 있었다.

영훈은 0이 하나 더 붙은 걸로 착각했다. 그러나 진우가 아주 적게 조절한 것이었다. 예전이었다면 권당 100억 정도는 질러줬을 것이다.

"잘못된 게 아닙니다. 정확합니다."

"네? 이, 이렇게 파격적인 건……."

"제가 이진우이지 않습니까? 일선 그룹 아시죠?"

진우가 웃으며 말하자 영훈은 어안이 벙벙했다. 사기라고 보기에도 이상했다. JW북스 공식 홈페이지가 존재했고, 아주 잘 꾸며져 있었다.

"바로 입금해 드릴게요."

"계, 계약하죠!"

영훈은 그 자리에서 바로 서명했다. 악의 화신이 작성한 계약서는 절대적이었다. 물론, 진우는 마음대로 어길 수 있었지만 영훈은 아니었다.

진우는 그 자리에서 바로 입금해 주었다. 영훈은 휴대폰에 울리는 알림을 확인하고 눈이 동그랗게 떠졌다. 설마 진짜 오천만 원이 바로 들어올 줄은 몰랐기 때문이다.

"열심히 쓰겠습니다! 크흑."

영훈은 눈물을 뚝뚝 흘렸다. 그 모습을 보니 조금 귀찮은 일을 벌인 것 같았지만 그래도 후회는 없었다.

'그래도 내가 있는 세계를 만든 작가인데…….'

생각해 보니 그런 작가가 폐급 취급을 받게 놔두기 싫었다. 신경을 써줘서 베스트셀러 작가로 만들어보도록 하자. 얼마나 재능이 최악인지는 모르지만, 진우가 가진 능력으로 어떻게든 될 것 같았다.

다른 누구도 아닌 대군주였으니까!

진우는 기지로 돌아와 외전을 읽어보았다. 외전을 읽는 순간 머리가 아파 왔다. 어떻게든 억지로 읽고 싶었지만 도저히 읽히지 않았다. 진우가 싫어하는 장르이기도 해서였다.

'설마 그 장르일 줄이야.'

현재 진우의 심정은 복잡했다. 일단 읽는 것을 멈추고 휴대폰을 확인해 보았다. 영훈의 전화번호를 등록했는데, 자연스럽게 톡도 추가되었다. 아침부터 계속해서 연락이 왔다. 영훈은 엄청 열정적이었다.

[영훈: 팀장님! 좋은 아침입니다. 3만 자 정도 썼는데, 메일로 보냈습니다!]

[영훈: 앗! 글이 너무 잘 써져서 7만 자가 되었습니다! 바로 보내 드리겠습니다.]

[영훈: 이런 설정은 어떨까요? (첨부:설정집.hwp)]

오늘 아침나절에만 온 원고였다. 술 먹고 들어간 다음 날, 순식간에 7만 자를 써서 보내주었다. 굉장히 빨랐다. 그가 초장편을 쓸 수 있었던 이유를 알 것도 같았다.

진우는 일단 그의 글을 읽어보았다. 수많은 판타지, 무협 소설을 섭렵하여 나름대로 글 보는 눈은 있다고 자부하고 있었다.

진우는 이마를 감싸 쥐었다. 머리가 아파 왔기 때문이다. 전혀 발전이 없었다. 아니, 오히려 퇴보한 것 같았다. 그래도 원작은 어떻게든 읽을 수는 있었다.

하지만 이건 아니었다. 어디서부터 어떻게 뜯어고쳐야 할지 감조차 잡히지 않았다. 막대한 마력을 지닌 진우조차 항마력이 딸려 도저히 볼 수 없었다.

시력이 멀 것만 같았고, 손발이 도저히 펴지지 않았다.

진우가 하기에는 벅찬 일이었다.

'하는 수 없군.'

자신이 할 수 없다면 부하에게 떠넘기면 된다.

[나: 담당자를 배정해 드리겠습니다.]

[영훈: 앗! 감사합니다^^. 그럼 더 열심히 쓰겠습니다!]

[나: 건필하세요.]

진우는 일단 그렇게 톡을 보냈다.

'사람은 참 착한데.'

글이 나빴다. 심각하게 나빴다. 거의 마신급이었다.

포탈을 열어 성소로 돌아갔다. 그리고 유나를 불렀다.

"또 다른 지구는 어떻습니까?"

"능력자도 게이트도 없는 평범한 동네야."

"그렇습니까? 평화로운 곳이겠군요."

"사람 사는 데가 다 똑같지, 뭐."

유나의 눈빛에서 꼭 따라가고 말겠다는 의지가 느껴졌다.

"부하 중에 소설 잘 쓰는 자들을 좀 모집해 줘. 장르 불문하고 일단 다 모집해. 아! 그리고 그림 쪽도."

"네, 알겠습니다."

유나는 바로 전 차원에 진우의 명령을 하달했다. 잠시 기다리자 각 차원에서 성소로 부하들이 도착했다. 마계, 천계, 중간계, 엘론티, 그리고 무협 세계에서도 왔다.

서큐버스, 인큐버스 일족과 골든 엔젤들, 엘프가 있었고 제갈미현도 나타났다. 제갈미현은 성소가 처음이라 당황했지만 금세 침착함을 되찾았다.

제갈미현도 진우의 수하가 되었기에 총비배인에게 직접 적응 교육을 받은 적이 있었다. 아르카나도 슬쩍 자리했다. 아르카나는 만 년 동안 솔로로 지내며 모든 로맨스 소설을 섭렵한 대가였다.

제갈미현은 '은밀한 사매'로 무협 세계에서 메가 히트를 기록한 특급 작가였다.

"저, 저, 로, 로, 로맨스 잘 압니다!"

"음, 든든하군."

"가, 감사합니다."

아르카나는 이제 진우와 대화를 할 수 있을 정도가 되었다. 대화를 나누면 헐떡거리기는 하지만 말이다.

진우는 성소에 모인 이들을 바라보았다. 모두 수많은 세월 동안 글에 취미를 가지고 작품 활동을 했던 이들이었다.

표지나 삽화를 그릴 엘프 장인들도 있었다.

"가자."

모두 진우를 따라 기지로 이동했다. 유나도 진우를 따라왔다. 웬만한 광경에 놀라지 않는 유나였지만 기지에 도착하자마자 깜짝 놀랐다. 다름 아닌 달에 도착했기 때문이다.

"……달?"

"어쩌다 보니 정복했어."

"그, 그렇군요."

유나의 멍한 표정을 볼 수 있었다. 다른 이들도 놀라기는 마찬가지였다. 아르카나만이 중간계 주변을 도는 위성에 갔다 온 적이 있었기 때문에 아무렇지도 않아 했다. 들끓는 외로움을 억제하기 위해 폭주했던 옛 과거였다.

아무튼, JW북스가 그렇게 다른 지구에 모습을 드러냈다.

'기왕 하는 거 제대로 하자.'

이건 대군주의 자존심이 걸려 있는 일이었다.

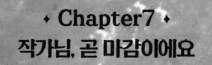

◆ Chapter7 ◆
작가님, 곧 마감이에요

첫 임무였다.

진우는 영훈에게 받은 원고를 모두에게 나눠주었다. 일단 읽고 고칠 점이나 가르쳐 줄 수 있는 부분을 보고하라고 말했다. 그동안 진우가 벌인 일에 비하면 너무나 간단한 일이었다. 모두 가볍게 생각하면서 영훈의 원고를 읽기 시작했다.

그러나 대군주가 평범한 임무를 줄 리가 없었다. 역시 반응은 경악 그 자체였다.

제갈미현은 인간 범주에 있으니 그렇다 치더라도 다른 이들은 고통을 참아내면서 읽었다. 과장을 보태자면 눈에서 피눈물이 흐르고 있었다. 구석에서 구역질하는 이들도 있었다.

그 모습을 보니 진우는 죄책감이 들 수밖에 없었다. 아무리 부하라고 하더라도 이런 끔찍한 일을 강요했으니 마음이 편할 리가 없었다.

"크읏!"

아르카나는 신음을 흘렸다. 대군주의 명령이 아니었다면, 이런 폐기물 따위 진작에 브레스로 태워 버렸을 것이다. 다른 이들의 반응도 마찬가지였다.

수많은 세월을 살아오며 나름대로 작가로서 일가를 이루었다고 자부하는 이들이었다. 그런 이들에게 영훈의 원고는 저주서나 마찬가지였다.

모두 항마력이 부족했다. SSS급 절대능력자를 완결까지 보면서 단련된 진우마저도 포기할 정도인데, 다른 존재들은 오죽할까.

"울컥!"

제갈미현이 주화입마에 걸려 피를 토했다. 거친 숨을 내쉬며 웃음을 흘렸다. 고통에 무뎌졌건만 이건 또 새로운 고통이었다. 새로운 세계였다!

"이거 마시면서 해."

진우는 포션을 잔뜩 꺼내놓고 힘들 때마다 마시라고 했다.

꿀꺽꿀꺽!

포션을 마시는 소리가 실내에 가득 찼다. 빈 병이 잔뜩 쌓일 때쯤 모두 원고를 완독할 수 있었다. 7만 자 정도의 원고를 읽는데도 상당히 많은 시간이 걸렸다.

"이건…… 저도 많이 힘들군요."

유나 역시 못 볼 것을 봤다는 듯 고개를 설레 저을 뿐이었다. 모두 지친 기색이 가득했다.

그래도 일단 물어는 봐야 했다. 진우는 처참한 분위기 속에서 조심스럽게 입을 뗐다.

"어때?"

제갈미현이 숨을 헐떡이다가 겨우 진정하고 진우를 바라보았다. 그녀의 얼굴에는 홍조가 떠올라 있었다.

"정말 대단한 재능입니다. 너무 답답하고 괴로워서 주화입마에 걸리고 말았습니다. 최고의 고문서입니다. 저희 M룡회로 꼭 받아들이고 싶은……."

"아니, 그거 말고 작가로서는 어때?"

"최악입니다."

제갈미현이 그렇게 말하자 모두 고개를 끄덕였다. 골든 엔젤은 더욱 타락해서 마족이 되기 일보 직전이었다.

'차라리 군주가 쉽겠군.'

진우가 그런 생각을 하고 있을 때, 영훈에게서 톡이 왔다.

[영훈: 팀장님! 1권 분량 완료했습니다! 메일로 보냈으니 확인해 주세요.]

진우가 원고가 추가되었다고 말하자 아르카나는 빙긋 웃으며 진우를 바라보았다. 진우와 제대로 눈을 마주친 건 이번이 처음이었다.

"주인님, 잠시 밖에 다녀와도 되겠습니까?"

"……그래."

게다가 아르카나가 처음으로 아주 또박또박하게 의사를 밝혔다. 그녀가 건물 밖으로 나가자, 진우는 슬쩍 창문 밖을 바라보았다. 아르카나는 건물 주변에 형성되어 있는 실드 밖으로 나가더니 입을 벌렸다.

브레스가 뿜어져 나가며 달의 대지를 갈라 버렸다. 푸른빛이 감돌던 브레스가 붉은빛으로 변하며 한차례 폭발했다.

핵폭발 따위와는 비교도 되지 않는 마력폭발이었다. 후폭풍이 실드를 때렸지만 다행히 실드는 무사했다. 달의 대지가 녹아 용암이 되어 흐르기 시작했다.

'영훈이 이곳에 있었다면 죽었겠군.'

마족들을 바라보았다. 눈빛에서는 살기마저 일렁였다.

운이 좋았다. 이곳이 달인 게 정말 다행이었다. 영훈이 가까운 곳에 있었다면 악몽을 꾸거나 건강에 이상이 생겼을지도 몰랐다.

"대군주님, 저도 잠시 나갔다 와도 되겠습니까?"

"음, 모두 마음대로 갔다 와도 돼."

진우의 허락이 떨어지자, 마족들이 그에게 고개를 숙이고는 모두 아르카나처럼 건물 밖에 나갔다 왔다. 달에는 대기가 없기 때문에 소리가 전달되지는 않았지만, 실내를 밝힐 정도로 빛이 번쩍였다. 덕분에 건물 주변이 아주 깔끔하게 평지로 바뀌었다.

미 항공우주국에서 달 표면에서 벌어진 갑작스러운 폭발을 관측하고 비상사태가 된 것은 사소한 일이었다.

아르카나의 막대한 마력 덕분에 달 궤도를 돌고 있던 달 무인탐사선이 휩쓸려 추락하기도 했다. 아무튼, 이런저런 고생 끝에 부하들이 1권 분량의 원고를 모두 읽었다.

담당자를 뽑아야 했다.

"음, 일단 담당자를 뽑고 싶은데."

"직접 만날 수 있습니까?"

마족 하나가 묻자 진우는 고개를 끄덕였다. 마족은 진우 앞에서는 살기를 억누르며 웃고 있었지만 분위기는 싸늘했다. 실제로 만나면 무슨 일이 벌어질지 뻔히 보였다.

그나마 가장 반응이 괜찮은 제갈미현을 담당자로 배치하는 게 좋을 것 같았다.

"네가 하는 게 낫겠어."

"감사합니다."

다른 이들에 비하면 괜찮았지만 제갈미현의 반응도 심상치 않았다. 두 눈이 충혈되어 있었고 손이 조금씩 떨리고 있었다. 그녀는 황급히 가부좌를 틀었다. 다시 찾아온 주화입마를 자력으로 극복하기 시작했다.

[악의 화신이 만족합니다. 그들에게 있어서 너무나 잔인하고 험난한 과제입니다. 담당자로 제갈미현을 배정하였습니다. 제갈미현이 새로운 깨달음을 얻어 각성하였습니다.]

[제갈미현이 새로운 칭호를 획득하였습니다.]

[B+]담당자S

'일해라, 글노예야!'

빛이 있으면 어둠이 있는 법. 새로운 깨달음이 음양의 조화처럼 상호보완작용하여, 그녀는 완전무결한 경지에 이르렀다.

[B+]작가님, 곧 마감이에요.

아무렇지도 않은 목소리로 마감을 독촉하고, 가끔씩 마감을 당겨 고통을 준다. '그녀는 작가의 고통에 희열을 느낀다.'

-원고 속도 300% 상승

[B+]작가님, 이렇게 쓰시면 곤란해요.

조곤조곤한 말로 작가의 멘탈을 후벼판다. 멘탈이 완벽히 붕괴된 상태에서 그녀의 충고를 온몸으로 받아들이게 된다.

'그녀는 작가의 눈물에 행복을 느낀다.'

-원고 품질 400% 상승

[B+]작가님, 믿고 있어요.

가끔씩 작가를 응원한다. '그녀는 밤낮으로 원고에 매달려 죽어가는 작가를 보며 기쁨을 느낀다.'

-작가 체력 300% 상승.

-작가 집중력 300% 상승.

단, 마감을 하면 이틀 동안 잠에 빠진다.

제갈미현이 눈을 떴다. 그녀의 눈빛은 맑아졌고, 내공은 더욱 깊어져 있었다. 아무것도 모른다는 순수한 눈빛 깊은 곳에는 사악한 어둠이 꿈틀거리고 있었다.

무협 세계에 있을 때보다 더욱 위험해 보였다.

'괜찮을까?'

진우가 잠시 고민하고 있는데, 영훈에게서 톡이 왔다.

[영훈: 2만 자 더 추가해서 보냅니다!]

진우는 톡을 확인하자마자 고개를 끄덕였다. 생각해 보면 이런 담당자가 있어야 그나마 실력이 늘 가능성이 있었다.

제갈미현은 음침한 웃음을 흘리면서 다시 원고를 읽기 시작했다. 다른 이들은 그런 제갈미현을 바라보며 감탄했다. 몇몇 이들은 그녀의 정신력에 존경까지 표할 정도였다.

[나: 담당자가 배정되었습니다. 곧 연락을 드릴 겁니다.]

[영훈: 감사합니다! 어떤 분인지 궁금하네요!]

[나: 조금 깐깐한 편이긴 합니다.]

[영훈: 네! 저번에 말씀드린 대로 제 작품을 위해서라면 어떤 피드백도 받아들일 자세가 되어 있습니다!]

영훈의 태도는 무척 좋았다. 이제 실력이 좋아질 차례였다.

진우는 서울에 제법 그럴듯한 건물 하나를 사들여 JW북스의 본사로 삼았다. 건물은 위장용이었고, 진짜 본사는 달에 있었다. 달 건물을 확장해서 모두가 지내도 불편함이 없도록 만들었다.

'일단 구색은 맞춰야겠지.'

JW북스는 신생 출판사였다. 소속 작가는 이영훈 한 명뿐이었다. 그래도 나름대로 출판사이니 구색을 갖출 필요성을 느꼈다. JW북스가 유명해진다면 나중에 이영훈이 다시 연재를 할 때에도 꽤 도움이 될 것이다.

당연히 작가를 외부에서 찾을 필요는 없었다. 달 기지에 누구보다도 뛰어난 작가들이 모여 있었기 때문이다.

기존에 쓴 작품도 있어서, 지구에 맞게 살짝만 고친다면 바로 연재를 할 수 있었다. 제갈미현 같은 경우에는 바로 번역해서 내도 손색이 없었다. 19금 성인 소설이기는 하지만 기본적으로 무협지였으니까.

수위만 조금 낮춘다면 훌륭한 무협지였다. 원고를 수정만 하면 되니 편집자 일과 겸업을 해도 무리가 없었다.

그렇게 연재를 준비하고 있을 때 총지배인이 달에 나타났다.

"음? 바쁘지 않아?"

"이제 괜찮습니다. 금호도 제법 안정화가 되었습니다. 신경 써주셔서 감사합니다."

"그래? 마침 잘됐네. 편집장이 필요하던 참이었거든."

총지배인이 편집장을 맡아주기로 했다. JW라는 이름을 붙이고 연재되는 만큼 조금의 단점이라도 있으면 안 된다고 주장했다.

총지배인의 눈에 차지 않으면 연재는 할 수 없었다. 5점 만점 중 3점을 넘어야 연재 자격이 떨어졌다. 엄격한 기준을 통과한 아르카나와 제갈미현, 그리고 고위마족 수트라가 작품을 연재하기로 했다.

엘프 장인이 직접 표지와 삽화를 그렸다. 디지털 작업이 아니었기에, 독특한 맛이 살아 있었다.

'음, 라인업은 그럴듯하네.'

진우는 유나가 작성한 보고서를 바라보았다. JW북스의 첫 라인업이 적혀 있었다. 한눈에 어떤 작품인지 알 수 있었다.

[주인님과 메이드]

장르: 현대 판타지

작가: 아르카나

줄거리: 대기업의 후계자 김군주가 만 년 동안 봉인되어 있던 드래곤 아르나와 만나며 벌어지는 이야기. 메이드가 된 드래곤 아르나의 애틋한 마음을 느껴보도록 하자!

-편집장(총지배인)

평점: 3.7/5

이 정도면 훌륭하다. 사람의 마음을 울리는 감성이 존재한다. 망상력으로 다져진 필력도 수준급이다.

-삽화 담당(엘프, 멜루): 주인님 김군주와 메이드 아르나의 만남을 서

정적으로 묘사하였습니다. 대군주님과 아르카나 님을 모델로 하여 완벽한 작품이 탄생하였습니다. 신성한 마음이 절로 들어 경건한 자세로 작업에 임했습니다!

[은밀한 무림전기]

장르: 무협

작가: 애룡현미

줄거리: 지금까지 이런 무협은 없었다! 권모술수가 난무하는 무림, 그 내면에 꿈틀거리는 원초적인 비밀을 파헤친다!

-편집장(총지배인)

평점: 3.2/5

무공다툼보다는 인간 내면에 잠재되어 있는 욕망을 잘 표현하였다. 흡입력 있는 유려한 문체는 독자들의 상상력을 자극시킬 것이다.

[8마왕전]

장르: 판타지

줄거리: 마황의 피를 타고난 케인. 8마왕을 무찌르고 마황이 되어라!

작가: 수트라

진우는 고개를 끄덕였다. 살펴보니 꽤 괜찮았다.

일단 연재 사이트에서 연재를 하기로 결정했다. 초기 반응을 보기에는 연재 사이트가 제일 괜찮았다. 인지도가 높아지면 아예 JW북스 연재 플랫폼을 만드는 것도 괜찮을 것 같았다. 지금은 JW북스를 유명하게 만드는 게 첫 번째 목표였다.

진우는 유나를 바라보았다. 유나의 얼굴에서 약간의 피로를 느낄 수 있었다.

"읽어봤는데 중독성이 대단합니다. 굉장한 파급력이 예상됩니다."

"그래?"

유나가 그렇게 말할 정도이니 꽤 화제가 될 것 같았다.

"음, 진행하도록 하자."

"알겠습니다."

설마 원래 세계로 와서 출판사를 차릴 줄은 예상하지 못한 진우였다. 이렇게 JW북스의 새로운 작품이 또 다른 지구에 데뷔하게 되었다.

담당자가 정해졌다는 소식에 영훈은 기뻐했다. 드디어 본격적으로 시작하는 것 같았기 때문이다.

그렇게 기뻐하고 있을 때 담당자로부터 전화가 왔다.

[한방인생역전 작가님이시지요?]

"네, 맞습니다!"

[안녕하세요. 이번에 작가님의 작품을 담당하게 된 제갈미현입니다.]

영훈은 가슴이 두근거리는 것을 느꼈다. 정신이 몽롱할 정도로 아름다운 목소리였다. 이미 그의 머릿속에서는 담당자와의 애틋한 로맨스가 펼쳐지고 있었다. 그 망상으로 벌써 1권을 다 쓴 것 같았다.

[작가님, 원고를 봤는데요. 피드백을 좀 해도 될까요? 다소 불편하실 수도 있을 것 같아서 양해를 구하고 싶습니다.]

"네! 마음껏 하셔도 됩니다!"

[다행이네요.]

영훈은 이번 원고에 자신이 있었다. 그러나 제갈미현의 말을 듣는 순간 그 생각이 무너지고 말았다.

[작가님, 이렇게 쓰시면 안 돼요.]

"네?"

[우선 첫 페이지부터 보죠.]

"네? 아, 알겠습니다."

영훈은 바짝 긴장이 되었다. 제갈미현은 첫 페이지부터 자세하게 감평을 해주었다. 처음에는 부드럽게 말을 이어나가다가 어느 순간부터 굉장히 싸늘해졌다. 비수를 꽂는 말에 영훈의 눈가에 눈물이 맺혔다. 조곤조곤하게 말하면서 그의 심장을 푹푹 찌르고 있었다. 그러나 반항할 수 없었다. 너무나 논리적이었고, 근거가 확실했기 때문이다.

타앙! 타앙!

채찍을 맞는 기분이었다. 실제로 채찍이었다면 등가죽은 이미 너덜너덜해졌을 것이다.

"흑, 흐흑……."

[하아, 작가님. 다 작가님 잘되셨으면 해서 하는 말입니다. 악의는 절대 없습니다. 후, 후훗.]

묘한 웃음과 거친 숨결이 들려왔지만 영훈은 그것에 신경을 쓸 수 없었다. 멘탈이 이미 박살이 났기 때문이다.

영훈은 간절해졌다.

"제, 제가 어떻게 하면 될까요?"

[제가 말씀드린 부분부터 바꿔보도록 하지요. 작가님, 혹시 불편하시다면…….]

"아, 아닙니다! 제대로 쓰겠습니다!"

[그럼 다시 시작해 봐요.]

"네!"

[조만간 찾아뵙도록 하겠습니다. 아! 쓰시고 내일까지 보내 주세요.]

"아…… 네!"

제갈미현의 말을 듣는 순간 왠지 모르게 창작 욕구가 샘솟기 시작했다. 통화를 마치자마자 영훈은 원고를 쓰기 시작했다. 기존에 있는 원고를 삭제하고 처음부터 다시 썼다.

'이렇게, 이렇게 해서…… 전개를…….'

제갈미현이 지적해 준 부분이 머릿속에 떠오르며 손가락이 움직였다. 자신도 놀랄 정도로 타자가 빠르게 쳐졌다.

그렇게 새벽 내내 집중해서 원고를 완성할 수 있었다.

이번에는 정말 자신이 있었다. 뿌듯한 미소를 그린 영훈은 다른 작가의 글을 볼 생각으로 연재 사이트에 들어가 보았다.

일단 투데이 베스트로 들어갔다.

"어? JW북스?"

1위부터 3위까지 JW북스의 작품이었다. 마치 예술작품과 같은 그림이 표지였는데, JW북스라고 적혀 있었다. 한동안 표지를 넋을 놓고 바라보고 있을 정도였다.

'주인님과 메이드?'

제목이 좀 그랬다. 소재부터 너무 평범해 보였다. 이런 소재라면 차라리 만화가 낫지 않을까?

'훗, 수준 다 떨어졌군. 이제 나의 시대가 열리는 건가?'

영훈은 자만했다. 자신의 글이 이곳을 평정할 날이 머지않아 보였다. 영훈은 마음껏 비웃어줄 생각으로 프롤로그를 클릭했다.

'우리의 만남은 우연이었을까?'

그렇게 시작했다. 영훈은 피식 웃으며 고개를 설레 저었다. 그리고 다시 집중해 읽기 시작했다.

시간이 흘렀다.

"흐어어엉, 아르나가…… 크흑."

영훈은 대성통곡을 했다. 그야말로 대작이었다! 한 화, 한 화 읽을 때마다 가슴이 간지러웠고, 눈물이 났다. 이런 소설은 처음이었다. 최신화의 댓글을 바라보았다. 6,361개나 달려 있었다.

-천만독자: ㅠㅠ김군주 너무 멋져.

-한영키: 아르나가 불쌍해서 어떡하냐. 나이 40에 소설 읽다가 눈물 쏟내.

-소설밥: 작가 정말 미쳤다. 제발 유료하고 연참 좀. 이런 소설을 무료로 읽는 건 너무 죄스러움.

-용천: 내 친구들 다 이거 보고 학교 안 나옴. 슬프다.

-레인: 삽화 퀄리티 ㄷㄷ 미쳤네.

독자들 모두 눈물을 흘리고 있었다. 영훈은 자신감이 뚝 떨어졌다. JW북스의 다른 소설들을 읽어보았다.

은밀한 무림전기를 읽었을 때는 온몸이 달아올랐다. 그리고 작가의 치밀한 설계에 감탄을 했다. 삽화 또한 예술이었다. 3위인 8마왕전은 남자의 마음을 들끓게 했다. 열혈 그 자체였다.

'……난 쓰레기야.'

영훈은 좌절했다. 자신이 쓴 원고를 보니 폐기물처럼 보였다. 눈물을 흘리고 있을 때 제갈미현에게서 전화가 왔다.

[작가님, 원고 안 주셨는데요?]

"크흑……."

[작가님, 우세요?]

"제…… 글에 자신이…… 없네요."

제갈미현의 숨소리가 들려왔다.

[작가님, 믿고 있어요. 더 잘하실 수 있을 거예요.]

"……그럴까요?"

[그럼요. 지금부터 밤새서 다시 쓰시면 될 거예요. 내일까지 주세요.]

"흐, 흐윽, 알겠습니다! 열심히 쓸게요."

영훈은 다시 원고를 쓰기 시작했다.

[축하합니다! 이영훈이 담당자S에 의해 글노예로 전직하였습니다.]

이영훈의 눈에 다크써클이 자리 잡고 살이 실시간으로 쭉쭉 빠지기 시작했다. 노예 인생은 이제 시작이었다.

소설판을 뒤엎는 광풍이 불고 있었다.

폭발적인 인기를 끄는 작품이 없던 것은 아니었다. 이따금 흥행작이 나타나서 새로운 트렌드가 되었고, 연재될 동안 순위권에서 내려오지 않았다. 그러나 지금은 그런 수준을 넘어서고 있었다. 비교할 바가 되지 못했다.

연재 사이트에서는 독자의 숫자가 정해져 있었다. 장르 소설이라는 특성상 새로운 독자의 유입은 한계가 있게 마련이다. 그러나, 연이어 기록을 갈아치우더니 무료 조회수 20만을 돌파했다. 더욱 놀라운 점은 유료화 이후, 오히려 더 조회수가 증가해 23만을 넘어서고 있다는 것이었다.

유료 전환율 100%! 계속해서 사람들이 몰려온 결과였다.

'한번 읽기 시작하면 멈출 수 없다!'

'프롤로그를 보고 연차를 냈다.'

'하루가 순식간에 삭제되었다.'

인기가 폭발적으로 많아지자 자동으로 홍보가 되었다. 마치 늪과도 같아서, 한번 클릭하면 이미 머리끝까지 빠져 버려 빠져나갈 수가 없었다.

그런 작품이 하나가 아니었다. 무려 셋이었다. 아르카나 작가를 필두로 해서 애룡현미, 수트라의 작품이 유료 전환 이후 모두 20만 조회수를 가뿐하게 넘기며 폭발적인 흥행을 이어갔다.

그러다 보니 독자들은 갑자기 등장한 JW북스에 시선이 몰렸다. 알려진 바가 전혀 없는 출판사였다. 신생 출판사가 분명한데, 어떻게 이런 굵직한 작품을 내놓을 수 있을까? 게다가 챕터마다 삽화까지 삽입되어 있었다.

삽화의 퀄리티는 말할 것도 없었다. 대가의 솜씨였다.

'기성 작가들이 모여 만든 출판사이다.'

'필명을 모두 바꾼 스타 작가다.'

'대기업 계열이 분명하다.'

'혹시 공룡기업 미즈니가 아닐까?'

이런저런 이야기가 나오고 있었다. 그러나 모두 속 시원하게 해명해 주지 못했다. JW북스에서는 마케팅을 단 한 번도 한 적이 없었고, 작가들도 질문에 전혀 답을 하지 않았다. 그냥 주구장창 소설만 올릴 뿐이었다.

'이정도라면……!'

영훈은 겨우 원고를 완성했다. 이틀 동안 자지 않은 덕분에 그나마 초반 분량의 원고를 완성할 수 있었다. 아직 JW의 다른 작품에 비하면 많이 부족했지만 이 정도라면 그래도 괜찮을 것 같았다.

영훈은 동이 트는 걸 보며 힘없이 웃었다. 자신의 능력을 넘어 모든 걸 불태운 것 같았다.

'담당자님도 만족해하실까?'

그게 유일한 걱정이었다.

영훈은 몸을 떨었다. 담당자의 목소리가 들릴 때면 온몸이 움츠러들고 식은땀이 흘렀다. 오한마저 올 정도였다. 아름다운 목소리였지만 영훈에게는 마치 저승사자의 사형선고처럼 들릴 뿐이었다.

영훈은 원고를 다시 한번 훑어보고는 고개를 끄덕였다. 이 정도라면 괜찮을 것 같아서였다.

'그나저나 JW북스 엄청나네.'

세 작품 모두 최신화 조회수가 어제보다 훨씬 늘어나 있었다. 베스트 순위 1위부터 3위는 이제 고정이 되었다.

밑은 처참했다. 본래라면 아주 좋은 성적이겠지만 세 작품이 너무 압도적이었다. 독자들도 아예 다른 세계 작품 취급하고 있을 정도였다. 이세계에서 온 작가들이라는 말 마저 퍼져 나가고 있는 형국이었다.

영훈은 그런 글을 보자 피식 웃었다. 당연히 말도 안 되는 우스갯소리였다.

영훈은 톡을 확인했다. 작가들이 모인 단체 톡방이었다. 오프라인에서도 자주 만나는 절친이었다.

[김무원 : 와, 8마왕전 이번 편 감동이네. 미친 액션 연출에 감동까지…… 소름 돋았음.]

[이형진 : 3작품 모두 영화로 나와도 손색이 없을 듯. 어떻게 계속 더 재밌어지지? 보면 볼수록 나는 안 될 것 같아요.]

[김무원 : 아르나 작가님 만나보고 싶네. JW북스 다른 작가님들도 어떤 분인지 궁금하다. 아! 영훈이 출판사랑 계약했었지? 어디야?]

영훈은 잠시 고민에 빠졌다. 예전에 전화 왔을 때 계약했다고 말한 적이 있었다. 그때는 세 작품이 나오기 전이라서 얼버무렸었는데, 이제는 밝히기가 더 힘들어졌다.

워낙 JW북스 작품이 잘 나가서였다. 하지만 이들에게 거짓말은 할 수 없었다. SSS급 절대능력자가 그나마 소설 소리를 들을 수 있는 건 이들 덕분이었다. 이들이 꾸준히 도와줬기 때문이다.

[영훈: JW북스랑 하긴 했는데…….]

[김무원: 뭐? 진짜?]

[이형진: 진짜? 대박이네. JW북스라니…….]

영훈은 JW북스의 위상을 다시 한번 느낄 수 있었다. 하긴, 그런 담당자가 있는데 그 정도는 당연한 게 아닐까? 게다가 편집팀장이라는 분도 심상치 않았다. 연예인을 뛰어넘는 아우라 때문에 저절로 몸이 움츠러들 정도였다. 나이가 자신보다 어린 걸 알지만 형님으로 모시고 싶을 지경이었다.

[김무원: 축하한다.]

[이형진: 부럽네. 거기 계약 조건은 어떻게 해줘?]

영훈이 조건을 말해줬다. 그러자 난리가 났다.

[김무원: 미쳤네. 와…… 괜히 JW북스가 아니네.]

[이형진: 무슨 조건이…….]

영훈은 선인세 받은 걸로 부모님 가게에 도움을 줄 수 있었다. 부모님이 모처럼 아들 자랑을 했는데, 마음이 따뜻해졌다.

[김무원: 어? 투데이 베스트 봐봐.]

[이형진: 헐.]

영훈도 사이트에 접속해 투데이 베스트를 바라보았다.

그도 깜짝 놀랄 수밖에 없었다. 먼저 화려한 표지들이 눈에 들어왔다. 예술가가 한땀 한땀 그려 넣은 것 같은 그림이었다. 그리고 오른쪽 위에 JW북스의 마크가 그려져 있었다.

'JW 북스의 새작품? 그것도⋯⋯.'

열 작품이나 되었다. 몇 화 되지 않는데, 벌써부터 투데이 베스트란에서 줄 세우기하고 있었다. 영훈은 깜짝 놀라며 글을 읽어보았다. 역시 JW북스 작품답게 프롤로그를 본 순간 최신화까지 다 보고 말았다.

'아⋯⋯.'

다시 자괴감이 엄습했다. 원고를 담당자에게 보내야 했는데, 도저히 자신이 없었다. 결국, 오랜 고민 끝에 담당자와 통화를 했다.

"저⋯⋯ JW북스 새 작품이 올라왔던데요."

[네. 소속 작가님들입니다.]

"도저히 자신이 없네요. 조언을 구할 수 있을까요?"

[그렇군요. 잠시만 기다려 보세요.]

제갈미현은 잠시 침묵을 지키다가 그렇게 말하고는 누군가와 이야기를 나누고 왔다.

[작가님, 저희 회사에 오실래요? 저희 작업실에 아르나 작가님도 계시니까 도움이 될 거예요.]

"네? 그, 그러면 정말 좋죠!"

영훈은 벌떡 일어나며 그렇게 외쳤다. 영훈은 그러다가 단톡방에 있는 다른 이들도 마음에 걸렸다.

모두 영훈과 같은 슬럼프에 빠져 있었다.

"저…… 다른 작가분들도 데려가도 될까요?"

[그럼요. 다 모시고 오셔도 됩니다.]

"감사합니다."

영훈은 다른 이들에게 연락하고 바로 준비를 마쳤다.

김무원 작가는 지방에 살았는데, 연락을 받자마자 KTX를 타고 바로 올라왔다. 김무원이 가장 형이었고 영훈이 막내였다.

셋은 나란히 지하철을 타고 JW북스 본사를 찾아갔다.

그들은 빌딩 앞에 도착해 빌딩을 올려다보았다.

"여, 여긴 것 같은데요?"

영훈은 휴대폰과 빌딩을 번갈아 보며 그렇게 말했다. 김무원과 이형진은 여전히 멍하니 빌딩을 올려다보고 있었다.

"무슨 출판사가……."

"엄청 크네."

빌딩은 크고 아름다웠다. 검색을 해보니 유명한 건축가가 설계했다고 한다. 국내 3대 기획사 중 하나인 기획사가 본사 이전을 하려다가 부도가 나는 바람에 매물로 나온 곳이었다.

굉장히 비싼 곳이었는데, 생뚱맞게도 JW북스가 들어서 있었다. 한 층도 아니라 빌딩 전부를 쓰고 있었다.

"드, 들어가도 되나?"

김무원이 그렇게 말했다.

셋이 잠시 고민을 할 때였다. 입구에서 누군가 걸어 나왔다. 굉장히 아름다운 여인이었다.

"안녕하세요? 한방인생역전 작가님이시죠?"

"아…… 호, 혹시 다, 담당자님?"

"네, 반갑습니다."

이영훈은 바짝 긴장이 되었다. 그녀가 아름다운 이유도 있었지만 왜인지 본능이 도망치라고 말하고 있었다. 그녀는 아무것도 들고 있지 않았지만 왠지 채찍이 보이는 것 같았다.

담당자, 제갈미현은 다른 작가들과도 인사를 나눴다. 김무원과 이형진은 무언가 홀린 것처럼 그녀를 바라보았다. 순간 제갈미현의 입가에 야릇한 미소가 걸렸다.

스릅!

이영훈은 볼 수 있었다. 제갈미현이 입술을 핥는 것을 말이다.

'마치……'

먹잇감을 노리고 있는 뱀 같았다. 곱게 휜 두 눈 뒤에 숨겨진 눈동자는 포식자의 눈이었다. 전화로 목소리를 들었을 때 오한이 들었다면, 지금은 오금이 저렸다.

이영훈은 침을 꿀꺽 삼키고 말았다.

집에…… 가고 싶었다.

하지만 김무원과 이형진의 들뜬 모습을 보니 결국 그런 마음을 접을 수밖에 없었다.

"들어가시지요. 안내해 드리겠습니다."

셋은 제갈미현을 따라 안으로 들어갔다.

내부는 화려했다. 청소를 하는 이들과 직원들이 보였는데, 영훈은 놀랄 수밖에 없었다.

'할리우드 배우들 같아.'

하나같이 다 엄청난 수준의 미남미녀였다. 도저히 현실로 보이지 않을 지경이었다. 외국인들이 굉장히 많아서 더욱 그렇게 느껴졌다.

제갈미현이 직접 건물을 안내해 주었다. 그녀는 김무원과 이형진의 질문에 자세히 답변을 해주었다. 김무원과 이형진은 이미 제갈미현에게 홀딱 빠져 버린 상태였다.

'응?'

영훈은 문득 옆을 바라보았다. 특이하게도 벽에 틈이 있었는데, 손을 가져다 대니 벽이 부드럽게 열렸다.

영훈은 안쪽을 들여다보았다. 귀가 뾰족한 엘프들이 그림을 그리고 있었고, 몇몇 다른 엘프들은 그 옆에서 고민을 하며 타자를 치고 있었다.

"에, 엘프?"

영훈이 당황하며 외쳤다. 엘프들도 영훈을 바라보더니 당황했다.

흠칫!

제갈미현이 스르륵하고 영훈의 옆에 나타났다. 영훈은 본능적으로 몸을 움찔했다.

"저희 JW북스는 자율복장입니다. 참 근무하기 좋은 곳이지요? 자! 이동하지요."

"네? 네!"

자율복장이라고 하는데 왜 엘프? 귀가 뾰족한데……?

영훈은 조금 이상했지만 고개를 끄덕이고 제갈미현을 따라 이동했다. 뒤를 돌아보았을 때 열려 있던 문틈은 사라지고 없었다.

진우는 영훈을 불러들였다. 영훈이 글노예로 전직한 건 정보를 보아 알고 있었다. 글노예가 되었으니 이참에 아예 개조해 버릴 생각이었다. 그렇게 한다면 필력이 늘지 않을까?

"팔을 두 개 더 달아주는 것이 어떻겠습니까?"

"뇌를 크게 확장시키면 상상력이 풍부해지지 않을까요?"

"아예 머리를 따로 분리하는 게 좋을 것 같아요."

그 소식을 들은 마족들이 자신의 의견을 말했다. 아직도 많은 감정이 남아 있는 것 같았다.

진우는 영훈을 초대하고, 서울에 있는 건물과 달 기지를 연결했다. 엘리베이터에 설치된 포탈을 통해 달 기지로 올 수 있었는데, 창문에 환각 마법을 걸어 서울에 있는 것처럼 느끼게 만들었다.

진우는 접대실에서 영훈을 기다렸다. 접대실에는 아르카나도 자리하고 있었다. 잠시 기다리자 영훈과 작가들이 접대실로 들어왔다.

"팀장님! 안녕하세요? 오랜만입니다."

"네, 잘 지내셨나요?"

진우는 다른 작가들과도 인사를 나눴다. 모두 아르카나를 힐끔 바라보았다. 아르카나는 차분한 표정으로 서 있었는데, 고귀한 아우라가 퍼져 나가고 있었다.

"이분이 아르나 작가님이십니다."

"아……."

"허억!"

진우가 아르카나를 소개시켜 줬다. 아르카나가 살짝 고개를 숙이며 인사하자 셋은 모두 넋이 나갔다. 제갈미현도 그랬지만 아르카나의 미모는 도저히 인간 같지가 않았다.

진우는 영훈의 반응을 보며 살짝 웃었다.

'자기가 설정한 거긴 하지만……'

설마 눈앞에 나타났으리라고는 상상도 하지 못할 것이다. 원작에서 아르카나는 그저 날뛰는 군주에 불과했으니까.

설정을 잘못한 탓에 만 년 동안 솔로였던 슬픈 드래곤이었다. 그녀가 원작 작가에게 살의를 품는 건 당연한 것이 아닐까? 생각해 보면 진우의 부하들 중에 원작 작가에게 피해를 입은 이들이 꽤 많았다.

고개를 설레 저은 진우는 영훈을 바라보았다.

Lv.10

[-F]이영훈(한방인생역전)

나이: 30

직업: 작가-> 글노예

대표작: SSS급 절대능력자

상태: 자신감 상실, 조언 필요

보유 기술: [-F]속독 [F]괜찮은 필력

특수 기술:

[D]채찍의 맛

'나는 맞아야 해.'

심한 소리를 들을수록, 쥐어 짜일수록 원고의 품질이 올라간다. 담당자S에 의해 획득한 기술로 맞으면 맞을수록 경험치가 상승한다. 글노예의 체력, 필력, 상상력 모든 부분에 영향을 미친다.

[D]셀프 통조림

'군만두 3개만 주신다면 하루에 6만 자를 바치겠습니다.'

담당자S의 마감독촉에 의해 획득한 기술로, 극한의 상황에서 원고를 더욱 잘 뽑아낼 수 있다. 어둡고 습한 곳, 하루 3개의 군만두만 있으면 최고의 효율을 발휘할 수 있다. 기이하게도 담당자S의 신비스러운 채찍에 의해 건강이 보존된다.

[D]악플읽기

'나는 오늘도 눈물을 흘린다.'

악플을 읽으면 많은 경험치가 쌓인다. 담당자S가 그의 그런 성향을 깨우쳐 주었다. 가끔씩 묘한 기분에 휩싸이기도 한다.

진우는 고개를 끄덕였다. 이영훈은 완벽한 글노예로 재탄생되어 있었다. 굴림에 최적화되어 있었다.

진우는 다른 작가들도 바라보았다. 이영훈이 술자리에서 다른 작가 이야기도 해주었는데, 도움을 많이 받았다고 한다.

'이들도 싹이 보이는군.'

보였다! 글노예의 싹이!

홀로 외롭게 노예가 되는 것보다는 셋이 같이 있는 편이 좋을지도 몰랐다. 홀로 괴로운 것보다 여럿이 괴로운 게 더 견디기 쉬웠다.

"정말 팬입니다."

"꼭 만나 뵙고 싶었습니다. 아르나가 독백할 때 펑펑 울었습니다."

김무원과 이형진은 아르카나 앞에서 홍분을 감추지 못했다. 아르카나의 빛나는 외모보다는 그녀의 소설에 푹 빠져 있었다. 역시 글노예 자질이 충분했다.

"주인…… 저희 팀장님께서 하나부터 열까지 다 봐주셔서 좋은 성과가 나왔습니다. 다른 작품들도 모두 팀장님의 손에서 탄생한 것들입니다."

아르카나는 진우를 제대로 바라보지 못했다. 경이적인 기록을 세운 대작가가 팀장의 앞에서 고개를 숙이고 있었다. 김무원과 이형진은 침을 꿀꺽 삼켰다.

JW북스와 계약한 영훈이 너무나 부러웠다.

"괜찮으시다면 작업실에 머물면서 작업을 해보실래요?"

"작업실이요?"

"네, 숙식 제공됩니다. 아르나 작가님과 다른 작가님들도 머물면서 글을 쓰고 계세요. 수트라 작가님도 계십니다."

영훈은 솔깃했다. 선인세를 받기는 했으나 조금만 남기고 부모님께 모두 드렸다. 어차피 1권이 나오면 천만 원을 받을 수 있었기 때문이다. 그러나 작업은 더뎠고 돈은 다 떨어졌다. 고시원 월세도 내지 못할 것 같았다.

이미 결과는 정해져 있었다.

"하겠습니다!"

그들의 대답에 진우가 부드럽게 웃었다. 분명 멋진 미소인데도 영훈은 몸이 절로 떨렸다. 제갈미현도 아르카나도 영훈의 대답을 듣고는 웃었다. 섬뜩한 웃음이었다.

"김무원 작가님과 이형진 작가님은 계약하신 곳이 있나요?"

"아니요!"

"없습니다!"

진우는 계약서를 가지고 왔다. 악의 화신이 작성한 계약서였다. 불길한 기운이 흐르고 있었지만 둘은 알지 못했다.

"계약하시죠."

계약 조건은 영훈과 똑같았다.

이보다 더 좋을 수 없는 조건. 김무진과 이형진은 귀신에 홀린 것처럼 서명을 했다.

[축하합니다. 김무진, 이형진이 글노예가 되었습니다.]

[이영훈이 글노예장으로 승격하였습니다. 노예들을 데려온 공로가 큽니다.]

[D]글노예장

'조금 더 나은 노예가 될 수 있도록 노력하자.'

JW북스에게 노예를 공급하여 얻은 칭호. 글노예장은 글노예들이 획득한 경험치를 일부 양도받는다. 때로는 노예들이 자발적으로 소재를 바치기도 한다. 글노예장은 담당자S를 만족시키기 위해 언제나 최선을 다한다.

만족스러운 결과였다.

김무진과 이형진도 JW본사에서 숙식을 하기로 했다.

진우가 부하들에게 지시를 하자 바로 작업실이 준비가 되었다. 글노예들에게 맞춘 최상의 환경이었다.

진우가 직접 작업실로 안내해 주었다.

"원하는 작업실을 쓰시고 배가 고프시면 아래층 식당을 이용하시면 됩니다. 샤워실도 구비되어 있습니다."

시설은 대단히 좋았다. 다들 굉장히 만족해했다. 진우는 들떠 있는 셋을 보며 조용히 웃었다. 진우의 옆에 서 있는 담당자S, 제갈미현도 마찬가지였다. 그녀의 손에 들린 펜이 마치 회초리처럼 보였다.

[B+]달 통조림 공장

'글이 안 써진다고? 안 쓸 수 없을걸?'

'하루에 6만 자를 쓰지 않으면 밥은 없다.'

총지배인과 담당자S, 아르카나가 준비한 공간. 작업실의 탈을 쓴 감옥으로 숙식을 모두 해결할 수 있다.

달 통조림 공장은 작가의 필력 향상과 작업 속도를 올리기 위해 특별히 만들어진 공간이다. 담당자S에 의해 통제되며 허락이 없는 한 벗어날 수 없다. 통조림 공장에서 지내다 보면 새로운 기술을 획득할지도 모른다.

[B]원고 생산: 원고 제출 시 경험치 획득!

[B]자기반성과 깨달음: 기술 개화 확률 30%

[B]적응력: 통조림 공장을 견뎌낸 작가는 어느 곳을 가더라도 원고를 쓸 수 있다. 무인도에 떨어져도 펜과 종이를 만들어 글을 쓸 수 있을 정도이다.

어느 작가가 말했다. 안 써지면 감옥으로 가면 된다고.

이곳은 감옥보다 더한 곳이었다. 달 한가운데에 있는 감옥이었다. 유일한 출구는 엘리베이터였고 그곳은 담당자S가 컨트롤했다.

엘리베이터로 가는 길도 문제였다. 그에게 피해를 입은 많은 마족과 골든 엔젤, 엘프들이 도사리고 있었다. 마족에게 잡힌다면 정말 신체가 개조될지도 몰랐다. 특히, 작업실에 상주하는 수트라는 실험체의 성별을 바꿔 버리는 취미를 가졌다.

"그럼, 짐 가지고 오시면 바로 일정 잡을게요."

진우는 그렇게 말하고 조용히 물러났다. 이곳은 달에 있는 완벽한 통조림 공장이었다.

달 통조림 공장이 가동되었다! 영훈과 다른 작가들이 짐을 싸고 통조림 공장에 입주했다. 아예 짐을 잔뜩 싸 온 작가도 있었지만 영훈 같은 경우에는 옷과 노트북만 들고 왔다.

몸만 와도 상관없었다. 달 통조림 공장에서 작업에 필요한 모든 것들을 제공했기 때문이다.

환영회 따위는 없었다. 들어오자마자 제갈미현의 멘탈을 부수는 피드백이 시작되었다. 영훈은 적응이 되어 있었지만 다른 작가들은 아니었다.

그들은 난생처음으로 처절한 굴욕, 절망을 맛보았다.

"크흑……"

"흑흑."

김무원과 이형진은 이불을 뒤집어쓰고 눈물을 흘렸다. 구구절절 맞는 말이라 어떤 말도 할 수 없었다.

피나는 노력이 계속되었다. 제갈미현이 강요를 한 적은 없으나 어째서인지 하루에 6만 자를 쓰지 않으면 밥이 넘어가지 않았다. 6만 자를 쓰더라도 안심하기는 일렀다.

담장자가 보기에 만족스러운 퀄리티가 나오지 않으면 바로 그 자리에서 멘탈을 탈탈 털어버린 후에 돌려보냈다.

김무원과 이형진은 피눈물을 흘리면서 부들부들 떨었다.

"크훗! 피도 눈물도 없군!"

"분해서 잠이 오질 않습니다!"

멘탈을 회복한 김무원과 이형진은 본때를 보여주겠다는 심정으로 심혈을 기울여 원고를 작성했다.

영훈은 그런 둘을 바라보며 슬픈 눈망울로 고개를 저을 뿐이었다. 마치 얼마 전 자신의 모습을 보는 것 같아서였다.

제갈미현은 직접 그들과 마주하며 멘탈을 부줬다. 싸늘한 눈빛, 차분하지만 차갑게 느껴지는 말투, 정중하지만 가슴을 후벼 파는 단어 선택!

김무원과 이형진도 서서히 적응이 되더니, 가슴이 두근거리기 시작했다.

[글노예 김무원과 이형진이 새로운 기술을 획득하였습니다.]

[D]노예근성

노예는 짖지 않는다. 다만 복종할 뿐이다.

담당자S의 회초리에 묘한 두근거림을 느낀다.

마음을 열고 받아들이니 마음이 편해졌다.

제갈미현이 그들의 방으로 다가왔다. 셋은 모두 방 앞에 서 있었다. 마치 점호를 받는 죄수들 같았다. 어느 순간부터 자연스럽게 생긴 일종의 규칙이었다.

그들의 옷은 JW북스의 로고가 그려 있는 트레이닝복이었다. 줄무늬가 그려져 있었는데, 묘하게 죄수복을 연상시켰다.

진우가 특별히 만들어준 옷으로, 체력 상승 효과가 있었다. 부가적으로 약간의 최면 효과도 가미되어 있었다.

두근두근!

모두 떨리는 마음으로 제갈미현의 말을 기다렸다. 그녀의 한마디에 천국과 지옥을 오갔기 때문이다.

제갈미현은 잠시 침묵을 지키다가 입을 뗐다.

"이번 원고는 모두 좋더군요."

셋의 표정이 감격으로 물들었다.

"가, 감사합니다."

"정말 열심히 노력했습니다!"

"모두 담당자님 덕분입니다!"

영훈과 김무원, 이형진은 그렇게 외쳤다.

"편집장님께 보고를 올렸습니다. 심사를 통과하시면 연재를 할 수 있습니다."

드디어 연재를 할 수 있다! 지옥과도 같은 날들이었다. 셋은 감동에 눈시울을 붉혔다. 그러다가 편집장이라는 단어를 떠올리며 의문이 들었다. 그들은 편집장을 한 번도 만나본 적이 없었다.

"따라오시지요."

셋은 제갈미현의 뒤를 따라 이동했다. 처음 보는 문을 지나자 어두운 복도가 나타났다.

또각! 또각!

제갈미현의 하이힐 소리만이 복도를 크게 울릴 뿐이었다.

셋은 자신도 모르게 침을 꿀꺽 삼켰다. 분위기가 심상치 않았다.

영훈은 제갈미현의 뒷모습을 바라보았다. 살짝 보인 뺨에서는 땀이 한 방울 흐르고 있었다. 그녀도 굉장히 긴장을 하고 있었다. 편집장이라는 이름을 입에 담는 것만으로도 그녀는 긴장했다.

'대체 어떤 사람이길래……'

담당자를 저토록 긴장하게 만든단 말인가!

편집장실이라고 적혀 있는 문이 보였다. 처음 보는 양식의 문이었는데, 상당한 크기였다. 제갈미현이 잠시 문을 바라보다가 노크를 했다. 그러자 신기하게도 문이 저절로 열렸다.

스윽!

제갈미현은 옆으로 물러났다. 그녀는 들어가지 않고 셋을 바라보았다.

"들어가시지요. 저는 밖에서 기다리겠습니다."

영훈은 불안해졌다. 어째서일까? 그토록 사악하게 느껴졌던 제갈미현이 보호자처럼 느껴졌다. 제갈미현 없이 안으로 들어가는 게 어째서인지 너무 불안했다.

셋은 잠시 망설이다가 안으로 들어갔다. 고풍스러운 방이 그들을 맞이했다. 오래된 서재 같은 느낌이 들기도 했다.

책상 앞에 앉아 있는 노인이 있었다. 편집장 총지배인이었다. 그는 작가들의 원고를 읽고 있었다.

"음……"

총지배인이 자리에서 일어났다. 집사복을 입고 있었는데, 집사복이 그의 근육을 가려주지는 못했다. 그가 일어나는 것만으로도 셋은 주춤거리며 뒤로 물러났다.

위압감이 그들을 짓눌렀다. 저절로 다리가 후들후들 떨렸다. 셋의 고개가 자연스럽게 숙여졌다. 감히 눈을 마주치지 못했다.

"형편없군. 이걸 글이라고 썼나?"

셋은 소름이 돋는 걸 느꼈다. 몸이 본능적으로 도망치라고 이야기하고 있었다. 영훈이 간신히 몸을 비틀었지만.

드르르르! 쾅!

거대한 문이 저절로 닫혀 버렸다.

"흐음, 아무래도 정신개조가 필요할 것 같군."

총지배인은 하얀 장갑을 꺼내 손에 꼈다.

셋은 동시에 생각했다. 제갈미현은 천사였다.

연재작이 모두 대박을 쳐서 JW의 위상이 날이 갈수록 올라가고 있었다. 다양한 장르의 글들이 모두 파격적인 흥행을 이어가니 작가들에게 있어서 꿈의 출판사로 불리게 되었다.

진우는 영훈과 작가들이 순조롭게 성장하고 있다는 보고를 받았다. 총지배인까지 적극적으로 나서서 교육을 해주니 마음이 든든했다.

달에서 맞이하는 아침 햇살은 꽤 특별했다.

진우는 오랜만에 작업실로 내려가 보았다.

"헉헉!"

"크윽!"

"하악!"

작가들이 체력단련을 하고 있었다. 총지배인의 교육이 틀림없었다. 정보의 마안으로 보니, 육체 능력이 많이 상승해 있었다. 능력자 수준은 아니지만 운동선수 수준까지 올라와 있었다.

'굉장하군.'

총지배인의 교육은 확실히 도움이 될 것이다. 작가 인생뿐만 아니라 앞으로 살아가는 데 있어서도 말이다.

그들은 체력단련이 끝나자마자 바로 작업실로 향했다. 한 치의 망설임도 없는 것이 마치 기계처럼 보일 지경이었다. 그리고 제갈미현을 굉장히 잘 따랐다.

진우는 영훈의 작업실로 가보았다. 쾌적한 환경이었지만 영훈이 직접 음습하게 바꿔놓았다. 골방 같은 느낌이었다.

"작업은 잘 되시나요?"

"네! 그렇습니다!"

"그렇군요."

영훈이 벌떡 일어나며 외쳤다. 어째서인지 말투가 아예 달라져 있었다. 얼굴에서도 마치 전사와 같은 분위기가 흘렀다. 그래도 예전보다는 훨씬 봐줄 만하니 괜찮지 않을까? 진우는 그렇게 생각하며 가볍게 넘겼다.

"음?"

작업실을 살펴보던 도중 그의 노트북이 눈에 들어왔다. 굉장히 낡은 노트북이었다. 운영체제도 옛날 버전이었다. 게다가 액정이 반쯤 나가 있었는데, 검은 돌 같은 것이 박혀 있었다.

"돌이 박혀 있군요."

"네, 공사판을 지나다가 튕겨 나온 돌에 맞았습니다. 노트북이 아니었다면 큰 부상을 입었을지도 모릅니다. 멀쩡히 작동되고 정이 들어 계속 쓰고 있습니다!"

사용하기 굉장히 불편해 보였는데, 버리기 아까운 모양이었다. 하긴, 영훈은 얼마 전까지는 휴대폰 요금도 제대로 내지 못했었다.

'평범한 돌은 아니군.'

진우는 노트북에 박힌 검은 돌을 바라보았다. 평범해 보였지만 진우가 보기에 일반적인 돌은 결코 아니었다. 미약하지만 익숙한 기운이 느껴졌기 때문이다.

[SS+]소원의 파편

마신의 파편과 태초의 군주가 결합된 형태. 영훈의 강력한 망상 덕분에 모든 기운이 소멸하여 껍데기만 남게 되었다. 그의 소원을 들어준다면 파편을 분리하여 습득할 수 있다.

[A]영훈의 소원

대작가가 되어 흥행하고 영화로 제작! 할리우드 진출 가즈아!

'마신의 파편과 군주라……'

설마 원래 지구에서 마신의 파편과 군주를 찾을 거라고는 예상하지 못했다. 진우의 세계가 합쳐지며 분리된 것도 이것 때문인지도 몰랐다. 설정상 마신은 창조신에 버금가는 존재였다. 거기에 군주까지 있다면……

그러나 여전히 의문이 많이 남았다.

'마신이 창조한 건가, 원작에서 탄생한 건가.'

생각이 복잡해졌다. 닭이 먼저인지 달걀이 먼저인지 고민하는 격이었다. 어차피 고민해 봤자 답은 내려지지 않았다.

어쨌든, 저 파편을 획득하는 게 우선이었다. 진우는 손을 뻗어 파편을 만져보았다.

우웅! 파지직!

파편에서 스파크가 튀며 노트북의 화면이 완전히 꺼졌다. 노트북에서 뜨거운 연기가 솟아났다.

"엇!?"

영훈이 깜짝 놀라 노트북을 다시 켜봤지만 먹통이었다. 다행히 오늘은 작업을 시작한 지 얼마 되지 않아 날아간 원고는 없었다.

진우는 영훈을 바라보았다.

"이 노트북, 제 거랑 바꾸죠."

"네?"

"잠시만요."

진우는 사무실로 돌아가는 척하며 노트북을 들고 왔다. 고가의 노트북이었다. 중고 노트북이 아니라 완벽하게 밀봉되어 있는 새제품이었다.

"이거 쓰세요."

"저, 정말 주시는 겁니까? 굉장히 비싸 보이는데……."

"네, 선물입니다. 작품 잘 되면 더 좋은 거 드릴게요."

"감사합니다!"

영훈은 고장 난 노트북에 정이 들기는 했으나, 새 제품을 보니 그런 마음이 완전히 사라졌다. 게다가 고장이 나서 이제는 쓸모없었다.

진우는 영훈의 노트북을 손에 들었다.

"아, 저기…… 크흠, 하드에, 그게……."

"그렇군요. 잘 처리하겠습니다."

진우의 말에 영훈은 안도하면서 고개를 끄덕였다.

영훈은 새 노트북의 영롱한 자태를 바라보며 황홀감에 빠져들었다.

진우는 그런 영훈을 바라보다가 그의 노트북을 들고 작업실 밖으로 나왔다. 밖은 시끄러웠다.

"수, 수트라 선생님!"

"가르침을 내려주십시오!"

김무원과 이형진이 수트라에게 매달리고 있었다.

수트라는 거만한 눈빛으로 그들을 바라보았다.

"따라올 수 있겠나?"

"네! 목숨을 걸겠습니다!"

"열정을 불사르겠습니다!"

수트라는 고개를 끄덕였다. 그들의 대답에 상당히 만족한 모양이었다.

"좋다. 내 작업실로 오도록."

"가, 감사합니다!"

"영광입니다."

수트라에게 두 명의 제자가 생긴 순간이었다. 작업실로 가려던 수트라가 복도에 서 있는 진우를 발견했다.

"앗! 안녕하십니까! 대군…… 아니, 팀장님! 이렇게 아침 일찍부터 만나 뵙게 되어 무한한 영광입니다!"

"그래."

진우가 어색하게 손을 올리자 수트라는 감동에 젖더니 그대로 무너져 내렸다.

"크, 크흑…… 나에게 손을 흔들어주셨어. 이 하찮은 놈에게…… 가문의 영광! 아니, 종족의 영광이로다!"

수트라는 흐느꼈다. 김무원과 이형진은 크게 놀랐다. 엄청난 흥행 돌풍을 이어가고 있는 수트라였다. 그런 수트라가 팀장의 손길 한 번에 감동하다니!

그러나 곧 이해가 되었다. 연재 사이트에서 온라인상으로 JW북스에 소속된 작가 인터뷰를 한 적이 있었다.

전설의 편집팀장 이진우. 그 이야기는 이미 유명했다. 만지는 작품마다 대박을 일으키고, 작가를 새로운 경지로 인도하

는 편집의 신이었다. 인터뷰한 작가들이 모두 편집팀장을 신성
시했다. 자연스럽게 그 소문이 퍼지더니, 이제는 작가들에게
있어서 동경의 대상이 되어가고 있었다.

'과연! 전설의 편집팀장님!'

'평생 따르겠습니다!'

김무원과 이형진은 진우를 향해 90도로 인사했다.

그들의 눈빛에는 존경심이 가득했다.

"안녕하십니까!"

"조, 좋은 아침입니다! 팀장님!"

진우는 인사를 받아주고 건물 밖으로 나왔다. 건물 주위를
두르고 있는 실드 밖으로 나오자 척박한 달의 환경이 진우를
맞이했다.

진우는 노트북을 바라보다가 파편에 손을 뻗었다. 강제로
빼볼 생각이었다. 마력을 일으키자 달의 대지가 진동했다. 진
우의 주변으로 막대한 마력이 뻗어 나가더니 검은 화염이 치솟
았다.

파아아아!

막대한 충격파가 뻗어 나가며 주변 일대를 완전히 날려 버
렸다. 달의 대지에 강이 생겼다. 월석들이 녹아 강이 되어 흐
르고 있었다. 노트북은 멀쩡했고, 파편은 빠지지 않았다.

진우는 조금 더 힘을 주었다.

두드드드드!

달의 표면이 마구 갈라지며 지진이 몰아쳤다. 지표면이 치

솟으며 거대한 산이 될 정도였다. 하지만 파편은 빠지지 않았다. 진우의 마력은 너무나도 강대했다.

충격파는 달에 거대한 지진을 만들고 우주 공간으로 뻗어갔다. 달의 이상 현상을 자세히 관측하기 위해 오고 있던 무인 탐사선이 충격파에 휩쓸리며 터져 버렸다. 다행히 지구에는 영향이 없었다.

'역시 안 되네.'

진우의 주변에는 붉은 마그마만이 가득했다. 그런 와중에 노트북은 멀쩡했다. 아무래도 파편을 떼어내기 위해서는 영훈의 소원을 이루어줘야 할 것 같았다.

'차라리 군주를 때려잡는 게 훨씬 쉬울 텐데.'

그래도 기반시설은 모두 있으니 시도해 봄 직했다. 미궁이 있으니 영화화하는 건 일도 아니었다. 가장 중요한 건 역시 영훈의 필력이었다.

기지 안으로 들어온 진우는 총지배인과 제갈미현 그리고 유나까지 불렀다.

"더 빡세게 굴리도록."

소소한 성공만으로는 소원을 이루었다고 할 수 없었다. 유나가 고개를 끄덕였다.

"알겠습니다. 저도 훈련에 참여를 하겠습니다."

담당자S보다 강력한 담당자Q가 등장하는 순간이었다.

[김유나가 새로운 호칭을 획득하였습니다.]

-담당자Q

'연재는 전장에 임하는 마음으로 해야 한다.'

기사 훈련 시스템을 도입하여 글노예들의 근본을 완전히 개조할 수 있다. Q는 Queen의 약자이다.

부하들 모두 진우에 비하면 천사였다. 달 통조림 공장에 비명이 울려 퍼진 건 그때부터였다.

영훈은 몸도 마음도 개조되었다. 담당자Q가 기사 훈련법을 도입하자 육체와 정신, 모든 부분이 향상되었고, 담당자S는 호되게 채찍을 휘두르며 그들을 몰아붙였다.

총지배인은 냉정하게 그들을 평가하며 교육했다. 필력 향상에 필요한 서적을 가지고 와 강제로 주입했다.

훈련에 적응될 무렵, 영훈의 모습은 완전히 달라져 있었다. 처음 달 통조림 공장에 왔을 때는 빼빼 마른 나약한 인상이었다. 그러나 지금은 근육질의 건장한 체격을 지닌 사내가 되어 있었다.

영훈의 몸과 마음이 완성되었을 때, 드디어 원고가 통과되었다. 점수는 3.3점으로 그럭저럭 괜찮다고 할 수 있었다.

'영웅전기'. 영훈의 작품은 정통 판타지였다.

거대한 악에 맞서 싸우는 정석적인 스토리였다. 실제로 제목도 무척이나 투박했다. 요즘 같은 시장에서는 살아남을 수 없는 제목이었다. 게다가 악플이 가득한 전작이 있었다.

그러나 JW북스의 신작이었다. 한방인생역전 작가 주제에 JW북스와 계약을 한 것이다. 그 소문이 퍼지자 전작을 읽고 분통을 터뜨렸던 독자들이 몰려왔다.

'얼마나 잘 쓰는지 보자.'

'잔뜩 비웃어주마!'

1화를 보고 시원하게 비웃어줄 생각이었다. 하지만 댓글을 달 수 없었다. 첫 문장부터 빨려 들어가더니, 어느새 최신 연재분까지 읽고 있었다. 그래서인지 최신 화수에는 댓글이 유난히 많았다.

-하얀이: 미쳤네. 존잼임. 와…… 대작 탄생.

-판타지중독자: 아니, 작가님 전작에는 그렇게 똥을 싸더니 어떻게 이렇게 쓸 수 있나요? 필력 미쳤네요.

-엽맨: ㅋㅋ작가 외계인에게 납치된 게 분명하다. 전작 개쓰레기였는데, 이번 작품은 대박이네. 내가 읽어본 소설 중에서 원탑인듯.

-핸진: 와, 영웅전기 읽고 너무 재미있어서 전작 읽으러 갔는데…… 작가님, 무슨 일 있었어요?

-무극천: 산에서 수련하고 돌아오신듯. 이런 대작을 써주셔서 감사합니다.

-도레크: 하루에 5편씩 올리시다니…… 연재주기 미쳤네요. 작가님 쉬면서 하세요. 혹시 통조림 공장에 갇히셨다면 작가의 말에 ……을

남겨주세요.

　유료편이 시작될 무렵에는 조회수 30만을 가뿐히 넘었다. 한방인생역전 작가의 이미지는 완전히 반전되었다. 독자들이 쪽지와 댓글로 질문을 퍼부었다.
　주로 '어떻게 그렇게 달라질 수 있느냐', '정말 한방인생역전 작가가 맞느냐!' 같은 질문이 대부분이었다.

　'JW북스에서 교육을 받았습니다.'

　그는 딱 한 문장으로 답변을 했을 뿐이었다.
　이제 그는 모두가 인정하는 초대박 작가였다.
　"작가님, 마감 30분 남았습니다."
　"허, 허억! 조금만 더 시간을…… 요즘 조금 슬럼프라…….."
　"안 됩니다. 30분 뒤까지 6만 자를 꼭 채우셔야 합니다. 가능하실까요? 가능하시지요? 그렇죠?"
　"아…… 네! 아, 알겠습니다!"
　그러나 그런 영광을 누릴 시간은 없었다. 담당자S의 감시 아래 달 통조림 공장에서 원고를 뽑아내고 있었다.

　영웅전기가 대박을 쳤다. 한방인생역전이라는 필명처럼 한방에 인생이 역전되어 버렸다. 전작의 이미지는 이미 사라진 지 오래였고, 이제는 찬사를 받는 대박 작가였다.

통장에 찍히는 돈도 꽤 많았지만 영훈은 그 돈을 쓸 시간이 없었다. 달 통조림 공장에서 원고를 뽑아내느라 바빴기 때문이다.

진우는 여러 가지 아티팩트를 설치해서 영훈의 능력을 한계까지 극대화시켰다. 식사에 포션을 섞어 체력과 집중력을 계속 유지시켰고, 지속적으로 교육해 필력을 더욱 발전시켰다. 총지배인과 제갈미현, 그리고 유나가 모든 역량을 집중했다고 해도 과언이 아니었다.

그 결과 하루에 12편을 올리는 기적과도 같은 일이 벌어지고 있었다. 가끔씩 하는 이벤트가 아니었다. 매일 연재를 하는데 하루에 12편씩 올라가는 것이다. 퀄리티가 떨어지지 않았고, 오히려 더 상승하니 독자들이 좋아할 수밖에 없었다.

연재를 시작한 지 한 달 정도가 흐르니 벌써 300편이 훌쩍 넘어갔다. 가끔씩 영훈이 각성한 날이면 20편을 올리기도 했다. 작가가 외계인에게 고문당하고 있다는 말이 나올 정도였다. 맞는 말이기는 했다.

'성적 괜찮네.'

진우는 보고서를 보며 고개를 끄덕였다. 만족할 수준은 아니었지만 커트라인을 넘기는 했다. 첫 번째 계획을 실행하기 위한 커트라인이었다.

진우는 JW북스 플랫폼을 따로 만들어놓았다. 오로지 JW북스의 소속 작가만이 연재할 수 있는 플랫폼이었다.

플랫폼의 이름은 '세계수'였다. 홈페이지뿐만 아니라 스마트폰으로 이용할 수 있는 앱도 개발하고 있었는데 방금 작업이 완료되었는지 진우의 스마트폰에 파일이 와 있었다.

진우는 앱을 설치한 후 들어가 보았다.

"오, 훌륭한데?"

아직 공식 출시를 하지 않았지만 벌써부터 소설이 업데이트되고 있었다. 거대한 세계수가 보였다. 세계수는 살랑살랑 흔들렸는데 굉장히 자연스러웠다. 거의 실물처럼 느껴질 정도였다. 여러 가지 정령들이 날아다니며 화면을 예쁘게 물들였다. 난잡할 수도 있었지만, 전혀 그런 느낌이 들지 않았다.

오히려 마음이 저절로 편안해지고 독서 욕구가 샘솟았다.

[안녕하세요? 독자님, 첫 번째 방문입니다!]

[계정 생성을 하시면 정령의 알을 드립니다. 간단한 질문에 대답해 주시면 독자님에게 어울리는 정령이 부화할 것입니다.]

[정령은 독자님의 독서를 서포트해 주는 비서입니다.]

아름다운 목소리와 함께 그런 메세지가 떴다. 음성을 끌 수도 있었는데, 너무 편안한 목소리였기에 끌 생각이 들지 않았다. 진우가 회원가입을 하고 질문에 답변을 하자 정령의 알이 부화했다.

정령은 귀여운 소녀 모습을 하고 있었다. 아로롱의 AI를 기반으로 한 인공지능이었다. 그냥 친구를 대하듯이 편안하게 말을 걸어 대화를 하면 되었다. 물론, 텍스트로도 대화를 할 수 있었다.

이곳에서 나온 인공지능 비서라고 해봤자 사용자의 명령을 듣고 앱을 실행시켜 주는 수준이었다. 그러나 정령 비서는 너무 자연스러워 사람인지 인공지능인지 잘 구별이 되지 않을 정도였다. 이렇게 출시해도 되나 싶었지만…… 귀찮으니 그냥 하기로 했다.

[첫 방문이시네요!]

"연재된 게 있나?"

[네! 판타지 탭을 눌러주세요!]

진우는 판타지 탭을 눌러보았다.

휘이잉!

화면이 빠르게 세계수로 다가갔다. 세계수 안에 있는 거대한 도서관이 보였다. 도서관으로 들어가니 살아 움직이는 듯한 엘프 사서가 있었다. 정령과 똑같은 인공지능이었다. 장인이 그린 원화를 기반으로 만들었는데 굉장히 귀여웠다.

엘프 사서가 진열되어 있는 책을 보여주었다.

[현재 주인님과 메이드 15권이 나왔습니다! 첫 방문이시니 특별히 60% 할인해 드리겠습니다!]

"음……."

[앗, 표정이 안 좋으시네요. 그럼 75% 할인 갑니닷!]

사서는 카메라를 통해 표정까지 분석하고 있었다. 정령 비서가 사서와 대화를 하기도 했는데, 지켜보는 재미가 쏠쏠했다. 세계수 앱은 전체적으로 완성도가 굉장히 높았다. 플랫폼 자체가 하나의 예술 작품이었다.

'세연이 폭주했군. 괜찮겠지.'

앱이 작동하려면 미궁과 항상 연동이 되어 있어야 하니, 앱을 분석해 봤자 아무것도 나오지 않았다.

진우는 이대로 출시를 하기로 했다. 무언가 플랫폼이라는 개념을 아득히 떠난 것 같았지만 이런 게 지구에 하나쯤 있는 것도 괜찮지 않을까?

유나도 앱을 살펴보더니 고개를 끄덕였다.

"훌륭하군요. 이대로 출시해도 괜찮을 것 같습니다."

"음, 그냥 출시하기 조금 그런데…… 이벤트라도 해야 하지 않을까?"

"사전예약 같은 이벤트를 했으면 좋겠습니다만 조금 시간이 걸릴 것 같습니다. 이제 막 이쪽 지구에서 직원들을 채용하는 중입니다."

서울에 있는 빌딩에 직원을 뽑고 있었다. 주요 작업은 달 기지에서 하지만 다른 일들은 직원들에게 맡길 생각이었다. 앞으로 해야 할 일이 너무 많았으니까 말이다.

"스마트폰의 운영체제를 오글이에서 만들었지?"

"네, 대표적으로 오글과 파인애플이 있습니다."

진우의 세계에서는 G&P에서 개발한 운영체제로 통일되었다. G&P 운영체제를 사용하려면 G&P기술이 들어간 스마트폰이 필수였기에 이쪽 지구에는 적합하지 않았다.

'미국기업이니까⋯⋯.'

마침 생각나는 사람이 있었다. 리처드의 도움을 받으면 될 것 같았다. 진우는 바로 리처드에게 연락했다. 연결음이 들리자마자 리처드가 바로 전화를 받았다.

유나는 고개를 갸웃했다. 누구인지 궁금해서였다.

[아, 안녕하십니까!]

"잘 지냈어?"

[네! 신경을 써주신 덕분에 아주 건강하게 잘 지내고 있습니다!]

"그거 잘 됐군. 지금 바빠?"

[안 바쁩니다! 아, 아주 한가합니다.]

마침 한가하다고 한다. 오랜만에 권능을 이용해 리처드를 소환했다. 전화로 하는 것보다는 얼굴을 맞대며 이야기를 하는 게 훨씬 편했다.

리처드가 진우의 앞으로 소환되었다.

"허, 허억!"

"갑자기 불러서 미안해."

"아, 아닙니다. 언제든 불러주십시오!"

리처드는 놀라기는 했지만 그래도 빠르게 침착함을 되찾았다. 반지를 통해 마법이라는 것에 적응을 했기 때문이다. 화려하게 복귀한 그는 벌써부터 미국 정치판을 접수하고 있었다. 최근에 있던 토론쇼에서 압도적인 모습을 보여줘서 이미지도 굉장히 좋았다.

유나가 리처드를 알아보았다. 이쪽 지구를 조사하다 보니 자연스럽게 알게 된 것이다.

"미국 상원의원 아닙니까?"

"아! 어쩌다 보니 그렇게 되었어."

"그렇군요."

이젠 놀랍지도 않았다.

유나도 이제 진우의 이런 기행에 완벽히 적응한 상태였다. 생각해 보면 차원을 지배하고 있는 대군주이니 이 정도는 평범한 축에 속했다.

진우는 리처드에게 유나를 소개시켜 줬다. 자신의 비서라고 소개를 하니 리처드는 그녀를 조심스럽게 대했다. 대악마의 비서라면 상당한 계급을 지니고 있을 거라고 생각했기 때문이다.

리처드는 문득 창문 밖을 바라보았다. 달이었다.

한 번 경험을 했으니 놀랍지 않았다. 그러나 창문 밖의 풍경은 그를 두려움에 물들게 했다. 거대한 피막 날개를 단 악마가 날아다니고 있었다.

'달이 지옥이 되었어.'

리처드가 그렇게 생각했다.

현재 마족들은 기지 외부 공사를 하고 있는 중이었다. 그리고 마침 릴리스가 기지를 방문한 상태였다. 릴리스는 본모습으로 다가왔는데, 굉장히 아름다운 모습이었지만 리처드에게는 공포 그 자체였다.

"아! 회의 중이셨군요. 방해해서 죄송합니다."

"음, 나중에 따로 부를 테니 쉬고 있어."

"네, 알겠습니다."

진우는 릴리스가 온 목적을 알고 있었다. 남궁휘와 관련된 이야기를 하기 위해서 왔다고 하는데, 생각보다 남궁휘와 친해진 모양이었다.

진우는 리처드를 바라보았다. 땀을 줄줄 흘리고 있었다. 고급 양복이 흠뻑 젖어 있는 게 눈에 보였다.

"아, 미안."

"아닙니다. 저는 신경 쓰지 마십시오."

진우는 편한 자리로 옮겼다.

"한국에서 작은 사업을 하고 있는데, 문제가 좀 있어서 말이지."

"제, 제가 도울 수 있는 일이라면 뭐든 돕겠습니다! 그……실례지만 어떤 사업을 하고 계신지."

"출판사."

"네? 그, 그렇군요."

리처드는 침을 꿀꺽 삼켰다. 칼보다 강한 것이 펜이라 했던가? 책은 강력한 힘을 가졌다. 대악마가 그것을 이용해 지구를 불지옥으로 만들 것이 분명했다. 하지만 리처드는 이미 영혼을 판 상태였다. 두려워하지 않아도 되었다.

진우는 리처드에게 대략적으로 설명을 해줬다.

"앱을 출시하고 사전예약 이벤트를 하고 싶은데, 기반 시설도 없고, 인맥도 부족해서 말이지. 그래서 부탁 좀 하고 싶군."

"제, 제가 오늘, 파인애플 두 기업 오너들과 좀 친하긴 합니다."

"오, 잘됐네."

진우가 미소를 짓자 리처드는 겨우 안도했다. 겨우 안면이 있는 정도였지만 자신의 능력과 지위를 이용하면 어떻게든 될 것 같았다.

오글 회장은 건강이 좋지 않았다. 막대한 돈을 들여도 건강만큼은 어쩔 수 없었다. 돈을 쏟아부어 치료제를 개발하고 있지만 한계에 부딪혔다. 파인애플 쪽도 마찬가지였다.

진우의 미소를 본 순간, 리처드의 머리가 빠르게 돌아갔다. 그는 정치인이었다.

'건강이 안 좋다……. 그 말은……!'

자신의 상황과 똑같았다. 대악마께서는 작은 사업을 통해 큰 사업으로 나아가길 원하고 계셨다! 리처드는 조심스럽게 그들의 건강에 대해서 이야기를 했다.

진우는 잠시 생각하다가 고개를 끄덕였다. 어쨌든, 일을 편하게 진행하라면 리처드와 친한 기업가들이 살아 있는 편이 좋았다. 게다가 무작정 도와달라고 할 수도 없는 노릇이었다.

'포션 하나면 되겠지.'

진우는 포션을 꺼내서 건넸다. 리처드는 유능한 정치인이니 알아서 잘할 것이다.

리처드는 포션을 조심스럽게 받아들었다.

"절대 실망시켜 드리지 않겠습니다!"

"음, 그래."

진우는 대가를 확실하게 주는 편이었다. 리처드가 앞으로 고생을 많이 해야 했으니 챙겨주고 싶었다.

'미국은 총기사고가 빈번하니……'

몸을 보호할 수 있는 걸 하나 줘도 괜찮을 것 같았다. 진우는 정령석을 꺼냈다. 다크 엘프들 쪽에서 탄생한 어둠의 정령을 부를 수 있는 정령석이었다.

어둠의 정령은 현대 기기로는 관측할 수 없었다. 리처드를 보호해 주고 많은 도움이 되어줄 것이다.

리처드는 정령석을 멍하니 바라보았다. 마치 그 안에 우주가 담긴 것처럼 아름다웠다.

"가, 감사합니다!"

"그리 급한 건 아니니 천천히 해."

리처드가 고개를 숙이며 물러났다. 진우는 일이 잘 풀리는 것 같아 기분이 좋아졌다. 미국 쪽에 쓸 만한 사람을 알아놓으면 영훈의 소원을 들어주기도 편할 것이다.

지켜보던 유나도 고개를 끄덕였다.

"앞으로 운영하기 편하겠군요."

"역시 편한 게 좋지?"

"네, 그렇습니다. 이곳에는 일선 그룹이나 G&P도 없으니 말입니다."

진우는 자리에서 일어났다. 작가 작업실 밑에 있는 작업실로 향했다. 엘프, 골든 엔젤, 그리고 마족 장인들이 모여 있는 곳이었다. 현재 '세계수'에 연재할 웹툰, 그리고 애니메이션을 작업하고 있었다.

JW북스에서 인기가 많은 작품을 웹툰과 애니메이션으로 만들고 있었다. G&P기술이 들어간 제품 덕분에 작업 속도는 무척이나 빨랐다. 애니메이션 같은 경우에는 따로 크게 작업을 할 필요가 없었다. 아로롱과 하루링이 있었기 때문이다. 성우 같은 경우에도 아로롱과 하루링이 대신했다.

영훈의 작품이 우선순위에 들어가 있었다.

'완결할 때쯤 완성되겠군.'

진우는 소소하게 진행되어서 마음에 들었다.

이런 아기자기한 것도 꽤 괜찮은 것 같았다.

리처드는 진우의 앞에서 매번 땀을 삐질삐질 흘리며 허둥거렸지만, 미국에서는 그렇지 않았다. 정치계의 대세로서 누구도 그를 얕볼 수 없었다. 대악마께 반지를 하사받은 이후에는 계속 승승장구하고 있었다.

그는 대악마의 하수인이었다. 지구가 불타오른다고 해도 지옥 한켠에 그의 자리가 보존되어 있었다. 저녁이 되자 리처드는 의회 밖으로 나왔다. 존이 그를 기다리고 있었다.

존이 정중히 고개를 숙였다.

"어떠셨습니까?"

"모두 다 허접한 놈들뿐이니 너무 쉽더군."

"하하! 어느 누가 대악마의 비호를 받는 의원님을 당해낼 수가 있겠습니까? 대통령이라고 해도……."

"어허, 입조심 하게."

"알겠습니다."

존은 미소 지으며 차의 문을 열어주었다. 보통이라면 경호원이 따라붙겠지만 경호원은 없었다. 존과 단둘이 차를 타고 이동했다. 도착한 곳은 외지에 있는 허름한 폐건물이었다.

리처드는 차에서 내려 안으로 들어갔다. 휠체어에 앉아 있는 노인과 창백한 안색으로 간신히 서 있는 중년의 남성이 보였다.

릭 메이슨과 톰 브랜슨. 결코 한 자리에서는 볼 수 없는 인물들이었다. 공룡기업 오글과 파인 애플의 오너들이었다.

보통이었다면 아무리 상원의원이 불렀다고 하더라도 코웃음을 치며 거절했을 것이다. 그러나 리처드는 평범한 상원의원이 아니었다. 회복 가능성이 없다고 판명되었는데, 완쾌했을 뿐만 아니라, 더욱 건강해진 인물이었다.

그런 그가 비밀유지 조건으로 자신들을 부르니 올 수밖에 없었다. 릭은 당장 오늘내일하는 상황이었고, 톰은 젊은 시절부터 그를 괴롭혔던 질병이 악화되어 시한부 인생을 살고 있었기 때문이다.

"반갑습니다."

리처드가 미소 지으며 그렇게 말했다. 리처드는 특이하게도 지팡이를 들고 있었다. 검은 보석이 달린 지팡이였다.

"경호원들을 나가게 해줬으면 좋겠군요."

릭이 휠체어에서 힘겹게 경호원을 바라보자 경호원들이 밖으로 나갔다. 톰도 마찬가지로 경호원들을 밖으로 나가게 했다.

톰이 리처드를 바라보았다.

"의원님께서는 경호도 없이 이곳에 오신 겁니까? 의회에 적이 많으실 텐데요."

리처드는 빙긋 웃었다. 그가 존을 바라보자 존이 품에서 소음기가 달린 권총 하나를 꺼냈다.

릭과 톰이 놀라 움찔했다. 그러나 존은 릭과 톰이 아닌 리처드를 겨눴다.

"이, 이게 무슨 짓⋯⋯."

"무슨⋯⋯."

그들이 제대로 놀랄 틈도 없이 방아쇠를 당겼다. 더 놀라운 광경은 그 후에 펼쳐졌다. 리처드의 지팡이에서 검은 칼날이 나오더니 총알을 베어냈다. 존이 탄창 하나를 다 비웠지만, 리처드에게는 전혀 피해가 없었다.

리처드의 뒤에 검은 사신이 떠올랐다.

릭은 턱을 덜덜 떨었다.

"저에게 경호원이 필요해 보입니까?"

"어, 어억⋯⋯."

"하느님 맙소사!"

톰은 너무 놀라 바닥에 주저앉았다. 리차드가 손을 뻗자 검은 사신이 거대한 낫으로 존의 손에 들린 권총을 가볍게 잘랐다. 바닥에도 거대한 상처가 생겼다. 지팡이로 바닥을 두 번 치니 검은 사신이 사라졌다.

릭과 톰은 그 어떤 말도 할 수 없었다. 그들이 유일하게 할 수 있는 일은 자신의 눈을 의심하는 일이었다.

"이야기를 할 준비가 되셨습니까?"

둘은 고개를 끄덕였다. 리처드는 천천히 입을 떼었다.

"저는 죽음을 앞두고 있었습니다. 그러나 그분께서 지상에 강림하시며 저를 일꾼으로 쓰셨지요. 덕분에 새 생명을 얻을 수 있었습니다. 제 진료 기록입니다."

존이 둘에게 리처드의 진료 기록을 가져다주었다. 릭은 손을 덜덜 떨면서도 진료 기록을 자세히 바라보았다.

릭의 눈이 동그랗게 떠졌다.

"신체 나이가⋯⋯."

"네, 맞습니다. 완쾌되었을 뿐만 아니라 상당히 젊어졌지요. 너무 젊어져서 분장을 해야 할 정도입니다. 하하."

릭의 눈빛이 간절해졌다. 이미 반신불수가 되었고 상체도 대부분 마비되어 겨우 한 팔만 움직일 수 있을 뿐이었다. 살고 싶었다. 인생을 제대로 즐기고 싶었다. 자신에게도 가족에게도 후회뿐인 인생이었다. 톰도 마찬가지였다. 아직 해야 할 일이 너무 많았다. 이대로 죽기에는 삶이 너무 짧았다.

"내, 내가 어떻게 하면 됩니까?"

"뭐든지 하겠습니다!"

둘이 그렇게 말하자 리처드는 고개를 끄덕였다.

"제가 모시고 있는 분은 대악마십니다. 지구에서 사업을 하고 계시지요. 그분께서는 아마도…… 이 지구를 원하고 계시겠지요. 그분께서 지배하시면 지구는 지옥이 될 것입니다."

"허억……."

"말도 안 돼!"

릭과 톰은 리처드의 말을 믿을 수 없었다. 그러나 방금 전본 사신과 진료 기록이 모두 그 말이 진실이라고 가리키고 있었다.

"저와 함께하시겠습니까? 그분께 영혼을 바치면…… 지옥에서 한자리를 얻을 수 있을지도 모릅니다. 영원한 영생! 이 얼마나 멋진 단어입니까!"

릭과 톰은 리처드의 달콤한 말에 빠져들었다. 건강을 위해서라면 뭐든지 할 수 있었다. 설령 그것이 악마에게 영혼을 파는 일이라고 해도. 게다가 지옥에서 자리를 얻을 수 있을지도 몰랐다.

"하겠습니다."

"저도 마찬가지입니다."

리처드는 부드럽게 웃었다. 존이 은으로 만든 컵을 가지고 왔다. 악마가 양각되어 있는 컵이었다. 릭과 톰은 존이 가져온 컵을 손에 쥐었다.

리처드는 검은 가방에서 포션을 꺼냈다. 붉은빛으로 일렁이는 포션은 너무나 아름다웠다. 세상에서 가장 아름다운 피를 보는 것 같았다.

졸졸졸!

은잔에 포션을 따라주었다. 릭과 톰은 두려움에 휩싸이면서도 기대를 감출 수 없었다. 진정한 악마의 유혹이었다.

릭이 먼저 벌컥벌컥 마셨다. 몸이 불편해 간신히 마셨는데, 한 모금 넘길 때마다 그의 몸이 달라졌다.

"어, 어어!? 느, 느껴진다! 느껴져!"

다리의 감각이 느껴졌다. 그리고 곧 온몸에 힘이 들어가기 시작했다. 톰은 그걸 보고 벌컥벌컥 마셨다. 창백한 피부에 혈색이 돌았고 활력이 폭발할 것만 같았다.

[릭 메이슨과 톰 브랜슨이 악의 화신에게 영혼을 바쳤습니다. 축하합니다. 릭 메이슨과 톰 브랜슨이 탐욕의 노예가 되었습니다!]

둘은 탐욕의 노예가 되었다.

릭이 조심스럽게 움직이다가 휠체어에서 일어났다.

"하, 하하하! 걸을 수 있어, 내가 걷는다!"

"축하드립니다."

리처드가 릭을 바라보며 손뼉을 쳤다. 그리고 톰을 바라보았다.

"어떠십니까?"

"좋습니다. 몸이 정말 상쾌합니다!"

톰도 굉장히 기뻐했다.

"이건 이제 필요 없겠지요."

리처드는 릭의 휠체어를 지팡이로 쳤다. 그러자 휠체어가 박살이 났다.

"두 분께 임무를 드리겠습니다. 대악마께서 명령하신 일입니다."

릭과 톰은 기쁨을 멈추고 리처드를 바라보았다.

침을 꿀꺽 삼키며 리처드의 말을 기다렸다.

사전예약! 바로 그것이었다!

하지만 미천한 자신들이 이해하지 못할, 훨씬 깊은 뜻이 담겨 있으리라 생각했다.

to be continued